© 2020 by Book One
Todos os direitos de tradução reservados e protegidos pela Lei 9.610 de 19/02/1998. Nenhuma parte desta publicação, sem autorização prévia por escrito da editora, poderá ser reproduzida ou transmitida sejam quais forem os meios empregados: eletrônicos, mecânicos, fotográficos, gravação ou quaisquer outros.

Tradução: **Rafaela Caetano**
Preparação: **Guilherme Summa**
Revisão: **Tássia Carvalho e Rhamyra Toledo**
Capa, projeto gráfico e diagramação: **Francine C. Silva**

Tipografia: **Adobe Caslon**
Impressão: **IPSIS**

Dados Internacionais de Catalogação na Publicação (CIP)
Angélica Ilacqua CRB-8/7057

V624v	Verne, Jules, 1828-1905
	Viagem ao centro da Terra/Júlio Verne; tradução de Rafaela Caetano – São Paulo: Excelsior, 2020.
	272 p.
	ISBN 978-65-87435-06-0
	Título original: *Voyage au Centre de la Terre*
	1. Ficção francesa 2. Verne, Jules I. Título II. Caetano, Rafaela
20-2093	CDD 843

SIGA NAS REDES SOCIAIS:
@editoraexcelsior
@editoraexcelsior
@edexcelsior
@editoraexcelsior

editoraexcelsior.com.br

Júlio Verne

São Paulo
2021
EXCELSIOR
BOOK ONE

PREFÁCIO

Ficções científicas têm o maravilhoso hábito de nos levar aos recantos mais distantes do universo... sem que haja necessidade. Não nos entenda mal; amamos histórias de planetas desconhecidos, civilizações alienígenas e guerras intergalácticas. São narrativas que transportam a outras realidades, geralmente avançadas e profundamente tecnológicas, nossos próprios medos e desejos como seres humanos. Mas por que viver a bordo de uma nave espacial quando nosso próprio mundo, mesmo solitário na amplitude do universo, abriga reinos inexplorados que desafiam a ciência e a nossa evolução como espécie? Que os demais planetas nos desculpem, mas as grandes aventuras, com todas suas descobertas que transformam nosso entendimento sobre quem somos e onde estamos, já estão à nossa volta – ou melhor, debaixo dos nossos pés, como nos mostra o magnífico *Viagem ao Centro da Terra*.

Mas não se compreende a grandeza de uma obra sem antes conhecer a mente que a criou – a mesma mente à qual se atribui a consolidação da ficção científica como gênero literário. Júlio Verne nasceu em 1828 na cidade de Nantes, na França. Filho de um bem-sucedido advogado e de uma mãe cuja família se dedicava ao ramo da construção naval, Verne nutria desde a infância a paixão pela aventura, fomentada pelo fascínio com o mar, e a ciência. Durante a adolescência, dedicou-se ao estudo da geologia, mas, devido aos anseios do pai, tornou-se mais tarde estudante de Direito em Paris. Porém, inspirado pela culturalmente agitada capital e seus grandes escritores do período, como Victor Hugo e Alexandre Dumas – pai e filho –, o jovem Verne dedicou-se à escrita de contos, poemas e peças de teatro, que lhe renderam, a princípio, um tímido sucesso.

Após o casamento com a jovem Honorine Morel em 1857, Verne buscou estabilidade como corretor de ações, mas manteve sua atividade paralela como escritor. Unindo seu interesse pela ciência à influência dos trabalhos de Edgar Allan Poe, ele escreveu em 1863 um dos livros criadores da então embrionária ficção científica: *Cinco Semanas em um Balão*. Com o sucesso da obra, tornou-se um prolífico escritor, especialmente consagrado pela coleção de cinquenta e quatro volumes conhecida como *Viagens Extraordinárias*, que inclui, além da presente obra, histórias famosas como *A Volta ao Mundo em 80 Dias* e *Vinte Mil Léguas Submarinas*.

Atento aos temas contemporâneos em seus trabalhos mais tardios, como a extinção dos animais e os malefícios das indústrias petrolíferas, Verne deixou em ocasião de sua morte, em 1905, uma extensa obra publicada e um notável acervo de novos trabalhos, garantindo o reconhecimento de sua fundamental contribuição para o surgimento da ficção científica ao lado de nomes como H. G. Wells e Mary Shelley.

Verne e sua obra eram, acima de tudo, produtos de uma era marcada pela curiosidade científica, especialmente em relação a então polêmica geologia. Ramo inédito da ciência na primeira metade do século XIX, a disciplina provocava celeumas dentro e fora dos ambientes acadêmicos pelas várias questões que suscitava a respeito das origens da Terra e, consequentemente, da vida. Discutia-se, apaixonadamente, o que havia nas estranhas das Terra. Seria um centro líquido? Sólido? Ou, de acordo com alguns excêntricos, oco?

Havia embasamento para todas as teorias – ou, pelo menos, entre as sensatas –, mas nenhum consenso e tampouco a possibilidade de que o ser humano pudesse atestar, com os próprios olhos, o que havia muito abaixo do chão onde pisava. E foi nesse meio de incertezas que, em 1864, o antenado Verne nos ofereceu uma saída imaginativa com o lançamento de *Viagem ao Centro da Terra*.

A premissa é simples: após a descoberta de um criptograma que revela a entrada para o núcleo do globo, o professor de Mineralogia e geógrafo Otto Lidenbrock, acompanhado do sobrinho Axel e do caçador Hans, adentram a cratera de um vulcão e partem para uma jornada rumo ao desconhecido, onde deparam com as maravilhas e perigos da natureza em sua forma mais primitiva.

Cada participante desta odisseia é um mundo em si. O obstinado Professor Lidenbrock impulsiona a história com sua energia e nos inspira por sua tenacidade diante das adversidades; o impassível Hans representa a importância do equilíbrio e da lealdade numa realidade inóspita; enquanto o sensível Axel, narrador das aventuras, é a personificação do leitor, espantado, aterrorizado e maravilhado com tudo o que vê e sente.

Fosse apenas por esta trinca de personalidades distintas que se completam, a história já seria rica. Mas aquilo que a torna realmente grandiosa está, literalmente, nos detalhes. A riqueza descritiva de *Viagem ao Centro da Terra* é resultado não só do grande interesse de Júlio Verne nos fenômenos científicos em si, mas no reconhecimento de que eles conferem veracidade a uma jornada que pertence, ainda hoje, somente à fantasia. Mas esse detalhamento não se limita à ciência; a natureza também é tratada em suas maravilhosas minúcias, conferindo à obra uma dimensão poética diante de seu tecnicismo como forma de dizer: ambos não se repelem; complementam-se.

E de tudo o que *Viagem ao Centro da Terra* nos proporciona como leitores, o que mais comove ao final da leitura é a certeza de que não podemos dobrar a natureza aos nossos objetivos, mas podemos usar o conhecimento para trilhar caminhos que outros menos ambiciosos jamais imaginariam cruzar. E é na jornada, e não no destino, que descobrimos do que somos feitos, seja ela num planeta distante, dentro da Terra ou na própria vida.

Desejamos, então, uma boa viagem.

GUIA DE MEDIDAS

Nas próximas páginas, o sistema de medidas métrico dará lugar ao sistema imperial, assim chamado em referência ao Império Britânico, que o tornou vigente durante seu domínio global do século XVI ao XIX. Para fins de consulta ao longo da leitura, seguem as medidas imperiais e suas equivalentes métricas:

SISTEMA IMPERIAL	SISTEMA MÉTRICO
1 milha	Aprox. 1.600 metros
1 polegada	Aprox. 2,5 centímetros
1 pé	Aprox. 30 centímetros
1 légua	Aprox. 4,8 quilômetros

I

Em 24 de maio de 1863, um domingo, meu tio, o Professor Lidenbrock, entrou correndo em sua casinha no número 19 da Königstrasse, uma das ruas mais velhas no mais antigo quinhão da cidade de Hamburgo.

A boa Marthe deve ter achado que estava muito atrasada, pois o jantar mal fora colocado no forno.

– Bem – eu disse a mim mesmo –, se o mais impaciente dos homens está com fome, que estardalhaço ele fará!

– O Sr. Lidenbrock já chegou! – exclamou a pobre Marthe em estupefação, entreabrindo a porta da sala de jantar.

– Sim, Marthe; mas o jantar tem o direito de não estar cozido, pois não são nem duas horas. O relógio de São Miguel acabou de bater uma e meia.

– Então, por que o Sr. Lidenbrock já voltou?

– Ele provavelmente nos dirá.

– Aí está ele! Vou sair daqui, Sr. Axel, você o fará ouvir a razão.

E a boa Marthe voltou ao seu laboratório culinário.

Eu fiquei sozinho. Fazer o mais irascível entre os professores ouvir a razão era algo que minha natureza um tanto indecisa não me permitia. Assim, eu me preparava cuidadosamente para voltar ao meu quartinho no andar de cima quando as dobradiças da porta rangeram; pés enormes fizeram a escada de madeira guinchar, e o dono da casa atravessou imediatamente a sala de jantar em direção ao escritório.

Mas, durante sua rápida passagem, ele lançou num canto sua bengala com a ponta de um quebra-nozes, sobre a mesa seu largo chapéu de pelos arrepiados e, ao sobrinho, estas palavras retumbantes:

– Axel, siga-me!

Eu mal tivera tempo de me mexer quando o professor exclamou em um tom de grande impaciência:

– Vamos! Por que você não está aqui ainda?

Eu corri para o escritório do meu temível professor.

Não havia ruindade em Otto Lidenbrock, admito de imediato; mas, a menos que mudasse de maneiras improváveis, ele morreria como um terrível excêntrico.

Ele era professor da Johanneum[1] e ministrava aulas de mineralogia, durante as quais invariavelmente se enfurecia uma vez ou outra. Não que ele estivesse preocupado em ter alunos diligentes em sua turma, ou no grau de atenção com que o ouviam, ou no sucesso que eventualmente alcançariam; esses detalhes nunca o incomodavam. Seu ensino era "subjetivo", como se diz na filosofia alemã; era feito para si mesmo, não para os outros. Ele era um egoísta instruído, um poço de ciência cujas roldanas rangiam quando você queria extrair algo: em uma palavra, um avarento.

Há muitos professores desse tipo na Alemanha.

Infelizmente, meu tio não era dotado de grande habilidade de expressão, se não em particular, pelo menos em público, e essa era uma carência deplorável para um orador. De fato, durante suas palestras na Johanneum, o professor frequentemente interrompia sua fala por completo; lutava com uma palavra relutante que não queria

---

1   Fundada em 1529, a Gelehrtenschule des Johanneums (Escola Acadêmica de Johanneum) é a mais antiga escola da cidade de Hamburgo, na Alemanha.

passar por seus lábios, uma daquelas palavras que resistem, expandem-se e finalmente escapam sob a forma pouco científica de um palavrão. Daí sua grande raiva.

Ora, na mineralogia, há muitos termos metade gregos, metade latinos que são difíceis de pronunciar, palavras grosseiras que feririam os lábios de um poeta. Eu não quero falar mal dessa ciência. Longe de mim. Mas, quando deparamos com cristalizações romboédricas, resinas retinasfálticas, gelenitas, fassaitas, molibdatos de chumbo, tungstatos de manganês e titanita de zircônio, até a língua mais habilidosa pode escorregar.

Na cidade, portanto, a perdoável fraqueza do meu tio era bem conhecida e explorada; ela era esperada nos momentos mais perigosos, e, quando ele explodia de raiva, havia risadas – o que não era de bom gosto, nem mesmo para alemães. E se havia sempre um grande público nas aulas de Lidenbrock, era porque muitos vinham regularmente para se divertir com a maravilhosa fúria do professor!

No entanto, meu tio, devo enfatizar, era um verdadeiro cientista. Embora às vezes quebrasse suas amostras ao manipulá-las com brusquidão, ele combinava a genialidade do geólogo com o olhar aguçado do mineralogista. Munido de seu martelo, buril de aço, agulhas magnéticas, maçarico e garrafa de ácido nítrico, ele era um homem muito poderoso. Ao avaliar a fratura, a aparência, a dureza, a fusibilidade, a sonoridade, o cheiro e o sabor de qualquer mineral, ele conseguia classificá-lo sem hesitar entre as seiscentas espécies conhecidas hoje pela ciência.

O nome de Lidenbrock era, portanto, mencionado com respeito em faculdades e sociedades instruídas. Humphry Davy, Humboldt e os capitães Franklin e Sabine nunca deixavam de visitá-lo quando de passagem por Hamburgo. Becquerel, Ebelman, Brewster, Dumas, Milne-Edwards e Saint-Claire Deville[2] o consultavam sobre os

---

2   Referência ao químico inglês Sir Humphry Davy (1778-1829); ao naturalista alemão Alexander von Humboldt (1769-1859); ao explorador britânico Sir John Franklin

problemas mais difíceis da química. Essa ciência lhe devia boas descobertas e, em 1853, o Tratado de Cristalografia Transcendente do professor Otto Lidenbrock foi publicado em Leipzig, um grande in-fólio com ilustrações que, infelizmente, não cobriu suas despesas.

Acrescente a tudo isso que meu tio foi curador do museu de mineralogia criado pelo Sr. Struve, embaixador russo, uma valiosa coleção de renome em toda a Europa.

Essa foi a pessoa que me chamou com tanta impaciência. Imagine um homem alto e esbelto, com saúde de ferro e uma lourice juvenil que o fazia parecer dez anos mais jovem que seus cinquenta. Seus olhos grandes se moviam incessantemente atrás dos óculos grossos; o nariz comprido e fino parecia uma lâmina de faca; línguas maliciosas chegaram a afirmar que era magnético e atraía limalhas de ferro. Pura calúnia: atraía apenas tabaco, mas em grandes quantidades, para não mentir.

Quando acrescento que meu tio caminhava a passos matematicamente calculados de meio metro, e ressalto que, ao andar, mantinha os punhos firmemente cerrados, um sinal claro de temperamento irritável, fica claro o suficiente que sua companhia não era lá desejável.

Ele morava em sua casinha na Königstrasse, um edifício feito metade de tijolo e metade de madeira, com um frontão escalonado; tinha vista para um daqueles canais sinuosos que se cruzam no meio da região mais antiga de Hamburgo, que o grande incêndio de 1842[3] felizmente havia poupado.

(1786-1847); ao astrônomo britânico Sir Edward Sabine (1788-1883); aos físicos franceses, pai e filho, Antoine-César Becquerel (1788-1878) e Alexandre-Edmond Becquerel (1820-1891); ao químico francês Jacques-Joseph Ebelmen (1814-1852); ao físico escocês Sir David Brewster (1781-1868); ao químico francês Jean-Baptiste André Dumas (1800-1884); ao zoologista francês Henri Milne-Edwards (1800-1885); e ao químico francês Henri-Étienne Sainte-Claire Deville (1818-1881) e seu irmão, o geologista Charles Sainte-Claire Deville (1814-1876).

3   Ocorrido entre 5 a 8 de maio daquele ano, O Grande Incêndio de Hamburgo foi responsável pela morte de 51 pessoas e pela destruição de cerca de um terço da cidade alemã.

A velha casa era um pouco inclinada, é verdade, e estendia sua barriga aos transeuntes; o teto pendia um pouco para o lado, como um boné sobre a orelha de um membro da Tugendbund;[4] sua verticalidade deixava a desejar; mas, no geral, ela se sustentava bem graças a um velho olmo que a apoiava na fachada e, na primavera, empurrava seus galhos floridos pelas vidraças das janelas.

Meu tio era razoavelmente abastado para um professor alemão. A casa era toda sua, do exterior ao conteúdo. O conteúdo consistia em Graüben, a afilhada de dezessete anos de Vierlande, a criada Marthe e eu. Sendo seu sobrinho e órfão, tornei-me seu assistente de experiências.

Admito que mergulhei avidamente nas ciências geológicas; eu tinha o sangue de um mineralogista em minhas veias e nunca me entediei na companhia de minhas pedras preciosas.

Em suma, era possível viver feliz na casinha da Königstrasse a despeito da impaciência de seu proprietário, pois, embora demonstrasse de maneira um tanto grosseira, ele gostava muito de mim. Mas esse homem não sabia esperar, e tinha mais pressa que o normal.

Em abril, quando ele plantou mudas de resedás e não-me-esqueças em vasinhos de barro na sala de estar, passou a puxá-las pelas folhas todas as manhãs para acelerar seu crescimento.

Diante de tamanha excentricidade, só restava obedecer. Eu me precipitei até seu escritório.

---

4 A Tugendbund, também conhecida como Liga da Virtude, foi uma sociedade secreta criada em 1808 por patriotas prussianos que intencionavam a libertação da Alemanha do domínio napoleônico.

II

O escritório era um verdadeiro museu. Espécimes de tudo o que era conhecido na mineralogia estavam lá rotulados na mais perfeita ordem, de acordo com as grandes divisões dos minerais inflamáveis, metálicos e litoides.

Como eu conhecia bem todos aqueles bibelôs da ciência mineralógica! Quantas vezes, em vez de apreciar a companhia dos garotos da minha idade, eu preferia tirar o pó dos grafites, antracitos, carvões, linhitas e turfas! E dos betumes, resinas e sais orgânicos que precisavam ser protegidos do menor átomo de poeira! E dos metais, do ferro ao ouro, cujo valor atual desaparecia na absoluta igualdade dos espécimes científicos! E todas essas pedras, suficientes para reconstruir a casa na Königstrasse com um belo quarto a mais, o que não acharia nada mal!

Mas, ao entrar no escritório, mal pensei em todas essas maravilhas. Meu tio sozinho preencheu meus pensamentos. Ele se jogara em uma poltrona coberta com veludo de Utrecht e tinha nas mãos um livro que contemplava com a mais profunda admiração.

– Que livro! Que livro! – ele exclamou.

Essa exclamação me lembrou que meu tio também era bibliófilo em seus momentos de lazer; mas um livro antigo não tinha valor aos seus olhos a menos que fosse muito difícil de encontrar ou ao menos ilegível.

– E então? – ele me disse. – Você não está vendo? Ora, este é um tesouro inestimável que encontrei pela manhã bisbilhotando a loja do judeu Hevelius.

– Magnífico! – respondi, com um entusiasmo forçado.

De fato, qual era o motivo de toda essa algazarra diante de um in-quarto[5] antigo, aparentemente encadernado em pele de bezerro, um volume amarelado do qual pendia um selo desbotado?

No entanto, as interjeições de admiração do professor não tinham fim.

– Veja – ele continuou, fazendo as perguntas e fornecendo as respostas. – Não é uma beleza? Sim; admirável! E que encadernação! Este livro não abre facilmente? Sim, porque permanece aberto em qualquer página. Mas se fecha igualmente bem? Sim, porque a encadernação e as folhas estão alinhadas, todas em linha reta, sem espaços ou separações em lugar algum. E veja esse dorso, que não mostra uma única rachadura mesmo depois de setecentos anos! Ah! Aqui está uma encadernação da qual Bozerian, Closs ou Purgold[6] teriam orgulho!

Enquanto falava, meu tio continuava abrindo e fechando o livro antigo. Eu não podia fazer nada senão perguntar sobre seu conteúdo, embora isso não me interessasse nem um pouco.

– E qual é o título deste volume maravilhoso? – eu perguntei, com uma empolgação muito enfática para não ser fingida.

– Esta obra – respondeu meu tio com renovado entusiasmo – é o *Heimskringla* de Snorre Turleson, o famoso autor islandês do século XII! Esta é a crônica dos príncipes noruegueses que reinaram na Islândia!

– Sério? – exclamei o melhor que pude. – E é claro que se trata de uma tradução para o alemão?

---

5 Formato de livro atribuído a edições célebres nos séculos passados, no qual a folha impressa é dobrada duas vezes, o que origina quatro folhas.

6 Famosos encadernadores de livros do século XIX.

– O quê? – respondeu o professor bruscamente. – Uma tradução! E o que eu faria com uma tradução? Quem se importa com uma tradução? Este é o trabalho original em islandês, aquele idioma magnífico, rico e simples ao mesmo tempo, que permite uma variedade infinita de combinações gramaticais e modificações de palavras!

– Como o alemão – observei habilmente.

– Sim – respondeu meu tio, encolhendo os ombros. – Mas, além disso, o islandês admite três gêneros, como o grego, e declinações nos nomes próprios, como o latim.

– Ah! – eu disse, com minha indiferença um pouco abalada. – E os caracteres são bonitos?

– Caracteres! O que você quer dizer com caracteres, Axel, seu infeliz? Caracteres! Ah! Você acha que isso é um livro impresso? Tolo ignorante, este é um manuscrito, e um manuscrito rúnico![7]

– Rúnico?

– Sim! Agora você vai me pedir para explicar essa palavra?

– Claro que não – respondi no tom de um homem ferido em seu amor-próprio.

Mas meu tio prosseguiu e me instruiu, apesar de tudo, sobre coisas que eu não queria saber.

– Runas – ele explicou – eram letras usadas na Islândia e, de acordo com a lenda, foram inventadas pelo próprio Odin. Então, olhe para isso, jovem ímpio, e admire as letras criadas pela imaginação de um deus!

De fato, por falta de réplica, eu estava prestes a me prostrar diante do livro – uma resposta que agradava igualmente a deuses e reis, pois tinha a vantagem de nunca lhes causar vergonha – quando um pequeno incidente desviou o curso da conversa.

Foi a aparição de um pedaço de pergaminho sujo que escorregou do livro e caiu no chão.

---

[7] Relativo aos alfabetos dos povos germânicos e escandinavos entre o ano 200 a.C. até o século XVI.

Meu tio atacou o fragmento com uma avidez fácil de compreender. Um documento antigo, escondido por um tempo imemorial em um velho livro, tinha inevitavelmente um valor alto aos seus olhos.

– O que é isso? – ele exclamou.

E, ao mesmo tempo, cuidadosamente desdobrou sobre a mesa um pedaço de pergaminho de cinco polegadas de comprimento e três de largura coberto com linhas horizontais de letras ilegíveis.

Aqui está o exato fac-símile. É importante para mim divulgar publicamente esses sinais bizarros, pois eles incitaram o Professor Lidenbrock e seu sobrinho a empreenderem a mais estranha expedição do século XIX.

O professor refletiu alguns momentos sobre essa série de letras; então, ele disse, erguendo seus óculos:

– São letras rúnicas; elas são idênticas às do manuscrito de Snorre Turleson. Mas o que poderiam significar?

Como as letras rúnicas me pareciam uma invenção dos eruditos para mistificar esse pobre mundo, não lamentava ver que meu tio não as compreendia. Pelo menos, assim me parecia a julgar pelo movimento de seus dedos, que começaram a tremer violentamente.

– Mas certamente é islandês antigo! – ele murmurou entre dentes.

E o Professor Lidenbrock devia conhecê-la, pois se tratava de um verdadeiro poliglota. Não que ele dominasse todas as duas mil línguas e quatro mil dialetos que são falados na Terra, mas ele conhecia muitos deles.

E assim, diante dessa dificuldade, ele ia ceder à toda a impetuosidade de seu temperamento, e eu previa um surto violento quando soaram duas horas no pequeno relógio sobre a lareira.

Imediatamente, a boa Marthe abriu a porta do escritório e disse:

– O jantar está na mesa.

– Para o inferno com o jantar! – gritou meu tio. – E quem o preparou e quem vai comer!

Marthe saiu correndo. Eu a segui e, mal sabendo como havia chegado lá, me vi sentado no meu lugar habitual na sala de jantar.

Esperei alguns instantes. O professor não veio. Esta era, até onde sei, a primeira vez que ele perdia o ritual do jantar. E que jantar era aquele! Sopa de salsa, omelete de presunto temperada com azedinha e noz-moscada, filé de vitela com compota de ameixas secas e, para sobremesa, camarões açucarados, tudo regado por um bom vinho de Moselle.

Meu tio ia sacrificar tudo aquilo por um pedaço de papel velho. Bem, como um sobrinho dedicado, considerei meu dever comer por ele e por mim. E foi o que fiz, conscientemente.

– Eu nunca vi nada parecido! – disse a boa Marthe. – O Sr. Lidenbrock não estar à mesa!

– Não dá para acreditar.

– É o presságio de algo grave! – respondeu a velha criada, balançando a cabeça.

Na minha opinião, aquilo não prenunciava nada, exceto uma cena terrível assim que meu tio encontrasse o jantar devorado.

Eu estava no meu último camarão quando uma voz retumbante me afastou dos prazeres da sobremesa. Com um salto, saí da sala de jantar direto para o escritório.

III

– É evidentemente rúnico – disse o professor, franzindo as sobrancelhas. – Mas há um segredo aqui, e eu vou descobri-lo, senão...

Um gesto violento interrompeu seu raciocínio.

– Sente-se ali – ele acrescentou, apontando a mesa com o punho – e escreva.

Em um instante eu estava pronto.

– Agora eu ditarei para você as letras de nosso alfabeto que correspondem a cada uma dessas letras islandesas. Veremos o que acontece. Mas, por São Miguel, tome cuidado para não cometer erros!

O ditado começou. Eu fiz o meu melhor. Uma a uma, as letras foram soletradas e resultaram na sequência ininteligível das seguintes palavras:

> mm.rnlls esreuel seecJde
> sgtssmf unteief niedrke
> kt,samn atrateS Saodrrn
> emtnael nuaect rrilSa
> Atvaar .nscrc ieaabs
> ccdrmi eeutul frantu
> dt,iac oseibo KediiY

Quando esse trabalho foi concluído, meu tio rapidamente pegou o papel em que eu estava escrevendo e o examinou com atenção por um longo tempo.

– O que isso significa? – ele repetia mecanicamente.

Juro que não poderia explicar. De qualquer modo, ele não estava me questionando e continuou a falar consigo mesmo.

– Isso é o que chamamos de criptograma – ele disse. – Onde o significado está oculto sob letras intencionalmente embaralhadas, que na ordem correta resultariam em uma frase inteligível. Quando penso que pode haver aqui uma explicação ou pista para uma grande descoberta!

Ao meu ver, não havia absolutamente nada ali, mas é claro que tomei o cuidado de não revelar minha opinião. Então, o professor pegou o livro e o pergaminho, comparando-os.

– Esses dois escritos não são da mesma mão – disse ele. – O criptograma é posterior ao livro, e vejo aqui uma prova irrefutável. A primeira letra é um M duplo, letra que não poderia ser encontrada no livro de Turleson, pois foi adicionada ao alfabeto islandês no século XIV. Portanto, há pelo menos duzentos anos entre o manuscrito e o documento.

Admito que isso me pareceu bastante lógico.

– Portanto, sou levado a acreditar – continuou meu tio – que um dos proprietários deste livro escreveu essas letras misteriosas. Mas quem diabos era esse dono? Não teria colocado seu nome em algum lugar do manuscrito?

Meu tio ergueu os óculos, pegou uma lupa potente e examinou cuidadosamente as primeiras páginas do livro. No verso da segunda, a de anterrosto, ele descobriu uma espécie de borrão que parecia uma mancha de tinta. Mas, olhando bem de perto, era possível distinguir algumas letras parcialmente apagadas. Meu tio percebeu ser um ponto interessante. Concentrou-se na mancha e, com a ajuda de sua grande lupa, acabou identificando os seguintes símbolos, letras rúnicas que ele leu sem hesitar:

ᛏᛣᛆᛐ ᛋᛏᚱᛣᚾᛋᛋᛐ⛌

– Arne Saknussemm! – ele exclamou em tom de triunfo. – Esse sim é um nome, e um nome islandês ainda por cima, de um estudioso do século XVI, um famoso alquimista!

Eu olhava para o meu tio com uma certa admiração.

– Aqueles alquimistas – ele recomeçou. – Avicena, Bacon, Lúlio, Paracelso, eram os verdadeiros e únicos estudiosos de seu tempo. Eles fizeram descobertas que ainda nos surpreendem. Por que Saknussemm não ocultaria uma invenção surpreendente neste criptograma incompreensível? Só pode ser isso. É isso.

A imaginação do professor inflamava-se com essa hipótese.

– Sem dúvida – atrevi-me a responder. – Mas que interesse esse acadêmico teria em esconder uma descoberta maravilhosa dessa maneira?

– Por quê? Por quê? E eu sei? Galileu não fez o mesmo com Saturno?[8] Além do mais, logo saberemos. Vou descobrir o segredo deste documento e não vou dormir ou comer até lá.

"Ah!", pensei.

– Nem você, Axel – ele acrescentou.

– Diabo – eu disse a mim mesmo. – Ainda bem que jantei por dois!

– Antes de mais nada – disse meu tio –, precisamos descobrir a chave dessa "cifra"; isso não deve ser muito difícil.

Ao ouvir essas palavras, levantei rapidamente a cabeça. Meu tio continuou seu solilóquio:

---

8   O cientista Galileu Galilei (1564-1642) avistou os anéis do planeta com seu telescópio em 1610, mas pensou tratar-se de duas luas nas laterais de Saturno. Somente em 1659 o mal-entendido seria desfeito pelo astrônomo Christiaan Huygens (1629-1695), que assegurou a existência de anéis.

– Nada mais fácil. Há cento e trinta e duas letras neste documento, setenta e sete consoantes e cinquenta e cinco vogais. Ora, as palavras das línguas meridionais correspondem aproximadamente a essa proporção, enquanto as línguas do norte são infinitamente mais ricas em consoantes. Portanto, este deve ser um idioma do sul.

Suas conclusões eram muito precisas.

– Mas que idioma é esse?

Eu esperava a resposta de um cientista, mas me vi diante de um profundo analista.

– Este Saknussemm – continuou ele – era um homem educado; ora, se ele não escreveu em sua própria língua materna, deve ter priorizado o idioma usado pelas mentes cultas do século XVI, isto é, o latim. Se estiver enganado, posso tentar espanhol, francês, italiano, grego ou hebraico. Mas os estudiosos do século XVI geralmente escreviam em latim. Portanto, tenho o direito de declarar *a priori*: isso é latim.

Dei um pulo na cadeira. Minhas memórias latinistas rebelaram-se contra a pretensão de que essa série de palavras barrocas pudesse pertencer à doce língua de Virgílio.[9]

– Sim, é latim – continuou meu tio –, mas latim embaralhado.

"Ainda bem", pensei.

– Se você puder decifrá-lo, meu tio, é porque é mesmo um homem inteligente.

– Examinemos com cuidado – disse ele, pegando a folha na qual eu havia escrito. – Aqui está uma série de cento e trinta e duas letras em aparente desordem. Há palavras que consistem apenas em consoantes, como a primeira, "mm.rnlls"; outras em que, por sua vez, predominam as vogais, como a quinta, "unteief", e a penúltima, "oseibo". Ora, evidentemente, esse arranjo não foi planejado: surgiu *matematicamente* como consequência da regra desconhecida que determinou

---

9   Poeta romano (70 a.C.-19 a.C.) consagrado na literatura ocidental pelo poema épico *Eneida*, que narra a lenda do herói troiano Eneias.

a ordem dessas letras. Parece-me claro que a frase original foi escrita normalmente e depois embaralhada de acordo com uma regra que temos que descobrir. Quem possuir a chave dessa cifra poderá lê-la fluentemente. Mas que chave é essa? Axel, você tem essa chave?

Não respondi a essa pergunta por uma boa razão. Meus olhos se detinham em uma imagem encantadora na parede, um retrato de Graüben. A pupila de meu tio encontrava-se então em Altona,[10] na casa de parentes, e sua ausência me deixava muito triste porque, posso agora confessar, a linda virlandesa e o sobrinho do professor se amavam com toda a paciência e tranquilidade alemãs. Ficamos noivos sem o conhecimento do meu tio, que era geólogo demais para entender tais sentimentos. Graüben era uma loira encantadora de olhos azuis, temperamento um tanto grave e caráter um tanto sério; mas nem por isso me amava menos. Quanto a mim, eu a adorava, se é que existe tal verbo na língua tedesca![11] Assim, a imagem da minha linda garota de Vierlande instantaneamente me tirou do mundo das realidades e lançou ao das quimeras e lembranças.

Revia a fiel companheira de meus trabalhos e lazeres. Todo dia ela me ajudava a colocar as pedras preciosas do meu tio em ordem e as rotulava comigo. A senhorita Graüben era uma mineralogista muito talentosa! Ela poderia ensinar algumas coisas a um acadêmico. Ela gostava de investigar questões científicas obscuras. Quantas horas doces passamos estudando juntos! E quanta inveja senti daquelas pedras insensíveis que ela segurava com suas mãos encantadoras!

Então, quando chegavam as nossas horas de lazer, costumávamos sair juntos. Andávamos pelas alamedas do Alster e subíamos juntos até o velho moinho de vento alcatroado que parecia tão bonito à beira do lago; no caminho, conversávamos de mãos dadas. Eu dizia coisas que a faziam rir com gosto. Chegávamos às margens do Elba e,

---

10   Distrito da cidade de Hamburgo.
11   Idioma alemão.

depois de nos despedirmos dos cisnes que nadavam entre os grandes nenúfares brancos, voltávamos ao cais pelo barco a vapor.

Estava nesse ponto do meu devaneio quando meu tio, batendo com o punho na mesa, me trouxe violentamente de volta à realidade.

– Vejamos – disse ele. – Creio que a primeira ideia que vem à mente para embaralhar as letras de uma frase é escrever as palavras verticalmente, em vez de horizontalmente.

"De fato!", pensei.

– Agora precisamos saber qual seria o resultado. Axel, escreva qualquer frase neste pedaço de papel, mas, em vez de organizar as letras uma após a outra, coloque-as sucessivamente em colunas verticais, em grupos de cinco ou seis.

Entendi sua intenção e imediatamente escrevi de cima para baixo:

e o m m r
u m i á a
t u n v ü
e i h e b
a t a l e
m o, a G n

– Muito bem – disse o professor sem ter lido. – Agora escreva essas palavras de forma horizontal.

Eu obedeci, obtendo a seguinte frase:

eommr umiáa tunvü eiheb atale mo,aGn

– Perfeito! – disse meu tio, arrancando o papel das minhas mãos. – Já se assemelha ao documento antigo: vogais e consoantes estão na mesma desordem. Há até uma letra maiúscula e uma vírgula no meio das palavras, como no pergaminho de Saknussemm.

Não pude deixar de achar essas observações muito engenhosas.

– Agora – disse meu tio, olhando diretamente para mim –, para ler a frase que você acabou de escrever e que desconheço, tudo o que preciso fazer é pegar a primeira letra de cada palavra, depois a segunda, a terceira e assim por diante.

E, para sua surpresa – e especialmente a minha –, meu tio leu:

Eu te amo muito, minha amável Graüben

– O quê? – disse o professor.

Sim, sem me dar conta, como um amante desastrado, escrevi essa frase comprometedora!

– Ah! Você ama Graüben! – disse num tom de tutor.

– Sim... Não... – eu gaguejei.

– Ah! Você ama Graüben – repetiu mecanicamente. – Bem, vamos aplicar o método ao documento em questão.

Meu tio, voltando à sua contemplação absorta, já se esquecia das minhas palavras descuidadas. Digo "descuidadas" porque a mente do erudito não conseguia entender os assuntos do coração. Felizmente, porém, o interesse pelo documento venceu.

No momento de sua experiência capital, os olhos do Professor Lidenbrock brilharam através de seus óculos. Seus dedos tremiam quando ele pegou novamente o pergaminho; estava seriamente comovido. Por fim, tossiu alto e, com uma voz grave, soletrou a primeira letra e depois a segunda de cada palavra, uma após a outra, ditando-me a seguinte sequência:

mmessunkaSenrA.icefdoK.segnittamurtn
ecertserrette,rotaivsadua,ednecsedsadne
lacartniiiluJsiratracSarbmutabiledmek
meretarcsilucoYsleffenSnI.

Quando cheguei ao fim, admito que também me comovi; aquelas letras, pronunciadas uma a uma, não transmitiam nenhum significado à minha mente. Eu esperava, portanto, que o professor deixasse uma magnífica frase em latim rolar majestosamente de sua língua.

Mas quem poderia ter imaginado? Um soco violento sacudiu a mesa. A tinta derramou e a pena caiu dos meus dedos.

– Não é isso! – gritou meu tio. – Isso não faz sentido!

Então, atravessando o escritório como uma bala de canhão e descendo as escadas como uma avalanche, ele saiu correndo pela Königstrasse, partindo a toda velocidade.

IV

— Ele foi embora? — exclamou Marthe, correndo ao barulho da porta da rua que, violentamente fechada, fizera a casa inteira tremer.

— Sim — respondi. — Desapareceu completamente!

— Bem, e quanto ao jantar? — perguntou a velha criada.

— Ele não vai comer.

— E a ceia?

— Ele não vai comer.

— O quê? — exclamou Marthe, entrelaçando as mãos.

— Não, boa Marthe, ele não vai mais comer, nem ninguém nesta casa! O tio Lidenbrock nos deixará de dieta até que consiga decifrar um velho pergaminho que é absolutamente indecifrável!

— Jesus! Vamos todos morrer de fome!

Não me atrevi a admitir que, com um governante tão soberano quanto meu tio, esse destino era inevitável.

A velha criada, seriamente alarmada, voltou gemendo para a cozinha.

Quando fiquei sozinho, pensei em contar tudo a Graüben. Mas como sair de casa? O professor podia retornar a qualquer momento. E se ele me chamasse? E se quisesse recomeçar o trabalho de decifração, que mesmo ao velho Édipo[12] seria proposto em vão? E se eu não atendesse ao seu chamado, o que aconteceria?

O mais sensato era permanecer onde eu estava. Um mineralogista de Besançon acabara de nos enviar uma coleção de geodos siliciosos que eu devia classificar. Então, comecei a trabalhar. Fiz a triagem, rotulei e organizei todas essas rochas ocas dentro das quais se agitavam pequenos cristais.

Mas esse trabalho não absorveu toda a minha atenção. O mistério do antigo documento me preocupava de maneira estranha. Minha cabeça fervilhava e sentia uma vaga inquietação. Pressentia um desastre iminente.

Ao final de uma hora, meus geodos estavam em ordem. Desabei na velha poltrona de veludo, com os braços pendendo e a cabeça jogada para trás. Acendi meu cachimbo comprido e torto, cuja cabeça esculpida trazia uma náiade[13] em repouso; então, diverti-me observando a carbonização que gradualmente tingia minha náiade. De vez em quando, prestava atenção para ver se ouvia passos conhecidos soando na escada. Mas não. Onde meu tio poderia estar naquele momento? Imaginei-o correndo sob as belas árvores que ladeavam a estrada para Altona, gesticulando, batendo nos muros com sua bengala, golpeando violentamente a grama, arrancando a cabeça dos cardos e perturbando as cegonhas solitárias em seu descanso.

Ele voltaria triunfante ou desencorajado? Quem venceria: o segredo ou ele? Enquanto me fazia essas perguntas, peguei sem me dar conta a folha de papel com a incompreensível sucessão de letras que eu havia escrito; e repetia:

– O que isso significa?

---

12 Referência ao personagem da mitologia grega que decifrou o enigma da temível Esfinge.

13 Divindade feminina da mitologia grega associada à água doce.

Tentei agrupar as letras para formar palavras. Impossível! Quando as reuni em duplas, trios, quintetos ou sextetos, não obtive nenhum resultado que fizesse sentido. A décima quarta, décima quinta e décima sexta letras formavam a palavra *ice* – "gelo" em inglês – enquanto a octogésima quarta, octogésima quinta e octogésima sexta formavam o termo *sir* – "senhor" em inglês. Por fim, observei na segunda e na terceira linhas do documento as palavras latinas *rota, mutabile, ira, nec* e *atra*.

"Diabos", pensei, "essas palavras parecem justificar a visão de meu tio sobre o idioma do documento. Na quarta linha, vejo a palavra *luco*, que pode se traduzir como 'bosque sagrado'. É verdade que na terceira linha há também o termo *tabiled*, que parece perfeitamente hebraico, e, na última, as palavras *mer, arc* e *mère*, que são puramente francesas."

Era de se perder a cabeça! Quatro idiomas diferentes naquela frase absurda! Que conexão poderia haver entre as palavras "gelo", "senhor", "ira", "cruel", "bosque sagrado", "mutante", "mãe", "arco" e "mar"? A primeira e a última relacionavam-se com facilidade; não era nada surpreendente que um documento escrito na Islândia fizesse menção a um mar de gelo; mas daí a entender o restante do criptograma era outra coisa.

Eu me debatia com uma dificuldade insuperável; meu cérebro fervia e meus olhos piscavam diante da folha de papel; suas cento e trinta e duas letras flutuavam ao meu redor como aquelas lágrimas prateadas que surgem no ar quando o sangue sobe depressa à cabeça.

Eu estava nas garras de uma espécie de alucinação; sufocava e precisava de ar. Mecanicamente, abanei-me com o pedaço de papel, fazendo sua frente e verso se alternarem diante dos meus olhos.

Qual não foi a minha surpresa quando, em uma dessas idas e vindas, no momento em que o verso estava virado para mim, discerni palavras perfeitamente legíveis em latim, tais como *craterem* e *terrestre*!

De repente, uma luz clareou minha mente; aqueles indícios me deram o primeiro vislumbre da verdade; eu havia descoberto a chave do enigma. Para ler o documento, não era sequer necessário virar a folha! Não. Tal como havia sido ditado para mim, podia ser escrito com fluência. Todas as engenhosas combinações do professor se realizavam ali; ele estava certo quanto ao arranjo das letras e ao idioma. Por muito pouco ele poderia ter lido o documento em latim de ponta a ponta, e esse "muito pouco" o acaso acabara de me dar!

Você pode imaginar minha emoção! Meus olhos turvaram-se; eu mal podia enxergar. Abri a folha de papel sobre a mesa. Eu só precisava olhá-la para me tornar o dono do segredo.

Por fim, me acalmei. Forcei-me a andar duas vezes pela sala em silêncio para tranquilizar meus nervos, e então me afundei novamente na enorme poltrona.

– Leiamos, então – exclamei, depois de encher meus pulmões de ar. Inclinei-me sobre a mesa. Coloquei meu dedo por baixo de cada letra; e, sem uma pausa ou momento de hesitação, li a frase inteira em voz alta.

Mas que espanto, que terror tomou conta de mim! Senti como se tivesse sido atingido por um golpe súbito. Não! O que eu li realmente aconteceu! Um homem mortal tivera a audácia de penetrar!...

– Ah! – exclamei, dando um salto. – Mas não! Não! Meu tio não saberá disso. Ele não pode ter conhecimento de semelhante viagem. Desejaria empreendê-la. Nada poderia detê-lo! Um geólogo tão determinado! Ele iria, apesar de tudo e de todos, e me levaria com ele! E nunca mais voltaríamos! Nunca! Nunca!

Eu estava em um estado de superexcitação difícil de descrever.

– Não! Não! Não pode ser – declarei vigorosamente. – Eu não permitirei que essa ideia chegue à mente do meu tirano. Se ele virar este documento repetidas vezes, poderá encontrar a chave. Devo destruí-lo.

Ainda havia um pouco de fogo na lareira. Peguei não apenas o papel, mas também o pergaminho de Saknussemm; com a mão febril, estava prestes a jogar tudo no carvão e aniquilar esse segredo perigoso quando a porta do escritório se abriu. Meu tio apareceu.

V

Tive tempo apenas de colocar o infeliz documento de volta na mesa.

O Professor Lidenbrock parecia profundamente absorvido. Sua ideia fixa não lhe dava um momento de descanso; era evidente que havia se aprofundado em sua análise do caso, usando todos os recursos de sua imaginação durante sua caminhada e voltando para experimentar uma nova combinação.

De fato, ele sentou-se na poltrona e, com a pena na mão, começou a traçar fórmulas que pareciam um cálculo algébrico.

Eu acompanhei sua mão trêmula; não perdi um único movimento. Que resultado inesperado seria alcançado? Eu tremia sem motivo, já que a verdadeira chave, a "única", já fora encontrada e qualquer outra pesquisa havia se tornado inútil.

Durante três longas horas, meu tio trabalhou sem falar ou olhar para cima; apagando, começando de novo, apagando novamente e assim por diante centenas de vezes.

Eu sabia muito bem que, se ele conseguisse organizar essas letras em todas as posições relativas que podiam ocupar, a frase iria se revelar. Mas eu também sabia que apenas vinte letras eram suficientes para formar dois quintilhões, quatrocentos e trinta e dois quatrilhões, novecentos e dois trilhões, oito bilhões, cento e setenta e seis milhões, seiscentas e quarenta mil combinações. Ora, havia cento e trinta e duas letras nessa frase, e com cento e trinta e duas letras obtinha-se um número de sentenças diferentes composto de ao menos cento e trinta e três algarismos, um número quase impossível de calcular ou conceber.

Senti-me mais tranquilo com esse método hercúleo de resolver o problema.

O tempo passou, a noite chegou e o barulho nas ruas cessou. Meu tio, curvado sobre sua tarefa, não percebeu nada, nem mesmo quando Marthe entreabriu a porta; ele não ouviu nenhum som, tampouco a nobre criada dizendo:

– O senhor não vai jantar hoje?

A pobre Marthe teve que ir embora sem resposta. Quanto a mim, depois de longa resistência, fui vencido pelo sono e adormeci em uma extremidade do sofá, enquanto o tio Lidenbrock continuava calculando e rasurando.

Quando acordei na manhã seguinte, aquele trabalhador incansável ainda estava em sua tarefa. Os olhos vermelhos, a pele pálida, os cabelos desgrenhados sob a mão febril e as manchas avermelhadas nas bochechas diziam o suficiente sobre sua luta desesperada com o impossível e o cansaço de espírito e exaustão cerebral que aquelas horas lhe custaram.

De fato, sentia pena dele. Apesar das críticas que me achava no direito de fazer, uma certa emoção começava a tomar conta de mim. O pobre homem estava tão envolvido com aquela ideia que se esqueceu até mesmo de ficar bravo. Todas as suas forças estavam concentradas em um único ponto e, como não livrava sua energia do modo habitual, era de se temer que a tensão reprimida pudesse levar a uma explosão a qualquer momento.

Eu poderia afrouxar o torno de ferro que esmagava seu cérebro com um único gesto, uma única palavra! Mas eu não fiz nada.

No entanto, eu tinha boas intenções. Por que fiquei calado nessas circunstâncias? Pelo bem do meu tio.

"Não, não", repetia comigo mesmo. "Não, não vou falar! Ele insistiria em ir, eu o conheço; nada na Terra poderia detê-lo. Ele tem uma imaginação vulcânica e arriscaria sua vida para fazer o que outros geólogos nunca fizeram. Vou ficar calado. Manterei o segredo que o acaso me revelou. Sua revelação mataria o Professor Lidenbrock! Ele que descubra por si mesmo, se puder. Eu não quero me culpar um dia por tê-lo levado à sua destruição!"

Tendo tomado essa decisão, cruzei os braços e esperei. Mas eu não poderia prever um incidente que ocorreria algumas horas mais tarde.

Quando a criada, Marthe, quis sair de casa para ir ao mercado, encontrou a porta trancada. A chave havia sumido. Quem a teria retirado de lá? Certamente, meu tio, ao voltar de sua caminhada apressada na noite anterior.

Teria sido de propósito? Ou se tratava de um engano? Ele queria nos sujeitar aos rigores da fome? Isso já era demais! Ora, Marthe e eu seríamos vítimas de uma situação da qual não tínhamos o menor interesse? É verdade que, alguns anos atrás, enquanto meu tio trabalhava em sua grande classificação mineralógica, ficou quarenta e oito horas sem comer, e toda a sua família foi obrigada a seguir essa dieta científica. Da minha parte, lembro das cólicas estomacais nada divertidas para um jovem de natureza voraz.

Agora parecia-me que não teríamos café da manhã, assim como não tivemos a ceia na noite anterior. No entanto, decidi ser heroico e não me deixar vencer pelas dores da fome. Marthe levou isso muito a sério e, pobre mulher, ficou angustiada. Quanto a mim, a impossibilidade de sair de casa me preocupava ainda mais, e por boas razões. Não é difícil entender o porquê.

Meu tio continuou trabalhando, sua imaginação se perdia no mundo ideal das combinações; ele vivia longe da Terra e genuinamente alheio às necessidades terrenas.

Por volta do meio-dia, a fome começou a me devorar severamente. Marthe, inocentemente, havia esvaziado a despensa na noite anterior, de modo que não havia mais nada em casa. Ainda assim, eu aguentei; eu fiz disso uma questão de honra.

Soaram duas horas. Aquilo estava se tornando ridículo; até intolerável. Arregalei os olhos. Talvez eu estivesse exagerando a importância do documento; era possível que meu tio não acreditasse nele, que o visse como um mero embuste; que, na pior das hipóteses, conseguisse impedi-lo se ele quisesse empreender a aventura; que, por fim, ele descobrisse a chave da cifra sozinho, tornando minha abstinência inútil.

Esses argumentos, que na noite anterior teria rejeitado com indignação, pareceram-me excelentes; achei até mesmo absurdo ter esperado tanto tempo, e decidi contar tudo.

Procurava uma maneira de abordar o assunto que não fosse muito abrupta quando o professor se levantou, colocou o chapéu e se preparou para sair.

O quê? Saindo de casa e nos trancando de novo? Nunca.

– Tio! – eu disse.

Ele parecia não me ouvir.

– Tio Lidenbrock? – repeti, falando mais alto.

– Hein? – respondeu como se tivesse acabado de acordar.

– E a chave?

– Que chave? A chave da porta?

– Não! – exclamei. – A chave do documento!

O professor olhou para mim por cima dos óculos; sem dúvida, viu algo incomum na minha fisionomia, pois agarrou meu braço e me interrogou com o olhar. Nunca, porém, uma pergunta foi feita de maneira mais clara.

Concordei com a cabeça.

Ele sacudiu a própria cabeça com certa pena, como se estivesse lidando com um lunático.

Fiz um gesto ainda mais afirmativo.

Seus olhos brilhavam intensamente; sua mão se tornava ameaçadora.

Essa conversa muda, em tais circunstâncias, interessaria até o espectador mais indiferente. Comecei a pensar que não ousaria mais falar, tamanho o medo de que meu tio me sufocasse com seus abraços efusivos. Mas ele se tornou tão ansioso que finalmente fui obrigado a responder.

– Sim, essa chave, por acaso...

– O que você está dizendo? – ele exclamou com uma indescritível emoção.

– Aqui, leia isso – eu disse, entregando-lhe a folha de papel na qual havia escrito.

– Mas isso não significa nada – respondeu ele, amassando o papel.

– Não significa nada se você lê do início, mas quando se lê a partir do final...

Nem havia terminado minha frase quando o professor deu um grito. Mais que um grito, um verdadeiro rugido!

Uma revelação ocorrera em sua mente. Estava transfigurado.

– Ah, engenhoso Saknussemm! – ele exclamou. – Então você escreveu sua sentença ao contrário?

E, lançando-se sobre o papel com os olhos nublados e a voz emocionada, ele leu o documento inteiro da última letra até a primeira.

Este era o conteúdo:

> *In Sneffels Yoculis craterem kem delibat umbra Scartaris Julii intra calendas descende, audas viator, et terrestre centrum attinges. Kod feci. Arne Saknussemm.*

O que, deste mau latim, pode ser assim traduzido:

> *Desça à cratera do Yocul de Sneffels, que a sombra de Scartaris toca antes das calendas[14] de julho, viajante ousado, e você chegará ao centro da Terra. Eu fiz isso. Arne Saknussemm.*

---
14   O primeiro dia de cada mês, segundo o antigo calendário romano.

Ao ler isso, meu tio deu um pulo como se tivesse tocado sem querer numa garrafa de Leiden.[15] Sua ousadia, alegria e convicção eram magníficas de se ver. Ele zanzava pra lá e pra cá; agarrava a cabeça com as duas mãos; arrastava as cadeiras; empilhava seus livros; fazia malabarismos com seus preciosos geodos, por incrível que pareça; batia com o punho ali, dava um tapa acolá. Por fim, seus nervos se acalmaram e, como um homem exausto pelo gasto excessivo de energia, desabou em sua poltrona.

– Que horas são? – ele perguntou depois de alguns momentos de silêncio.

– Três horas – respondi.

– Sério? O almoço não fez efeito. Estou faminto. Vamos comer. E então...

– Então?

– Depois do jantar, arrume minha mala.

– O quê? – exclamei.

– E a sua! – respondeu o impiedoso professor, entrando na sala de jantar.

---

15   Equipamento que armazena eletricidade estática.

VI

Ao ouvir essas palavras, um arrepio percorreu todo o meu corpo. No entanto, me controlei; decidi até mesmo parecer satisfeito. Somente argumentos científicos poderiam deter o Professor Lidenbrock, e agora dispunha de muitos e bons contra a possibilidade de tal viagem. Ir ao centro da Terra! Que absurdo! Mas guardei minha dialética para o momento adequado e foquei na refeição.

Desnecessário mencionar as imprecações do meu tio diante da mesa vazia. Explicações foram dadas e Marthe foi posta em liberdade. Ela correu para o mercado e foi tão eficiente que, uma hora mais tarde, minha fome foi aplacada e pude voltar a atenção às implicações daquela situação.

Durante o jantar, meu tio estava quase alegre; ele deixou escapar algumas dessas piadas de cientistas que nunca fazem mal a ninguém. Depois da sobremesa, ele gesticulou para que o seguisse até seu escritório.

Eu obedeci; ele sentou em uma extremidade da mesa e eu, na outra.

– Axel – ele disse gentilmente. – Você é um rapaz muito engenhoso que me deixou orgulhoso no momento em que eu, cansado da luta, abandonava as combinações. Para onde eu seria levado?

Impossível saber! Nunca me esquecerei disso, meu rapaz; e você terá sua parte da glória que conquistaremos.

"Vamos lá!", pensei. "Ele está de bom humor. Agora é a hora de discutir essa glória."

– Antes de mais nada – meu tio retomou –, eu recomendo que você mantenha sigilo absoluto, entende? Não há poucos no mundo científico que invejam meu sucesso, e muitos gostariam de empreender essa jornada da qual nunca suspeitarão até voltarmos.

– Você realmente acha que tantas pessoas seriam ousadas o bastante?

– Certamente; quem hesitaria em conquistar tal fama? Se esse documento fosse divulgado, um exército de geólogos estaria pronto para seguir os passos de Arne Saknussemm.

– Isso é algo do qual não estou convencido, tio, porque não temos provas da autenticidade do documento.

– O quê? E quanto ao livro dentro do qual o descobrimos?

– Bem, concordo que Saknussemm tenha escrito essas linhas, mas será que realmente realizou essa jornada? Esse pergaminho antigo não poderia ser um embuste?

Eu quase me arrependi de proferir essa última palavra, um tanto ousada. O professor franziu as sobrancelhas grossas, e temi que tivesse comprometido o andamento da conversa. Felizmente, isso não aconteceu. Uma espécie de sorriso esboçou-se nos lábios do meu severo interlocutor, e ele respondeu:

– É o que veremos.

– Ah! – eu disse, um tanto aborrecido. – Mas permita-me esgotar uma série de objeções relacionadas a esse documento.

– Fale, meu rapaz, não tenha medo. Você tem toda a liberdade de expressar suas opiniões. Você não é mais meu sobrinho, mas meu colega. Vá em frente.

– Bem, em primeiro lugar, eu gostaria de perguntar o que são esses Yocul, Sneffels e Scartaris, nomes dos quais nunca ouvi falar.

– Essa é fácil. Recebi há pouco tempo um mapa do meu amigo Augustus Petermann,[16] de Leipzig; ele não poderia ter chegado em um momento melhor. Pegue o terceiro atlas na segunda prateleira da estante grande, série Z, placa 4.

Levantei-me e, com a ajuda de instruções tão precisas, encontrei rapidamente o atlas requisitado. Meu tio o abriu e disse:

– Aqui está um dos melhores mapas da Islândia, o de Handerson, e creio que ele solucionará todos os seus problemas.

Inclinei-me sobre o mapa.

– Olhe para esta ilha composta de vulcões – disse o professor –, e observe que todos eles se chamam Yocul. Essa palavra significa "geleira" em islandês, e na alta latitude da Islândia, quase todas as erupções rompem camadas de gelo. Daí o termo Yocul, que se aplica a todos os montes ignívomos da ilha.

– Muito bem – eu disse. – E o que é Sneffels?

Esperava que ele não tivesse resposta para essa pergunta, mas eu estava enganado. Meu tio prosseguiu:

– Siga meu dedo ao longo da costa oeste da Islândia. Consegue ver Reykjavik, a capital? Muito bem. Suba os inúmeros fiordes dessas margens devoradas pelo mar e pare logo abaixo dos 65° de latitude. O que você vê ali?

– Uma espécie de península que parece um osso descarnado com uma enorme rótula no final.

– Uma comparação justa, meu rapaz. Pois bem, você vê alguma coisa nessa rótula?

– Sim; um monte que parece ter brotado do mar.

– Certo. É o Sneffels.

– O Sneffels?

---

16   Augustus Petermann (1822-1878) foi um célebre cartógrafo alemão especializado no Ártico.

— Precisamente, uma montanha de cinco mil pés, uma das mais notáveis da ilha e certamente a mais famosa do mundo se sua cratera leva ao centro da Terra.

— Mas isso é impossível! — exclamei, encolhendo os ombros e me rebelando contra tal suposição.

— Impossível? — respondeu o professor em um tom áspero. — Por quê?

— Porque esta cratera está obviamente cheia de lava e pedras incandescentes e, portanto...

— E se for uma cratera extinta?

— Extinta?

— Sim. Atualmente, o número de vulcões ativos na superfície do globo é de apenas trezentos; mas há uma quantidade muito maior de extintos. O Sneffels é um deles e, desde os tempos históricos, teve apenas uma erupção, a de 1219; desde então, acalmou-se cada vez mais e agora não é mais incluído entre os vulcões ativos.

Não tinha resposta para tais afirmações definitivas, de modo que recorri a outras passagens enigmáticas do documento.

— Qual é o significado da palavra Scartaris e o que as calendas de julho têm a ver com isso?

Meu tio parou para refletir por alguns instantes. Eu tive um momento de esperança, que durou pouco, porque ele logo me respondeu nos seguintes termos:

— O que é escuridão para você é luz para mim. Isso prova o engenhoso cuidado com o qual Saknussemm queria indicar sua descoberta. O Sneffels é composto de várias crateras; havia, portanto, a necessidade de apontar qual delas leva ao centro do globo. O que o cientista islandês fez? Observou que próximo às calendas de julho, ou seja, nos últimos dias de junho, um dos picos da montanha, chamado Scartaris, lança sua sombra na boca dessa cratera em particular, e registrou esse fato em seu documento. Poderia haver uma indicação mais exata? Quando chegarmos ao topo do Sneffels, acredito que não hesitaremos quanto ao caminho a seguir.

Decididamente, meu tio tinha resposta para tudo. Percebi que sua opinião quanto ao antigo pergaminho era inexpugnável. Então, deixei de pressioná-lo nesse sentido e, como precisava acima de tudo convencê-lo, passei a fazer objeções científicas, que na minha opinião eram muito mais sérias.

– Bem – eu disse –, sou forçado a concordar que a frase de Saknussemm é clara e não deixa margem para dúvidas. Eu até concordo que o documento tem um ar de perfeita autenticidade. Aquele cientista desceu ao fundo do Sneffels, viu a sombra do Scartaris tocar as beiradas da cratera antes das calendas de julho e até ouviu as histórias lendárias de seu tempo sobre aquela cratera que levava ao centro do mundo; mas que ele próprio tenha empreendido essa viagem e retornado, se é que a empreendeu, isso não, não mesmo!

– E por que não? – disse meu tio em um tom de voz especialmente zombeteiro.

– Porque todas as teorias da ciência demonstram que tal feito é impossível!

– Todas as teorias dizem isso? – respondeu o professor em tom jovial. – Ah! Teorias do mal! Como elas nos atrapalham, essas pilantras!

Percebi que ele estava tirando sarro de mim, mas continuei assim mesmo:

– Sim; é perfeitamente sabido que a temperatura interior do globo sobe cerca de um grau a cada setenta pés de profundidade; agora, se essa proporção é constante e o raio da Terra é de mil e quinhentas léguas, a temperatura no núcleo é de aproximadamente dois milhões de graus. Todas as substâncias no interior da Terra estão, portanto, em estado de gás incandescente, pois os metais, o ouro, a platina e as rochas mais duras não conseguem resistir a esse calor. Tenho então o direito de perguntar se é possível penetrar em tal ambiente!

– Então, Axel, é o calor que o incomoda?

– Claro que é. Se atingíssemos uma profundidade de apenas dez léguas, chegaríamos somente ao limite da crosta terrestre sob uma temperatura superior a mil e trezentos graus.

– E você tem medo de derreter?

– Deixo essa questão para o senhor decidir – respondi com humor.

– Esta é minha decisão – respondeu o Professor Lidenbrock, assumindo sua pompa. – Nem você nem ninguém sabe com certeza o que está acontecendo no interior deste globo, uma vez que mal conhecemos doze milésimos de seu raio; a ciência é eminentemente perfectível, e toda teoria é constantemente contestada por uma nova. Até Fourier,[17] não se acreditava que a temperatura dos espaços interplanetários estava diminuindo constantemente? E não sabemos hoje que as partes mais frias das regiões etéreas não passam dos quarenta ou cinquenta graus abaixo de zero? Por que não seria assim com o calor interno? Por que, a uma certa profundidade, não se atingiria um limite intransponível em vez de alcançar o grau de fusão dos minerais mais resistentes?

Como meu tio levou a questão para o campo das hipóteses, eu não tive o que responder.

– Bem, vou lhe dizer que verdadeiros estudiosos, entre eles Poisson,[18] demonstraram que, se existisse um calor de dois milhões de graus no interior do globo, os gases incandescentes das matérias derretidas se expandiriam a tal ponto que a crosta terrestre não resistiria e explodiria como as paredes de uma caldeira sob a pressão do vapor.

– Essa é a opinião de Poisson, tio, nada mais.

– É verdade, mas outros geólogos ilustres também sustentam a opinião de que o interior do globo não é formado por gás, nem água

---

17   Jean-Baptiste Joseph Fourier (1768-1830) foi um matemático francês célebre por seus estudos relacionados à condução do calor.

18   Siméon-Denis Poisson (1781-1840) foi um matemático francês famoso por suas contribuições à termodinâmica, mecânica e eletricidade.

e nem pelos minerais mais pesados que conhecemos, pois, se assim fosse, a Terra teria um peso duas vezes menor.

– Ah, com números podemos provar tudo o que quisermos!

– E não podemos fazer o mesmo com os fatos, meu rapaz? Não é certo que o número de vulcões diminuiu consideravelmente desde os primeiros dias do mundo? E, se há calor no centro, não podemos concluir que ele tende a diminuir?

– Tio, se o senhor entrar no domínio das especulações, não teremos mais como discutir.

– Mas preciso lhe dizer que minha opinião é apoiada por pessoas muito competentes. Você se lembra de uma visita que o célebre químico Humphry Davy[19] me fez em 1825?

– De jeito nenhum, pois só nasci dezenove anos mais tarde.

– Bem, Humphry Davy veio me ver quando passou por Hamburgo. Discutimos por um longo tempo, entre outras questões, a teoria da liquidez do núcleo interno da Terra. Concordamos que ele não poderia ser líquido por uma razão que a ciência nunca conseguiu explicar.

– Que razão? – eu disse, um pouco atônito.

– Porque essa massa líquida estaria sujeita, como o oceano, à atração da lua e, portanto, teríamos marés interiores duas vezes por dia, que ergueriam a crosta terrestre e causariam terremotos periódicos!

– No entanto, é evidente que a superfície do globo foi submetida a uma combustão – respondi. – E é bastante razoável supor que a crosta externa esfriou primeiro, enquanto o calor se acumulou no centro.

– Errado – meu tio respondeu. – A Terra foi aquecida pela combustão de sua superfície, e não o contrário. Sua superfície era composta de um grande número de metais, como o potássio e o sódio, que têm a propriedade de inflamar ao simples contato com o ar e a água; esses metais inflamaram-se quando o vapor atmosférico

---

19 Considerado um dos maiores químicos da Grã-Bretanha, Humphry Davy (1778-1829) tornou-se famosos por suas experimentações no campo da eletroquímica.

caiu no solo como chuva; e pouco a pouco, conforme as águas penetraram nas fissuras da crosta terrestre, ocorreram novos incêndios com explosões e erupções. Daí os numerosos vulcões durante as primeiras eras do mundo.

– Que teoria engenhosa! – exclamei, apesar de tudo.

– A qual Humphry Davy me demonstrou com um experimento simples. Ele fez uma bola dos metais que mencionei, representando perfeitamente o nosso globo; quando ele derrubava orvalho sobre sua superfície, a bola inchava, oxidava e formava uma pequena montanha com uma cratera em seu cume. Uma erupção então ocorria e espalhava calor pela bola a ponto de se tornar impossível segurá-la com as mãos.

Na verdade, eu estava começando a ficar impressionado com os argumentos do professor, que falava com sua habitual paixão e entusiasmo.

– Veja, Axel – acrescentou –, a condição do núcleo deu origem a várias teorias entre os geólogos. Não há provas para esse calor interno; minha opinião é que não existe, não pode existir. De qualquer modo, veremos por nós mesmos e, assim como Arne Saknussemm, saberemos o que pensar a respeito desta grande questão.

– Muito bem – respondi, contagiado por seu entusiasmo. – Veremos, se é que se pode ver algo por lá.

– E por que não poderíamos? Temos fenômenos elétricos para iluminar nosso caminho, além da própria atmosfera, que pode se tornar luminosa devido à sua pressão conforme nos aproximamos do centro.

– Sim – eu disse. – Isso é possível, afinal.

– É mais do que possível – respondeu meu tio em tom de triunfo. – Mas silêncio, você me ouviu? Silêncio absoluto para que ninguém tenha a ideia de descobrir o centro da Terra antes de nós.

VII

Assim terminou aquele momento memorável. A conversa me deixou febril; saí do escritório do meu tio atordoado e não havia ar suficiente nas ruas de Hamburgo que pudesse me recompor. Assim, caminhei em direção às margens do Elba, do lado em que o barco a vapor liga a cidade à ferrovia de Hamburgo.

Eu estava convencido do que acabara de aprender? Não estava sob o domínio do Professor Lidenbrock? Devo acreditar sinceramente em sua intenção de ir ao centro deste globo maciço? Estava ouvindo as especulações malucas de um lunático ou as conclusões científicas de um grande gênio? Em meio a tudo isso, onde terminava a verdade e começava o erro?

Eu flutuava entre milhares de suposições contraditórias, sem poder me apegar a nenhuma.

Na hora, lembrei-me de que estava convencido, embora agora meu entusiasmo estivesse começando a esfriar; sentia vontade de partir imediatamente para não ter tempo de pensar. Sim, eu teria tido coragem suficiente para arrumar minha mala naquele momento.

Mas devo confessar que, uma hora mais tarde, aquela excitação diminuiu; meus nervos relaxaram e, dos abismos profundos da Terra, voltei à superfície.

– Isso é um absurdo! – exclamei. – Onde está o bom senso? Não é uma proposta que se faça a um jovem sensato. Nada disso é real. Dormi mal e tive um pesadelo.

Segui pelas margens do Elba e contornei a cidade. Depois de voltar ao porto, cheguei à estrada de Altona. Fui guiado por um pressentimento, um pressentimento justificado, pois logo vi minha pequena Graüben bravamente retornando a Hamburgo com seus passos apressados.

– Graüben! – gritei de longe.

A jovem parou, um pouco perturbada, imagino, ao ouvir seu nome na estrada. Com dez passos, eu me juntei a ela.

– Axel! – surpreendeu-se. – Ah! Você deve ter vindo me encontrar! Estou certa, senhor?

Mas, ao olhar para mim, Graüben não pôde deixar de notar o meu ar preocupado e chateado.

– Qual é o problema? – ela disse, estendendo a mão.

– O problema, Graüben? – exclamei.

Em dois segundos e três frases, minha linda virlandesa foi totalmente informada sobre a situação. Ela ficou em silêncio por alguns momentos. Seu coração palpitava como o meu? Não sei dizer, mas sua mão não tremia na minha. Andamos cem passos em silêncio.

– Axel! – disse ela, finalmente.

– Minha querida Graüben!

– Será uma bela jornada!

Dei um pulo ao ouvir essas palavras.

– Sim, Axel, uma jornada digna do sobrinho de um estudioso; é bom que um homem se destaque por um grande feito.

– O quê? Graüben, você não vai me dissuadir da ideia desta expedição?

– Não, querido Axel, e eu iria de bom grado acompanhá-los, se uma pobre garota não fosse um inconveniente para vocês.

– Está falando sério?

– Estou.

Ah! Mulheres, moças, quão incompreensíveis são seus corações femininos! Quando não são a mais tímida das criaturas, são as mais corajosas! A razão nada pode contra elas. Imaginem só! Aquela criança me incentivava a participar da expedição! Sequer tinha medo de se juntar a ela! E encorajava aquele a quem amava!

Fiquei desconcertado, para não dizer envergonhado.

– Graüben, veremos se você dirá a mesma coisa amanhã.

– Amanhã, querido Axel, direi o que digo hoje.

Graüben e eu, de mãos dadas, mas em silêncio, continuamos nosso caminho. As emoções daquele dia haviam me arrasado.

"Afinal de contas", pensei, "as calendas de julho ainda estão muito longe e, até lá, muitos acontecimentos podem curar o desejo do meu tio de viajar para o subsolo."

A noite já havia caído quando chegamos à casa da Königstrasse. Esperava encontrar tudo quieto lá; meu tio na cama, como de costume, e Martha dando à sala de jantar suas últimas espanadas do dia.

Mas não havia levado em consideração a impaciência do professor.

Eu o encontrei gritando e correndo por entre uma tropa de carregadores que descarregavam mercadorias do lado de fora. A velha criada não sabia para onde se virar.

– Venha, Axel, apresse-se, infeliz – exclamou meu tio quando me viu ao longe. – Sua mala não está pronta, meus documentos não estão em ordem, não consigo encontrar a chave da minha bolsa de viagem e minhas polainas ainda não chegaram!

Fiquei estupefato. Perdi a voz. Meus lábios mal puderam articular essas palavras:

– Estamos partindo?

– Claro, moleque infeliz, que foi passear em vez de estar aqui!

– Estamos partindo? – repeti com a voz enfraquecida.

– Sim, depois de amanhã, nas primeiras horas do dia.

Não pude continuar ouvindo e fugi para o meu quartinho.

Não restava mais dúvida; meu tio havia passado a tarde comprando alguns dos itens e ferramentas essenciais para sua jornada.

O corredor estava repleto de escadas de corda, cordas com nós, tochas, cantis, ganchos de ferro, picaretas, bastões com ponta de ferro, enxadas; carga suficiente para pelo menos dez homens.

Passei uma noite horrível. Na manhã seguinte, fui chamado logo cedo. Decidi não abrir a porta. Mas como resistir à voz doce que pronunciava as palavras "Axel, querido?".

Saí do meu quarto. Pensei que meu olhar derrotado, minha palidez e meus olhos avermelhados pela insônia teriam efeito em Graüben e a fariam mudar de ideia.

– Ah! Meu querido Axel – disse ela. – Vejo que você está melhor e que a noite o acalmou.

– Acalmou? – exclamei.

Eu corri para o espelho. De fato, eu parecia melhor do que imaginava. Era inacreditável.

– Axel – ela disse –, tive uma longa conversa com meu tutor. Ele é um estudioso ousado, um homem de imensa coragem, e você deve se lembrar de que o sangue dele flui em suas veias. Ele me contou sobre seus planos, suas esperanças, por que e como espera alcançar seu objetivo. Ele sem dúvida terá sucesso. Meu querido Axel, é uma coisa maravilhosa se dedicar a uma ciência como essa! Que glória cairá sobre o Sr. Lidenbrock e se refletirá em seu companheiro! Quando você retornar, Axel, será um homem igual a ele, livre para falar e agir de forma independente e, enfim, livre para...

A garota, corando, não terminou a frase. Suas palavras me reanimaram. No entanto, ainda me recusava a acreditar que iríamos partir. Levei Graüben ao escritório do professor.

– Tio, então é verdade que vamos partir?

– O quê? Você duvida?

– Não – respondi para não o contrariar. – Só gostaria de saber qual é a necessidade de nos apressarmos.

– O tempo! O tempo voa com velocidade irrecuperável!

– Mas hoje ainda é 26 de maio e até o final de junho...

– O quê? Você acha, seu ignorante, que é tão fácil assim chegar à Islândia? Se você não tivesse me abandonado feito um tolo, eu o teria levado à Representação de Copenhagen na Liffender & Cia., e você saberia que há apenas uma viagem por mês de Copenhagen a Reykjavik, sempre no dia 22.

– E qual é o problema?

– O problema é que, se esperarmos até o dia 22 de junho, chegaremos tarde demais para ver a sombra do Scartaris tocar a cratera de Sneffels! Portanto, devemos chegar a Copenhagen o mais rápido possível para encontrar um meio de transporte até lá. Vá fazer suas malas!

Não havia o que responder. Voltei para o meu quarto. Graüben me seguiu. Foi ela quem organizou, em uma pequena mala, os objetos necessários para a minha viagem. Ela agia como se eu estivesse partindo para uma viagem a Lübeck ou Helgoland.[20] Suas mãozinhas iam e vinham sem pressa. Ela falava calmamente e me fornecia as razões mais sensatas para a nossa expedição. Ela me encantava e me fazia sentir uma grande raiva. Às vezes, eu me irritava, mas ela ignorava e prosseguia metodicamente com sua tarefa silenciosa.

Por fim, a última alça foi afivelada. Desci para o térreo.

Ao longo de todo o dia, os fornecedores de instrumentos, armas e dispositivos elétricos se multiplicaram. Marthe estava perdendo a cabeça.

– O patrão está louco? – ela questionou.

Eu assenti.

– E ele está levando você com ele?

Assenti novamente.

– Para onde? – ela perguntou.

Apontei para o centro da Terra.

– O porão? – exclamou a velha criada.

– Não – eu disse. – Mais baixo!

A noite chegou. Eu havia perdido a noção do tempo.

---

20   Lübeck é uma cidade do norte da Alemanha, ao passo que Helgoland é um arquipélago do país germânico.

– Amanhã de manhã – disse meu tio –, partiremos às seis em ponto.

Às dez horas caí na cama feito uma massa inerte.

Durante a noite, o terror tomou conta de mim novamente.

Sonhei com abismos! Eu estava delirando. Sentia a mão vigorosa do professor me apertar, arrastar e afundar! Caía em precipícios insondáveis com a velocidade crescente dos corpos soltos no espaço. Minha vida não era mais que uma queda sem fim.

Acordei às cinco horas, exausto pelo cansaço e pela emoção. Fui até a sala de jantar. Meu tio estava na mesa. Ele devorou o café da manhã. Olhei para ele com uma sensação de horror. Mas Graüben estava lá. Eu não disse nada, tampouco consegui comer.

Às cinco e meia, um barulho foi ouvido na rua. Uma grande carruagem chegou para nos levar à estação ferroviária de Altona. Rapidamente ficou lotada com as bagagens do meu tio.

– Onde está sua mala? – ele perguntou.

– Está pronta – respondi com a voz vacilante.

– Então se apresse para pegá-la ou perderemos o trem!

Lutar contra o meu destino me pareceu então impossível. Fui para o meu quarto e, deixando minha mala deslizar pelos degraus da escada, segui-a.

Naquele momento, meu tio estava entregando solenemente "as rédeas" da casa a Graüben. Minha linda virlandesa mantinha sua calma habitual. Ela beijou seu tutor, mas não conseguiu segurar uma lágrima ao encostar seus lábios macios em minha bochecha.

– Graüben! – exclamei.

– Vá, meu querido Axel – disse ela. – Você está deixando sua noiva, mas encontrará sua esposa quando retornar.

Segurei-a em meus braços e depois me acomodei na carruagem. Da porta, Marthe e a garota nos deram um último adeus; então, os cavalos, despertados pelo assovio do cocheiro, se lançaram a galope na estrada para Altona.

VIII

Altona, um verdadeiro subúrbio de Hamburgo, é o ponto de partida da estrada de ferro de Kiel, que nos conduziria às costas do Grande Belt. Em menos de vinte minutos, entraríamos no território de Holstein.[21]

Às seis e meia, a carruagem parou na estação; os inúmeros pacotes do meu tio – volumosos itens de viagem – foram descarregados, transportados, pesados, etiquetados e carregados no vagão de bagagens. Às sete, nos sentamos frente a frente em nosso compartimento. O vapor sibilou e a locomotiva começou a andar. Nós partimos.

Eu estava resignado? Ainda não. No entanto, o ar fresco da manhã e a paisagem do trajeto que mudava rapidamente devido à velocidade do trem me distraíam da minha grande preocupação.

Quanto às reflexões do professor, elas evidentemente ultrapassavam aquele comboio lento demais para sua impaciência. Estávamos sozinhos no vagão, mas nos mantivemos em silêncio. Meu tio examinou todos os bolsos e sua mala de viagem com o maior

---

21   Kiel é uma cidade portuária situada ao norte da Alemanha e capital do estado de Holstein, hoje denominado Schleswig-Holstein. O Grande Belt, por sua vez, é um estreito localizado entre as ilhas dinamarquesas de Funen e Zelândia.

cuidado possível. Vi que, de fato, não faltava nenhum dos itens necessários para a realização de sua empreitada.

Entre eles, havia uma folha de papel cuidadosamente dobrada que exibia o timbre do consulado dinamarquês com a assinatura do Sr. Christiensen, cônsul em Hamburgo e um amigo do professor. Esse documento deveria nos facilitar a obtenção de cartas de referência em Copenhagen para o governador da Islândia.

Também observei o famigerado documento cuidadosamente escondido no bolso mais secreto de sua carteira. Eu o amaldiçoei do fundo do meu coração e voltei a observar a paisagem. Ela era composta de uma vasta série de planícies monótonas, argilosas e férteis; um cenário muito favorável à construção de ferrovias e propício àquelas linhas retas tão queridas pelas companhias de estradas de ferro.

Mas não tive tempo de me cansar dessa monotonia; três horas depois de nossa partida, paramos em Kiel, bem perto do mar.

Uma vez que nossas bagagens já haviam sido despachadas para Copenhagen, não era preciso se preocupar com elas. No entanto, o professor mantinha um olhar cauteloso enquanto elas eram transportadas para o navio a vapor. Lá, desapareceram no porão.

Na pressa, meu tio calculou mal o tempo de conexão entre o trem e o navio, de modo que tivemos um dia inteiro de sobra. O vapor *Ellenora* só partiria à noite.

Daí uma agitação febril de nove horas, durante as quais o irascível viajante mandou as companhias de transporte marítimo e ferroviário aos diabos, bem como os governos que toleravam tais abusos. Tive que apoiá-lo quando ele se aproximou do capitão do *Ellenora* para falar sobre o assunto. Queria forçá-lo a aquecer as caldeiras naquele momento. O capitão o mandou passear.

Mas em Kiel, como em qualquer outro lugar, o dia tem que passar. Depois de caminharmos nas margens verdejantes da baía, no extremo da qual se ergue a pequena cidade, explorarmos os densos bosques que lhe dão a aparência de um ninho num feixe de galhos, admirarmos as vilas, cada uma com sua pequena casa de banho, corrermos e resmungarmos, finalmente chegaram as dez horas.

Os turbilhões de fumaça do *Ellenora* subiram ao céu. O convés tremia com a agitação das caldeiras; estávamos a bordo e contávamos com dois leitos, um acima do outro, na única cabine do navio.

Às dez e quinze, as amarras foram afrouxadas e o navio deslizou rapidamente sobre as águas escuras do Grande Belt.

A noite estava escura; havia uma brisa forte e o mar se mostrava agitado. Algumas luzes apareceram na costa através da escuridão espessa. Mais tarde, não sei dizer quando, uma luz fulgurante de algum farol brilhou acima das ondas; e isso é tudo o que me lembro dessa primeira travessia.

Às sete da manhã, desembarcamos em Korsör, uma pequena cidade na costa oeste da Zelândia. Ali, nos transferimos do barco para outro trem, que nos conduziu por campos tão planos quanto os de Holstein.

Três horas de viagem nos levaram à capital da Dinamarca. Meu tio não pregara os olhos a noite inteira. Em sua impaciência, acredito que tentava acelerar o trem com os pés.

Por fim, ele avistou um trecho de mar.

– O Sund! – ele exclamou.

À nossa esquerda, havia um enorme edifício que parecia um hospital.

– Isso é um manicômio – disse um de nossos companheiros de viagem.

"Pois bem", pensei, "é exatamente este o lugar onde deveríamos passar o restante de nossos dias! E, por maior que seja, esse lugar ainda é pequeno demais para conter toda a loucura do Professor Lidenbrock!"

Às dez da manhã, enfim, pisamos em Copenhagen; as bagagens foram carregadas em uma carruagem e levadas conosco ao hotel Phoenix, na Bredgade. Levamos cerca de meia hora para chegar lá, pois a estação se situava fora da cidade. Então, meu tio, depois de uma toalete sumária, arrastou-me com ele. O porteiro do hotel sabia falar alemão e inglês; mas o professor, poliglota, questionou-o em bom dinamarquês, e foi em bom dinamarquês que o indivíduo indicou a localização do Museu de Antiguidades do Norte.

O diretor dessa curiosa instituição, onde estão amontoadas as maravilhas que permitiriam reconstruir a história antiga do país por meio de suas armas de pedra, taças e joias, era o Professor Thomson, cientista e amigo do cônsul dinamarquês de Hamburgo.

Meu tio tinha em mãos uma cordial carta de apresentação para ele. Em geral, os cientistas recebem mal seus colegas, mas aqui foi bem diferente. O Sr. Thomson, um homem prestativo, deu boas-vindas calorosas ao Professor Lidenbrock e até mesmo ao seu sobrinho. Nem é preciso mencionar que o segredo fora mantido na presença do excelente diretor do museu. Nós simplesmente queríamos visitar a Islândia como amadores desinteressados.

O Sr. Thomson colocou-se à nossa disposição e corremos ao cais em busca de um navio com partida marcada.

Eu ainda esperava que não houvesse absolutamente nenhum meio de transporte; mas não tinha tanta sorte. Uma pequena escuna dinamarquesa, a *Valkyrie*, partiria para Reykjavik no dia 2 de junho. O capitão, Sr. Bjarne, estava a bordo. Seu futuro passageiro, cheio de alegria, apertou suas mãos com tanta força que quase as quebrou. O bom homem ficou um pouco surpreso com esse entusiasmo. Achava muito simples ir para a Islândia; era seu trabalho. Já meu tio considerava tudo aquilo sublime. O digno capitão aproveitou esse entusiasmo para nos cobrar o dobro da passagem, mas sequer nos demos conta.

– Embarquem na terça-feira, às sete da manhã – disse o Sr. Bjarne, depois de embolsar uma quantia considerável de dólares.

Agradecemos ao Sr. Thomson por sua gentileza e voltamos ao Hotel Phoenix.

– Tudo está indo bem! Está indo muito bem! – repetia meu tio. – Que feliz coincidência termos encontrado este navio pronto para partir! Agora vamos comer e depois visitar a cidade.

Fomos primeiro a Kongens Nytorv, uma praça irregular com um pedestal e dois canhões inocentes apontados para um lado, mas que não assustam ninguém. Ali perto, no número 5, havia um "restaurante" francês comandado por um chef chamado Vincent, onde comemos o suficiente pelo preço módico de quatro marcos por pessoa.[22]

Tive então um prazer infantil em explorar a cidade; meu tio se deixou ser levado para passear, mas ele nada notou, nem o insignificante palácio real, nem a bela ponte do século XVII que atravessa o canal em frente ao museu, nem o imenso cenotáfio de Thorvaldsen, decorado com pinturas murais horríveis e dono de uma coleção de obras do escultor, nem, num belo parque, o aconchegante palácio de Rosenborg, nem o belo edifício renascentista da Bolsa de Valores, nem a torre composta das caudas retorcidas de quatro dragões de bronze e nem o grande moinho de vento das muralhas, cujas enormes asas se inflavam como as velas de um navio ao vento.

Que passeios deliciosos minha linda garota virlandesa e eu teríamos feito juntos ao longo do porto onde os navios de convés duplo e a fragata dormem pacificamente sob seu telhado vermelho, nas margens verdes do estreito, à sombra das árvores entre as quais o forte se oculta com seus canhões que estendem as bocas enegrecidas por entre os galhos dos amieiros e salgueiros!

Mas, infelizmente, minha pobre Graüben estava longe. Eu poderia esperar vê-la outra vez?

Enquanto isso, embora meu tio não tivesse notado nenhum desses lugares agradáveis, ficara muito impressionado com a visão de um campanário na ilha de Amak, que integra a região sudoeste de Copenhagen.

---

22 Aproximadamente 2 francos e 75 centavos. (N.A.)

Fui ordenado a seguir naquela direção; embarcamos em um pequeno navio a vapor que fazia a travessia dos canais e, em poucos minutos, descemos no cais de Dock-Yard.

Depois de atravessar algumas ruas estreitas onde alguns galerianos, vestidos com calças metade amarelas e metade cinza, trabalhavam sob as ordens dos guardas, chegamos à Vor Frelsers Kirke. Não havia nada de notável na igreja. Mas havia uma razão pela qual sua torre alta atraíra a atenção do professor. A partir da plataforma, uma escada externa serpenteava ao redor da torre, numa espiral em pleno céu.

– Vamos subir – disse meu tio.

– Mas e a vertigem? – perguntei.

– Mais uma razão para subirmos; precisamos nos acostumar.

– Mas...

– Venha logo, não temos tempo a perder.

Tive que obedecer. Um guarda que morava do outro lado da rua nos entregou a chave e a subida começou.

Meu tio ia na frente com passos decididos. Eu vinha logo atrás, não sem terror, pois minha cabeça girava com deplorável facilidade. Eu não tinha o prumo das águias nem seus nervos de aço.

Enquanto estávamos aprisionados na escada interior, tudo corria bem; mas depois de cento e cinquenta passos o ar fresco me atingiu na cara; havíamos chegado à plataforma da torre. Ali começava a escada aérea, guardada por um corrimão fino e com degraus cada vez mais estreitos que pareciam subir em direção ao infinito.

– Eu nunca vou conseguir! – exclamei.

– Por acaso você é covarde? Suba! – respondeu o professor, sem piedade.

Eu tive que seguir, agarrando-me a cada passo. O ar livre me deixava tonto. Senti a torre balançando a cada rajada de vento. Minhas pernas começaram a falhar; logo me arrastei de joelhos, e depois de barriga. Eu fechei meus olhos; sentia vertigens.

Por fim, meu tio me puxou pelo colarinho; havíamos chegado ao topo.

– Olhe para baixo! – ele exclamou. – E olhe com cuidado! Temos que ter aulas de *abismos*.

Abri meus olhos. Vi as casas achatadas como se tivessem sido esmagadas por uma queda em meio a uma cerração de fumaça. Nuvens irregulares pairavam sobre minha cabeça e, por uma inversão óptica, pareciam imóveis, enquanto o campanário, o topo e eu nos movíamos a uma velocidade fantástica. Ao longe, de um lado, estava o país verdejante; do outro, o mar, que brilhava sob os raios de sol. O Sund estendia-se até Elsinore, pontilhado com algumas velas brancas como asas de gaivotas; e no leste enevoado ondulavam as costas desbotadas da Suécia. Toda essa imensidão girou diante dos meus olhos.

Contudo, tive que me levantar, ficar ereto e encarar. Minha primeira lição de vertigem durou uma hora. Quando finalmente obtive permissão para descer e tocar as sólidas calçadas da rua com os pés, estava dolorido.

– Faremos isso de novo amanhã – disse o professor.

E, de fato, por cinco dias, repeti esse exercício vertiginoso. Querendo ou não, fiz um progresso notável na arte das "altas contemplações".

IX

Chegou o dia da nossa partida. Na véspera, o gentil Sr. Thomson trouxe-nos cartas de apresentação prementes para o Conde Trampe, governador da Islândia, o Sr. Pictursson, coadjutor do bispo, e o Sr. Finsen, prefeito de Reykjavik. Em troca, meu tio deu-lhe os mais calorosos apertos de mão.

No dia 2, às seis da manhã, toda a nossa preciosa bagagem foi colocada a bordo da *Valkyrie*. O capitão nos levou a cabines bastante estreitas e dispostas sob uma espécie de camarote do convés.

– Temos bons ventos? – perguntou meu tio.

– Excelentes – respondeu o Capitão Bjarne. – Ventos do sudeste. Vamos partir do Sund a toda velocidade, com todas as velas içadas.

Alguns instantes depois, a escuna, sob sua mezena, bergantim, gávea e joanete, soltou-se das amarras e disparou a todo vapor pelo estreito. Uma hora depois, a capital da Dinamarca parecia afundar sob as ondas distantes, e a *Valkyrie* contornava as costas de Elsinore. No meu estado de espírito, esperava ver o fantasma de Hamlet vagando no lendário terraço do castelo.

– Maluco sublime! – eu disse. – Sem dúvida, você nos aprovaria! Talvez nos acompanhe até o centro do globo a fim de encontrar uma solução para sua eterna dúvida!

Mas nada apareceu nas antigas muralhas; o castelo é, diga-se de passagem, muito mais recente que o heroico príncipe da Dinamarca. Agora serve como um suntuoso alojamento para o porteiro do estreito de Sund, onde quinze mil navios de todas as nações passam todos os anos.

O castelo de Krongborg logo desapareceu na neblina, assim como a torre de Helsingborg, na costa sueca, e a escuna inclinou-se levemente sob a brisa do Kattegat.[23]

A *Valkyrie* era um bom veleiro, mas nunca se sabe exatamente o que esperar de um navio a vela. Ela transportava carvão, utensílios domésticos, louça de barro, roupas de lã e uma carga de trigo para Reykjavik. Cinco tripulantes, todos dinamarqueses, eram suficientes para conduzi-la.

– Quanto tempo levará a travessia? – perguntou meu tio ao capitão.

– Cerca de dez dias – respondeu o capitão –, se não encontrarmos muita ventania do noroeste nas Ilhas Faroé.

– Mas estamos sujeitos a atrasos consideráveis?

– Não, Sr. Lidenbrock; não se preocupe, nós chegaremos lá.

À noite, a escuna navegou ao redor do Cabo Skagen, na extremidade norte da Dinamarca, atravessou o Skagerrak durante a noite, navegou pelos limites da Noruega pelo Cabo Lindesnes e adentrou o mar do Norte.

Dois dias mais tarde, avistamos as costas da Escócia na altura de Peterhead, e a *Valkyrie* voltou-se para as Ilhas Faroé, passando por entre as Órcades e as Shetland.

Logo, a escuna foi atingida pelas ondas do Atlântico e precisou enfrentar o vento norte para alcançar, não sem dificuldades, as Ilhas Faroé. No dia 8, o capitão avistou Mykines, a mais oriental

---

23   Estreito localizado entre a Dinamarca e a Suécia que integra a conexão entre o mar Báltico e o mar do Norte.

dessas ilhas,[24] e a partir desse momento seguiu em direção a Cape Portland, na costa sul da Islândia.

Nada incomum ocorreu durante a travessia. Sofri bastante com as provações do mar; meu tio, para seu desgosto e sua vergonha ainda maior, também ficou enjoado.

Ele não conseguiu, portanto, conversar com o Capitão Bjarne a respeito do Sneffels, dos meios de comunicação e dos serviços de transporte; ele adiou essas informações para a chegada e passou o tempo todo deitado em sua cabine, cujos painéis de madeira rangiam sob o ataque das ondas. Devo dizer que ele merecia um pouco seu destino.

No dia 11, chegamos a Cape Portland. O tempo aberto nos deu uma boa visão de Myrdals Yocul, que domina o cabo. A região consiste em uma grande colina com encostas íngremes, plantada sozinha na praia.

A *Valkyrie* manteve-se a uma distância razoável da costa, navegando para o oeste em meio a grandes cardumes de baleias e tubarões. Logo surgiu uma enorme rocha perfurada, por meio da qual o mar corria furiosamente. As ilhotas de Westmann pareciam surgir do oceano como uma pitada de rochas em uma planície líquida. A partir desse momento, a escuna tomou fôlego para dobrar a uma boa distância o cabo de Reykjanes, que forma o canto ocidental da Islândia.

O mar agitado impediu meu tio de subir ao convés para admirar essas costas atingidas e destruídas pelos ventos do sudoeste.

Quarenta e oito horas depois, ao final de uma tempestade que obrigou a escuna a recolher as velas, avistamos o farol de Skagen no leste, cujas rochas perigosas se estendem a uma boa distância sob as ondas. Um navegador islandês subiu a bordo e, em três horas, a *Valkyrie* ancorou diante de Reykjavik, na Baía de Faxa.

O professor finalmente emergiu de sua cabine, um pouco pálido e abatido, mas ainda cheio de entusiasmo e com uma expressão de satisfação nos olhos.

---

24 Na verdade, Mykines localiza-se no extremo oeste do arquipélago.

A população da cidade, particularmente interessada na chegada de uma embarcação da qual todos esperavam algo, amontoava-se no cais.

Meu tio mal podia esperar para largar sua prisão flutuante, para não dizer hospital. Mas, antes de sair do convés da escuna, ele me puxou para a frente e apontou com o dedo para o norte da baía, em direção a uma montanha alta com dois picos, um cone duplo coberto por neves eternas.

– O Sneffels! – ele exclamou. – O Sneffels!

Então, depois de me ordenar com um gesto para manter silêncio absoluto, ele desceu até o bote que o aguardava. Eu o segui, e logo pisamos no solo da Islândia.

Vimos a princípio um homem bem-apessoado que vestia um uniforme de general. No entanto, tratava-se apenas de um magistrado, o governador da ilha, o próprio Barão Trampe. O professor logo percebeu com quem estava lidando. Ele entregou suas cartas de Copenhagen, e uma curta conversa em dinamarquês se seguiu, à qual eu permaneci por um bom motivo completamente alheio. Mas o resultado dessa primeira conversa foi que o Barão Trampe se colocou inteiramente a serviço do Professor Lidenbrock.

Meu tio recebeu uma recepção muito agradável do prefeito, o Sr. Finson, não menos militar do que o governador, mas também pacífico de temperamento e de estado. Quanto ao coadjutor do bispo, o Sr. Pictursson, encontrava-se naquele momento realizando uma visita episcopal na diocese do Norte; tivemos que desistir de sermos apresentados a ele por ora. Em contrapartida, conhecemos o Sr. Fridriksson, professor de Ciências Naturais da escola de Reykjavik; este era um homem encantador, cuja assistência se tornou muito valiosa para nós. Esse cientista modesto falava apenas islandês e latim; ele me ofereceu seus serviços na língua de Horácio, e senti que fomos feitos para entender um ao outro. Ele era, de fato, a única pessoa com quem pude conversar durante a nossa estada na Islândia.

Este excelente homem colocou à nossa disposição dois dos três cômodos de sua casa, e logo fomos instalados lá com nossas bagagens, cuja quantidade surpreendeu um pouco os habitantes de Reykjavik.

– Bem, Axel – disse meu tio –, estamos progredindo e o mais difícil já foi feito.

– O que você quer dizer com o mais difícil? – perguntei.

– Ora, agora só temos que descer!

– Se o senhor vê sob este ângulo, está certo; mas, afinal, depois de descermos, teremos que subir, eu imagino?

– Ah, isso mal me preocupa! Venha, não há tempo a perder! Estou indo para a biblioteca. Talvez haja algum manuscrito de Saknussemm em que eu queira dar uma olhada.

– Então, nesse meio-tempo, visitarei a cidade. Você não fará o mesmo?

– Ah, isso realmente não me interessa. O que há de curioso no solo islandês não está acima, mas abaixo.

Saí e vagueei ao acaso.

Não seria fácil se perder nas duas ruas de Reykjavik. Portanto, não precisei pedir orientações, que na linguagem dos gestos nos expõem a muitos mal-entendidos.

A cidade se estendia por um terreno baixo e pantanoso entre duas colinas. Um imenso leito de lava fazia fronteira de um lado e descia suavemente em direção ao mar. Do outro lado, ficava a vasta Baía de Faxa, delimitada ao norte pela enorme geleira do Sneffels, onde a *Valkyrie* era então o único barco ancorado. Normalmente, as guardas pesqueiras inglesas e francesas ficavam ali, mas naquele momento navegavam na costa leste da ilha.

A mais longa das duas ruas de Reykjavik corria paralela à praia; ali viviam os mercadores e negociantes em cabanas de madeira feitas de tábuas vermelhas horizontais; a outra rua, mais a oeste, levava a um pequeno lago entre as casas do bispo e de outras pessoas que não lidavam com o comércio.

Logo explorei essas ruas sombrias e tristes. Aqui e ali, vislumbrava um pouco de gramado desbotado, mais parecido com um tapete de lã desgastado pelo uso, ou alguma espécie de horta, cujos vegetais esparsos, tais como batatas, couves e alfaces, pareciam mais apropriados a uma mesa liliputiana.[25] Alguns goiveiros doentios também se aventuravam a tomar um pouco de sol.

No meio da rua não comercial, encontrei o cemitério público, cercado por uma parede de barro, onde parecia haver bastante espaço. Então, alguns passos adiante, cheguei à casa do governador; uma casa de fazenda comparada à prefeitura de Hamburgo, mas um palácio em comparação às cabanas da população islandesa.

Entre o pequeno lago e a cidade ficava a igreja, construída em estilo protestante com pedras calcinadas retiradas dos próprios vulcões; sob os fortes ventos do oeste, suas telhas vermelhas obviamente se dispersavam no ar, para grande consternação dos fiéis.

De uma colina vizinha, vi a escola nacional onde, como fui informado mais tarde por nosso anfitrião, ensinava-se hebraico, inglês, francês e dinamarquês, quatro idiomas dos quais, para minha vergonha, não conhecia uma única palavra. Eu seria o último dos quarenta alunos daquela pequena faculdade, e indigno de ir dormir com eles naqueles armários de dois compartimentos, onde os mais delicados morreriam sufocados na primeira noite.

Em três horas, eu havia visitado não apenas a cidade, mas também seus arredores. A aparência geral era singularmente triste. Não havia árvores ou vegetação, por assim dizer. Em toda parte, só se viam as margens nuas de rochas vulcânicas. As cabanas dos islandeses eram feitas de barro e turfa, e suas paredes se inclinavam para dentro. Elas mais pareciam telhados colocados no chão. Mas esses

---

25 Referência à Lilipute, ilha fictícia do romance *As Viagens de Gulliver*, de Jonathan Swift, habitada por seres minúsculos.

telhados eram pradarias relativamente férteis. Devido ao calor da casa, a grama crescia ali com perfeição e era cuidadosamente cortada no período da ceifa, o que impedia os animais domésticos de pastarem nessas residências verdejantes.

Durante minha excursão, conheci algumas pessoas. Quando voltei para a rua comercial, vi a maior parte da população ocupada secando, salgando e carregando bacalhaus, seu principal item de exportação. Os homens pareciam alemães robustos, porém pesados; loiros, com os olhos pensativos daqueles que se sentem um pouco afastados da humanidade, pobres exilados relegados a essa terra de gelo onde a natureza deveria tê-los feito esquimós, uma vez que os havia condenado a viver à beira do Círculo Polar Ártico! Em vão tentei detectar um sorriso no rosto deles; às vezes, riam por uma espécie de contração involuntária dos músculos, mas nunca sorriam.

Suas roupas consistiam em uma jaqueta grossa de lã preta conhecida como *vadmel* nos países escandinavos, um chapéu de aba larga, calças com barras vermelhas e um pedaço de couro dobrado que fazia as vezes de sapato.

As mulheres, com rostos tristes e resignados de um tipo agradável, mas sem expressão, vestiam um corpete e uma saia de vadmel escuro; as meninas usavam um pequeno boné marrom de malha sobre os cabelos trançados; as casadas amarravam um lenço colorido em volta da cabeça, sobre o qual colocavam uma cimeira de linho branco.

Depois de uma boa caminhada, voltei à casa do Sr. Fridriksson, onde encontrei meu tio na companhia de seu anfitrião.

X

O jantar estava pronto; foi devorado avidamente pelo Professor Lidenbrock, cujo jejum obrigatório a bordo havia convertido seu estômago em um profundo abismo. A refeição, mais dinamarquesa do que islandesa, não era digna de nota; mas nosso anfitrião, mais islandês que dinamarquês, lembrou-me os heróis da antiga hospitalidade. Parecia óbvio que nos sentíamos mais em casa do que ele próprio.

A conversa transcorreu no idioma local, que meu tio misturou com o alemão e o Sr. Fridriksson com o latim para que eu pudesse entender. Os assuntos diziam respeito à ciência, como convém aos sábios; mas o Professor Lidenbrock era excessivamente reservado, e a cada frase seus olhos me pediam para manter o mais absoluto silêncio em relação aos nossos planos futuros.

Primeiro, o Sr. Fridriksson perguntou ao meu tio sobre os resultados de sua pesquisa na biblioteca.

– Sua biblioteca! – exclamou o último. – Ela consiste em apenas alguns livros esfarrapados em prateleiras quase vazias.

– Como assim? – perguntou o Sr. Fridriksson. – Possuímos oito mil volumes, muitos deles valiosos e raros, obras na antiga língua escandinava, e todas as novas publicações que Copenhagen nos fornece todos os anos.

– Onde você guarda seus oito mil volumes? Pelas minhas contas...

– Ah, Sr. Lidenbrock, eles percorrem o país. Nesta velha ilha de gelo, gostamos de estudar! Não há um fazendeiro ou pescador que não saiba ler e não leia. Acreditamos que os livros, em vez de ficarem mofados por trás de uma grade de ferro, longe dos olhares curiosos, devem se desgastar diante dos olhos dos leitores. Portanto, esses volumes passam de um para outro, são folheados, lidos e relidos, e muitas vezes só voltam às prateleiras após uma ausência de um ano ou dois.

– Enquanto isso – respondeu meu tio com certo despeito –, estrangeiros...

– O que podemos fazer? Os estrangeiros têm suas bibliotecas em casa, e o mais importante para nós é que os agricultores se instruam. Repito, o amor pelo estudo corre no sangue da Islândia. Em 1816, fundamos uma sociedade literária que prospera; estudiosos estrangeiros têm a honra de se tornarem membros dela. Ela publica livros para a educação de nossos compatriotas e presta um serviço genuíno ao país. Se você concordar em ser um membro correspondente, Sr. Lidenbrock, nos dará o maior prazer.

Meu tio, que já era membro de cerca de cem sociedades científicas, aceitou de tal bom grado que comoveu o Sr. Fridriksson.

– Agora – ele disse –, por favor, diga-me quais livros você esperava encontrar em nossa biblioteca, e talvez eu possa informá-lo sobre eles.

Eu olhei para o meu tio. Ele hesitou. Essa questão ia diretamente ao coração da sua empreitada. Mas, após um momento de reflexão, ele decidiu responder.

– Sr. Fridriksson, gostaria de saber se entre os seus livros antigos você tem os de Arne Saknussemm?

– Arne Saknussemm! – respondeu o professor de Reykjavik. – Você se refere ao estudioso erudito do século XVI, simultaneamente um grande naturalista, alquimista e viajante?

– Precisamente.
– Uma das glórias da literatura e da ciência islandesas?
– Exato.
– Um dos homens mais ilustres do mundo?
– Eu concordo.
– Aquele cuja coragem se igualava à sua genialidade?
– Vejo que você o conhece bem.

Meu tio não podia conter a alegria ao ouvir seu herói descrito dessa maneira. Ele devorava o Sr. Fridriksson com os olhos.

– Bem – ele perguntou –, e suas obras?
– Ah! Suas obras, nós não as temos.
– O quê? Na Islândia?
– Elas não existem na Islândia ou em qualquer outro lugar.
– Mas por quê?
– Porque Arne Saknussemm foi perseguido por heresia, e em 1573 seus livros foram queimados pelas mãos de um carrasco em Copenhagen.
– Muito bom! Perfeito! – exclamou meu tio, para grande consternação do professor de Ciências.
– O quê? – ele disse.
– Sim! Tudo está explicado, tudo faz sentido, tudo está claro, e agora entendo por que Saknussemm, depois de ser colocado no Index[26] e obrigado a esconder suas engenhosas descobertas, foi forçado a ocultar o segredo em um criptograma ininteligível...
– Que segredo? – perguntou o Sr. Fridriksson ansiosamente.
– Um segredo que... do qual... – gaguejou meu tio.
– Você tem algum documento em especial? – perguntou nosso anfitrião.
– Não... eu estava fazendo uma mera suposição.

---

26 O *Index Librorum Prohibitorum*, publicado pela primeira vez em 1559 e revogado em 1966, consistia em uma lista de obras proibidas pela Igreja Católica.

– Bem – respondeu o Sr. Fridriksson, que teve a gentileza de não insistir no assunto quando notou o constrangimento de seu parceiro de conversa. – Espero – acrescentou – que você não deixe nossa ilha até que tenha visto parte de sua riqueza mineralógica.

– Certamente – respondeu meu tio –, mas cheguei aqui um pouco atrasado; outros estudiosos não estiveram aqui antes de mim?

– Sim, Sr. Lidenbrock; os trabalhos dos senhores Olafsen e Povelsen, realizados por ordem do rei, os estudos de Troïl, a missão científica de Gaimard e Robert na corveta francesa *La Recherche*[27] e, por fim, as observações de estudiosos a bordo da fragata *La Reine-Hortense* contribuíram substancialmente para o nosso conhecimento da Islândia. Mas, acredite em mim, ainda falta muito.

– Você acha? – perguntou meu tio gentilmente, tentando esconder o brilho de seus olhos.

– Sim. Quantas montanhas, geleiras e vulcões pouco conhecidos ainda há para estudar! Nem preciso ir tão longe; olhe para aquele monte no horizonte. Aquele é o Sneffels.

– Ah! – disse meu tio. – Sneffels.

– Sim, um dos vulcões mais peculiares, cuja cratera raramente foi visitada.

– Extinto?

– Ah, sim, extinto há mais de quinhentos anos.

– Bem – respondeu meu tio, que estava cruzando freneticamente as pernas para não pular. – Gostaria de começar meus estudos geológicos por esse Seffel... Fessel... como você o chama?

– Sneffels – respondeu o notável Sr. Fridriksson.

Essa parte da conversa ocorrera em latim; eu havia entendido tudo, e mal podia manter minha seriedade ao ver meu tio tentando controlar sua satisfação, que transbordava para todos os lados; ele assumiu um ar de inocência que parecia a careta de um velho diabo.

---

27 A corveta foi enviada em 1835 pelo almirante Duperré para descobrir o destino da expedição perdida do Sr. de Blosseville no La Lilloise, dos quais nunca mais se ouviu falar. (N.A.)

– Sim – ele disse –, suas palavras me convenceram! Vamos tentar escalar o Sneffels, talvez até estudar sua cratera!

– Lamento profundamente – respondeu o Sr. Fridriksson – que meus compromissos não me permitam ficar ausente, do contrário os acompanharia com prazer e interesse.

– Ah, não, ah, não! – respondeu meu tio, ansioso. – Não gostaríamos de incomodar ninguém, Sr. Fridriksson; agradeço de todo o coração. A companhia de um cientista como o senhor seria muito útil, mas os deveres de sua profissão...

Gosto de pensar que nosso anfitrião, na inocência de sua alma islandesa, não entendeu a malícia grosseira do meu tio.

– Eu aprovo entusiasticamente que comece por esse vulcão, Sr. Lidenbrock – disse ele. – Você reunirá um grande número de observações interessantes. Mas diga-me, como você planeja chegar à península do Sneffels?

– Pelo mar, atravessando a baía. Essa é a rota mais rápida.

– Sem dúvida; mas é impossível.

– Por quê?

– Porque não temos um único barco em Reykjavik.

– Diabos!

– Você terá que ir por terra, seguindo a costa. Será um caminho mais longo, porém mais interessante.

– Bem. Devo obter um guia.

– Eu sei justamente de alguém para lhe oferecer.

– Um homem confiável e inteligente?

– Sim, um habitante da península. Ele é um caçador de patos muito habilidoso com quem você ficará satisfeito. Ele fala dinamarquês perfeitamente.

– E quando poderei vê-lo?

– Amanhã, se quiser.

– Por que não hoje?

– Porque ele só chega amanhã.

– Amanhã, então – respondeu meu tio com um suspiro.

Essa conversa importante terminou momentos depois com agradecimentos calorosos do professor alemão ao professor islandês. Durante aquele jantar, meu tio aprendera fatos cruciais, entre os quais a história de Saknussemm, a razão de seu misterioso documento, que seu anfitrião não o acompanharia em sua expedição e que, no dia seguinte, um guia estaria a seu serviço.

XI

À noite, fiz um pequeno passeio pelas costas de Reykjavik e voltei cedo para me deitar na minha cama, feita de tábuas grandes, onde dormi profundamente.

Quando acordei, ouvi meu tio falando muito na sala ao lado. Levantei-me imediatamente e corri para juntar-me a ele.

Ele conversava em dinamarquês com um homem alto, de constituição robusta. Esse sujeito grandão devia ter uma força incomum. Seus olhos, fixos em uma cabeça enorme e um tanto ingênua, pareciam inteligentes para mim. Eles eram de um azul sonhador. Cabelos compridos, que seriam considerados ruivos mesmo na Inglaterra, caíam sobre seus ombros atléticos. Os movimentos desse nativo eram suaves, mas ele pouco utilizava os braços para falar, como um homem que nada sabia ou não se importava com a linguagem dos gestos. Tudo nele revelava um temperamento de perfeita calma; não indolente, mas tranquilo. Sentimos que ele não pedia nada a ninguém, que trabalhava de acordo com sua conveniência e que, neste mundo, sua filosofia não podia ser surpreendida ou perturbada.

Percebi as nuances dessa personalidade pela maneira como o islandês ouvia o fluxo apaixonado de palavras de seu interlocutor. Ele permanecia com os braços cruzados, imóvel diante das múltiplas gesticulações do meu tio; para negar, sua cabeça virava da esquerda para a direita; para afirmar, assentia tão levemente que seus longos cabelos mal se moviam. Era uma economia de movimentos levada ao ponto da avareza.

Olhando para este homem, eu nunca teria adivinhado sua profissão de caçador; ele não devia assustar sua caça, estou certo, mas então como conseguia pegá-la?

Tudo ficou claro quando o Sr. Fridriksson me informou que esse indivíduo calmo era apenas um "caçador de êideres", patos cuja plumagem constituía a maior riqueza da ilha. De fato, essa plumagem era chamada de edredom, e reuni-la não exigia grande gasto de movimento.

Nos primeiros dias de verão, a fêmea do êider, uma espécie de pato bonito, constrói seu ninho entre as rochas dos fiordes que ficam ao longo da costa. Depois de construir o ninho, ela o forra com as plumas finas que arranca do ventre. Imediatamente o caçador, ou melhor, o comerciante, chega e rouba o ninho. E assim a fêmea recomeça seu trabalho, que se repete até que sua plumagem acabe. Quando ela se depena, é a vez do macho tirar suas penas. Mas, como sua plumagem dura e grossa não tem valor comercial, o caçador não se dá ao trabalho de roubar o leito de sua ninhada. Assim, o ninho é concluído; a fêmea põe os ovos; os passarinhos são chocados e, no ano seguinte, recomeça a colheita do edredom.

Ora, uma vez que o êider não escolhe penhascos íngremes para seu ninho, mas sim as rochas fáceis e horizontais que se inclinam para o mar, o caçador islandês podia exercer sua profissão sem grandes esforços. Ele era um fazendeiro que não precisava semear ou ceifar sua colheita, apenas colher.

O indivíduo grave, fleumático e silencioso chamava-se Hans Bjelke; fora recomendado pelo Sr. Fridriksson. Era o nosso futuro guia. Suas maneiras contrastavam particularmente com as do meu tio.

No entanto, entenderam-se com facilidade. Nenhum dos dois discutiu o valor do pagamento: um estava pronto para aceitar o que fosse oferecido; o outro estava pronto para dar o que fosse exigido. Um acordo nunca foi tão fácil.

O resultado das negociações foi que Hans se comprometeu a nos levar até a vila de Stapi, na costa sul da península do Sneffels, ao sopé do vulcão. Eram cerca de vinte e duas milhas por terra – uma jornada de aproximadamente dois dias, de acordo com a opinião do meu tio.

Mas, quando descobriu que uma milha dinamarquesa tinha 24 mil pés de comprimento, foi forçado a reaver seus cálculos e, dadas as más condições das estradas, calculou sete ou oito dias de marcha.

Quatro cavalos seriam colocados à sua disposição – dois para carregar meu tio e eu, dois para as bagagens. Hans iria a pé, como era seu costume. Ele conhecia perfeitamente aquela parte da costa e prometeu nos levar pelo caminho mais curto.

O contrato dele não seria rescindido com a nossa chegada a Stapi; ele continuaria a serviço de meu tio durante todo o período de suas excursões científicas ao preço de três dólares por semana. Mas foi acordado explicitamente que essa quantia seria paga ao guia todo sábado à noite, condição *sine qua non* de seu contrato.

A partida foi marcada para 16 de junho. Meu tio queria pagar um adiantamento ao caçador, mas este recusou com uma palavra:

– Depois – ele disse.

– Depois – traduziu o professor para minha edificação.

Concluídas as negociações, Hans retirou-se prontamente.

– Um homem excelente – exclamou meu tio –, mas que dificilmente pode prever o papel maravilhoso que o futuro lhe reserva.

– Então ele vai conosco até...

– Sim, Axel, até o centro da Terra.

Quarenta e oito horas ainda restavam até a nossa partida; para meu grande pesar, tive que usá-las em nossos preparativos; toda a nossa inteligência foi dedicada a embalar os itens da maneira mais conveniente: instrumentos de um lado, armas do outro, ferramentas neste pacote, suprimentos de comida naquele, num total de quatro grupos.

Os instrumentos incluíam:

1. Um termômetro centígrado de Eigel, graduado em até 150 graus, o que me parecia demais ou insuficiente. Demais se o calor ao redor subisse de tal maneira, pois nos cozinharia vivos; e insuficiente para medir a temperatura das nascentes ou de qualquer outra substância em fusão;

2. Um manômetro de ar comprimido, projetado para indicar pressões superiores às da atmosfera no nível do mar. De fato, um barômetro comum não serviria para esse objetivo, pois a pressão atmosférica precisaria aumentar proporcionalmente à nossa descida abaixo da superfície da Terra;

3. Um cronômetro do jovem Boissonnas de Genebra, ajustado com precisão ao meridiano de Hamburgo;

4. Duas bússolas para medir a inclinação e a declinação;

5. Uma luneta noturna;

6. Duas bobinas de Ruhmkorff, que, por meio de uma corrente elétrica, fornecem uma fonte de luz altamente portátil, confiável e sem ônus.[28]

As armas consistiam em dois rifles Purdley More e Co. e dois revólveres Colt. Por que armas? Não havia selvagens nem

---

28 Uma bobina de Ruhmkorff consiste em uma bateria de Bunsen operada por meio de dicromato de potássio, que não emite cheiro; uma bobina de indução coloca a eletricidade gerada pela bateria em contato com uma lanterna de um projeto específico; nessa lanterna, há um tubo de vidro em espiral que contém um vácuo com apenas um resíduo de dióxido de carbono ou nitrogênio. Quando o dispositivo está em operação, esse gás se torna luminoso, produzindo uma luz esbranquiçada constante. A bateria e a bobina são colocadas em uma bolsa de couro que o viajante carrega com uma alça de ombro. A lanterna, projetada para fora, fornece luz suficiente, mesmo na escuridão; ela permite que se aventure no meio dos gases mais inflamáveis, sem risco de explosões, e não se extingue nem nas águas mais profundas. O Sr. Ruhmkorff foi um estudioso e físico qualificado; sua grande descoberta foi a bobina de indução, que permite gerar eletricidade de alta tensão. Em 1864, ganhou o prêmio de cinco anos de 50 mil francos reservados pelo governo francês para a mais engenhosa aplicação da eletricidade. (N.A.)

animais selvagens a temer, suponho. Mas meu tio parecia confiar em seu arsenal e em seus instrumentos, sobretudo em uma quantidade considerável de algodão-pólvora, que não é afetado pela umidade e cuja força explosiva excede em muito a da pólvora comum.

As ferramentas incluíam duas enxadas, duas picaretas, uma escada de corda, três bastões com ponta de ferro, um machado, um martelo, uma dúzia de calços e pregos de ferro e longas cordas com nós. Inevitavelmente, isso resultou em uma grande carga, pois somente a escada media trezentos pés de comprimento.

Finalmente, havia o suprimento de comida: esse pacote não era grande, mas reconfortante, pois eu sabia que continha seis meses de carne seca e biscoitos secos. Gin era o único líquido, e não havia água; mas tínhamos cantis, e meu tio contava com fontes para abastecê-los. Quaisquer objeções que eu fizesse sobre sua qualidade, temperatura e até ausência não eram levadas em consideração.

Para completar o inventário exato de todos os nossos suprimentos de viagem, devo mencionar um kit médico portátil contendo uma tesoura sem ponta, talas para membros quebrados, um pedaço de fita em fio cru, bandagens, compressas, curativos, uma tigela para sangria e demais coisas assustadoras; havia também uma variedade de frascos contendo dextrina, álcool puro, acetato líquido de chumbo, éter, vinagre e amônia – todos medicamentos de uso pouco seguro; e, enfim, todos os artigos necessários para as bobinas de Ruhmkorff.

Meu tio teve o cuidado de não esquecer um suprimento de tabaco, pólvora de caça e iscas, tampouco um cinto de couro que usava na cintura, onde carregava ouro, prata e papel-moeda em quantidade suficiente. Seis pares de sapatos bons, feitos à prova d'água com uma camada de alcatrão e borracha, foram embalados entre as ferramentas.

– Vestidos, calçados e equipados dessa maneira, não há razão para não irmos longe – disse meu tio.

O dia 14 foi inteiramente dedicado à organização dos mais diversos itens. À noite, jantamos na casa do Barão Trampe, na companhia do prefeito de Reykjavik e do Dr. Hyaltalin, o grande médico do país. O Sr. Fridriksson não estava presente; soube depois que ele e o governador discordavam de alguma questão administrativa e não se falavam. Logo, não consegui entender uma única palavra do que fora dito durante esse jantar semioficial. Só notei que meu tio falava o tempo todo.

No dia 15, os preparativos foram concluídos. Nosso anfitrião agradou imensamente ao professor ao lhe fornecer um mapa incomensuravelmente mais perfeito da Islândia do que o de Handerson: o mapa do Sr. Olaf Nikolas Olsen, em escala 1/480000 e publicado pela Sociedade Literária da Islândia com base nas obras geodésicas do Sr. Frisac Scheel e na pesquisa topográfica de Björn Gunnlaugsson.[29] Era um documento precioso para um mineralogista.

Passamos nossa última noite em uma conversa íntima com o Sr. Fridriksson, por quem sentia a mais viva simpatia; a conversa foi seguida por um sono bastante agitado, pelo menos da minha parte.

Às cinco da manhã, o relinchar de quatro cavalos que pateavam sob minha janela me acordou. Vesti-me às pressas e desci para a rua. Hans estava terminando o carregamento de nossas bagagens sem mover um único membro, por assim dizer. No entanto, executava seu trabalho com habilidade incomum. Meu tio fazia mais barulho do que ajudava, e o guia parecia prestar muito pouca atenção às suas instruções.

Tudo ficou pronto às seis horas. O Sr. Fridriksson apertou as nossas mãos. Meu tio agradeceu em islandês por sua gentil hospitalidade com enorme sinceridade. Quanto a mim, fiz uma cordial

---

29 Björn Gunnlaugsson (1788-1876) foi um matemático e cartógrafo nascido na Islândia que se dedicou ao estudo da topografia islandesa de 1831 a 1843.

saudação no meu melhor latim; então montamos e, em sua última despedida, o Sr. Fridriksson me lançou um verso de Virgílio que parecia ter sido feito para nós, viajantes em uma rota incerta:
Et quacumque viam dedent fortuna sequamur.[30]

---

30 "Não importa o caminho que a fortuna abra, nós o seguiremos."

XII

Partimos sob um céu nublado, mas calmo. Não havia medo do calor, nem de chuvas desastrosas. Um clima para turistas.

O prazer de andar a cavalo por um país desconhecido melhorou meus ânimos no início de nossa viagem. Entreguei-me inteiramente ao prazer do viajante, feito de desejos e liberdade. Eu estava começando a me sentir parte da jornada.

"Além disso", eu disse a mim mesmo, "qual é o risco? Viajar em um país muito interessante, escalar uma montanha notável e, na pior das hipóteses, descer a uma cratera extinta! É óbvio que Saknussemm não fez nada além disso. Quanto à existência de uma passagem que leva ao centro do globo, pura fantasia! Perfeitamente impossível! Então, vou aproveitar o que puder desta expedição sem discutir."

Mal havia terminado esse raciocínio quando deixamos Reykjavik para trás.

Hans prosseguia, inabalável, mantendo-se à nossa frente em um ritmo uniforme, suave e rápido. Os dois cavalos de carga o seguiam sem precisar de instruções. Vínhamos meu tio e eu atrás, sem nos sairmos muito mal em nossos pequenos, mas vigorosos animais.

A Islândia é uma das maiores ilhas da Europa. Ela se estende por catorze mil milhas quadradas e possui apenas sessenta mil habitantes.

Os geógrafos a dividiram em quatro distritos, e viajamos quase obliquamente pelo distrito sudoeste, chamado de "Sudvestr Fjordùngr".

Ao sair de Reykjavik, Hans seguiu imediatamente para o litoral. Atravessamos pastos escassos que se esforçavam muito para tentar parecer verdes, mas tiveram mais êxito no amarelo. Os picos acidentados das rochas traquíticas desapareciam no horizonte nas brumas do leste; às vezes, alguns trechos de neve, concentrando a luz difusa, brilhavam nas encostas das montanhas distantes; certos picos, ousadamente erguidos, perfuravam as nuvens cinzentas e reapareciam acima das brumas em movimento, como recifes emergindo no céu.

Muitas vezes, essas cadeias de rochas áridas chegavam ao mar e invadiam o pasto: mas sempre havia espaço suficiente para passar. Além disso, nossos cavalos escolhiam instintivamente os lugares adequados, sem diminuir o ritmo. Meu tio sequer teve a satisfação de excitar sua montaria com a voz ou o chicote; ele não estava autorizado a ficar impaciente. Não pude deixar de sorrir ao ver um homem tão alto em um cavalo tão pequeno e, como suas longas pernas quase tocavam o chão, ele parecia um centauro de seis pés.

– Bom animal! Bom animal! – disse ele. – Você verá, Axel, que não há animal mais inteligente que o cavalo islandês. Neve, tempestade, estradas intransitáveis, rochas, geleiras, nada o detém. Ele é corajoso, sóbrio e confiável. Nunca um passo em falso, nunca uma reação adversa. Se há um rio ou fiorde para atravessar – e nós os encontraremos –, você o verá entrar na água sem hesitação, como um anfíbio, e chegar à margem oposta. Mas não devemos apressá-lo; é preciso deixá-lo seguir o seu caminho e, estimulando uns aos outros, cobriremos dez milhas por dia.

– Nós, sem dúvida – respondi, – mas e quanto ao nosso guia?

– Ah, não se preocupe. Pessoas como ele andam sem nem perceber. Ele se mexe tão pouco que não deve se cansar. Além disso, se necessário, darei a ele minha montaria. Logo terei cãibras se não me movimentar um pouco. Os braços estão bem, mas tenho que pensar nas pernas.

Avançamos em ritmo acelerado. A região já estava quase deserta. Aqui e ali, uma fazenda isolada, um boër[31] solitário de madeira, barro e pedaços de lava, surgia como um pobre indigente à beira do caminho. Aquelas cabanas degradadas pareciam implorar a caridade dos transeuntes, e por pouco não receberam esmolas. Nessa região, não havia estradas ou trilhas, e a vegetação, por mais lenta que fosse, apagava rapidamente os passos dos raros viajantes.

No entanto, aquele trecho da província, que fica a uma curta distância da capital, é considerado uma das partes habitadas e cultivadas da Islândia. Como seriam, então, as regiões mais desoladas do que aquele deserto? Já havíamos cruzado a primeira meia milha e não tínhamos visto sequer um fazendeiro parado na porta de sua choupana, nem um pastor cuidando de um rebanho menos selvagem do que ele; apenas algumas vacas e ovelhas deixadas à própria sorte. Como seriam então as regiões convulsivas, viradas de cabeça para baixo por fenômenos eruptivos, surgidos de explosões vulcânicas e movimentos subterrâneos?

Nós as conheceríamos mais tarde; porém, enquanto consultava o mapa de Olsen, vi que as evitávamos ao seguir as bordas sinuosas do litoral. De fato, o grande movimento subterrâneo estava confinado à parte central da ilha; lá, camadas horizontais de rochas sobrepostas, chamadas *trapps* na língua escandinava, faixas traquíticas, erupções de basalto, tufos e todas as misturas vulcânicas, fluxos de lava e pórfiro derretido criavam uma terra de horror sobrenatural. Ainda não tinha ideia do espetáculo que nos esperava na península do Sneffels, onde esses resíduos de uma natureza ardente criavam um caos formidável.

Duas horas depois de partir de Reykjavik, chegamos à vila de Gufunes, chamada *aoalkirkja*, ou igreja principal. Não havia nada de notável aqui. Apenas algumas casas, que mal formariam uma aldeia na Alemanha.

---

31   Casa de um fazendeiro islandês. (N.A.)

Hans parou aqui por meia hora. Ele compartilhou nosso café da manhã frugal, respondeu sim e não às perguntas do meu tio sobre a estrada e, quando perguntamos onde planejava passar a noite, disse apenas "*Gardär*".

Consultei o mapa para saber onde ficava Gardär. Vi uma pequena cidade com esse nome às margens do Hvalfjord, a quatro milhas de Reykjavik. Mostrei para o meu tio.

– Apenas quatro milhas! – ele disse. – Quatro milhas em vez de vinte e duas! Aí está um bom passeio!

Ele quis fazer uma observação ao guia, que, sem responder, retomou seu lugar à frente dos cavalos e começou a andar.

Três horas depois, ainda pisando na grama descolorida das pastagens, tivemos que contornar o Kollafjord, numa rota mais fácil e curta do que a travessia desse golfo. Logo chegamos a um *pingstaœr*, ou local de encontro comunal, chamado Ejulberg, cujo campanário soaria ao meio-dia se as igrejas islandesas fossem ricas o suficiente para possuir relógios; assim, elas se pareciam muito com seus paroquianos, que não tinham relógios e viviam bem sem eles.

Lá nossos cavalos recuperaram suas forças; então, seguimos por um caminho estreito entre uma cadeia de colinas e o mar que nos levou diretamente à *aolkirkja* de Brantör e, uma milha depois, à Saurböer "Annexia", igreja anexa na margem sul do Hvalfjord.

Eram quatro da tarde e tínhamos percorrido quatro milhas.[32]

Naquele lugar, o fiorde tinha pelo menos meia milha de comprimento; as ondas batiam ruidosamente nas rochas pontiagudas; e a baía se abria entre muralhas de rocha, numa espécie de precipício de arestas afiadas de três mil pés de altura, notável pelas camadas marrons que separavam leitos de tufos avermelhados. Qualquer que fosse a inteligência de nossos cavalos, não conseguia conceber a travessia de um verdadeiro braço do mar nas costas de quadrúpedes.

---

32 Oito léguas. (N.A.)

"Se eles são mesmo inteligentes", pensei, "não tentarão atravessar. De qualquer modo, serei inteligente no lugar deles."

Mas meu tio não queria esperar. Ele se precipitou até as margens. Sua montaria farejou as ondas e parou. Meu tio, que tinha um instinto próprio, insistiu no avanço. O animal recusou novamente, sacudindo a cabeça. Entre xingamentos e chicotadas, o animal disparou alguns coices para se livrar do cavaleiro. Por fim, o cavalinho dobrou os joelhos e libertou-se das pernas do professor, deixando-o plantado sobre duas pedras nas margens como o Colosso de Rodes.[33]

– Ah! Maldito animal! – exclamou o cavaleiro que, de repente, havia se tornado pedestre, envergonhado como um oficial de cavalaria rebaixado para soldado de infantaria.

– *Färja* – disse o guia, tocando seu ombro.

– O quê? Uma balsa?

– *Der* – respondeu Hans, apontando para uma balsa.

– Sim – exclamei. – Há uma balsa.

– Por que você não disse antes? Vamos!

– *Tidvatten* – disse o guia.

– O que ele está dizendo?

– Ele disse "maré" – respondeu meu tio, traduzindo a palavra dinamarquesa.

– *Sem* dúvida, devemos esperar a maré.

– Förbida? – perguntou meu tio.

– *Ja* – respondeu Hans.

Meu tio bateu o pé, enquanto os cavalos caminhavam em direção à balsa.

Entendi perfeitamente a necessidade de esperar o momento certo da maré para realizar a travessia do fiorde; era preciso que o mar atingisse sua maior altura e se nivelasse. Então, o fluxo e refluxo não

---

33 Uma das Sete Maravilhas do Mundo Antigo, o Colosso de Rodes era uma gigantesca estátua que representava o deus grego do sol, Hélio. Localizada na Ilha de Rodes, foi destruída no ano de 226 a.C. após um terremoto.

teriam efeito perceptível, e o barco não correria o risco de ser arrastado para o fundo do golfo ou para o oceano.

Esse momento favorável chegou apenas às seis horas; meu tio, eu, o guia, dois barqueiros e os quatro cavalos embarcamos em uma espécie de balsa um tanto frágil. Acostumado com os navios a vapor no Elba, achei os remos dos barqueiros um engenho mecânico desanimador. Levamos mais de uma hora para atravessar o fiorde; mas a passagem foi concluída sem qualquer contratempo. Meia hora mais tarde, chegamos à *aolkirkja* de Gardär.

XIII

Deveria estar escuro, mas no sexagésimo quinto paralelo não havia nada de surpreendente na luz noturna das regiões polares. Na Islândia, durante os meses de junho e julho, o sol não se põe.

No entanto, a temperatura havia caído. Eu estava com frio e, sobretudo, com fome. O hospitaleiro boër que nos recebeu foi bem-vindo.

Era a casa de um camponês, mas em hospitalidade era igual à de um rei. Quando chegamos, o proprietário nos cumprimentou com as mãos estendidas e, sem cerimônia, sinalizou para que o seguíssemos.

Seguimos o homem, de fato, pois acompanhá-lo teria sido impossível. Um corredor longo, estreito e escuro levava àquela casa erguida com vigas mal esquadriadas e dava acesso a cada um dos aposentos; eram, ao todo, quatro: a cozinha, a sala de tecelagem, o *badstofa*, ou quarto da família, e o quarto de hóspedes, que era o melhor de todos. Meu tio, cuja altura não havia sido considerada na construção da casa, bateu a cabeça três ou quatro vezes contra as saliências do teto.

Fomos levados ao nosso quarto, um grande cômodo com piso de terra e uma janela cujos painéis eram feitos de membranas de carneiro transparentes. Os colchões eram feitos de forragens secas jogadas em dois catres de madeira pintados de vermelho e adornados com provérbios islandeses. Eu não esperava tanto conforto; na casa, porém, reinava um forte cheiro de peixe seco, carne marinada e leite azedo, o que causou bastante sofrimento ao meu olfato.

Quando tiramos nossas roupas de viagem, a voz do anfitrião convidou-nos para a cozinha, o único cômodo em que havia uma fogueira acesa, mesmo no clima mais frio.

Meu tio apressou-se em obedecer ao chamado amistoso. Eu o segui.

A chaminé da cozinha era de um modelo antigo: situada no meio do cômodo, uma pedra servia de lareira; no telhado acima dela, um buraco por onde a fumaça escapava. A cozinha também servia de sala de jantar.

Quando entramos, o anfitrião, como se não tivesse nos visto antes, nos cumprimentou com a palavra *Sællvertu*, que significa "sejam felizes", e nos beijou na bochecha.

Depois dele, sua esposa pronunciou as mesmas palavras, acompanhadas pelo mesmo ritual; então, os dois cônjuges, colocando a mão direita sobre seus corações, curvaram-se em reverência.

Apresso-me a mencionar que essa islandesa era mãe de dezenove filhos, todos eles, grandes e pequenos, fervilhando em meio às densas grinaldas de fumaça com as quais o fogo na lareira enchia a sala. A todo momento eu via um rosto loiro e um tanto melancólico espiando por entre a névoa. Pareciam uma guirlanda de anjinhos sujos.

Meu tio e eu tratamos com gentileza aquela "ninhada"; e logo estávamos com três ou quatro pirralhos por sobre os ombros, muitos no colo e o restante entre os nossos joelhos. Aqueles que falavam ficavam repetindo *Sællvertu* em todos os tons imagináveis. Aqueles que não podiam falar, compensavam esse fato gritando.

A sinfonia foi interrompida com o anúncio da refeição. Naquele momento, nosso caçador retornou; ele havia acabado de alimentar os cavalos, o que significa dizer que economicamente os soltara nos campos. Os pobres animais tiveram que se contentar em pastar o escasso musgo nas rochas e alguns sargaços que ofereciam pouco sustento; e, no entanto, no dia seguinte, eles não deixariam de voltar por conta própria para retomar os trabalhos do dia anterior.

– *Sællvertu* – disse Hans.

Então, de maneira calma e automática, ele beijou o anfitrião, a anfitriã e seus dezenove filhos, sem dispensar ênfase a um beijo mais do que outro.

Terminada a cerimônia, sentamo-nos à mesa. Estávamos em vinte e quatro, portanto, ficamos uns sobre os outros, no sentido mais literal da frase. Os mais sortudos tinham apenas dois moleques sobre os joelhos.

O silêncio, porém, caiu neste pequeno mundo com a chegada da sopa, e a taciturnidade que é natural até mesmo para as crianças islandesas se impôs mais uma vez. O anfitrião nos serviu uma sopa de líquen que nada tinha de desagradável, e depois uma enorme porção de peixe seco, que flutuava em manteiga envelhecida há vinte anos e era, portanto, muito mais preferível à manteiga fresca, de acordo com os conceitos islandeses de gastronomia. Havia também *skye*, uma espécie de leite azedo, acompanhado de biscoitos e um líquido preparado a partir de bagas de zimbro; para beber, tínhamos um leite misturado com água, chamado neste país de *blanda*. Não cabe a mim julgar se essa dieta peculiar era saudável ou não; eu estava com fome e, na sobremesa, devorei até a última colher de um mingau grosso de trigo-sarraceno.

Após a refeição, as crianças desapareceram; os adultos reuniram-se em volta da lareira, que queimava turfa, urze, esterco de vaca e espinhas de peixe seco. Depois desse "aquecimento", os diferentes grupos se retiraram para seus respectivos cômodos. Nossa anfitriã nos ofereceu sua ajuda para tirar nossas meias e calças, de acordo com os costumes; mas, como recusamos educadamente, ela não insistiu, e eu finalmente pude me aconchegar na minha cama de forragem.

Às cinco horas da manhã seguinte, despedimo-nos do camponês islandês; meu tio teve muita dificuldade em convencê-lo a aceitar uma remuneração adequada; e Hans deu o sinal para partirmos.

A cem passos de Gardär, o solo começou a mudar de aparência; ficou pantanoso e menos adequado para caminhar. À nossa direita, a cadeia de montanhas se estendia indefinidamente como um imenso sistema de fortificações naturais, cuja contraescarpa acompanhávamos: muitas vezes, precisávamos atravessar riachos com muito cuidado e sem molhar demais as bagagens.

O deserto tornou-se cada vez mais desolado; contudo, de tempos em tempos, uma sombra humana parecia fugir ao longe. Quando uma curva na estrada inesperadamente nos aproximou de um desses espectros, senti uma súbita repulsa ao ver uma cabeça inchada de pele brilhante e sem cabelos, além de feridas repugnantes visíveis através dos rasgos nos trapos miseráveis.

A infeliz criatura não se aproximou de nós e estendeu sua mão deformada; ao contrário, escapuliu, mas não antes de Hans cumprimentá-la com o habitual *Sællvertu*.

– *Spetelsk* – disse ele.

– Um leproso! – meu tio repetiu.

A palavra em si teve um efeito repulsivo. A horrível doença conhecida como lepra é bastante comum na Islândia; não é contagiosa, mas hereditária. Portanto, os leprosos são proibidos de se casar.

Essas aparições em nada animavam uma paisagem que se tornava profundamente melancólica. Os últimos tufos de grama haviam morrido sob nossos pés. Não havia uma árvore à vista, a não ser alguns ramos de bétulas anãs que mais se assemelhavam a mato. Tampouco se viam animais, exceto alguns cavalos que vagavam pelas planícies desoladas e cujo dono não podia alimentar. Às vezes, um falcão planava nas nuvens cinzentas e então disparava rapidamente para o sul; entreguei-me à melancolia dessa natureza selvagem, e minhas lembranças me levaram de volta à minha terra natal.

Logo tivemos de atravessar vários pequenos e insignificantes fiordes e, por fim, um autêntico golfo; a maré alta permitiu-nos atravessar sem demora e chegar ao povoado de Alftanes, uma milha além.

Naquela noite, depois de atravessar dois rios cheios de trutas e lúcios, chamados Alfa e Heta, tivemos que passar a noite em uma fazenda abandonada digna de ser assombrada por todos os elfos da mitologia escandinava. Não havia dúvidas de que o fantasma do frio havia se instalado ali e se feito presente a noite toda.

Nenhum evento específico marcou o dia seguinte. Sempre o mesmo solo pantanoso, a mesma monotonia, a mesma aparência melancólica. Ao anoitecer, concluímos metade da jornada e passamos a noite no "anexo da igreja" de Krösolbt.

No dia 19 de junho, a lava se espalhou sob nossos pés por cerca de uma milha; esse tipo de solo é chamado de *hraun* naquele país. A lava enrugada na superfície tinha o formato de cabos, às vezes esticados, às vezes enrolados; um imenso riacho descia das montanhas mais próximas, agora vulcões extintos cuja violência passada podia ser atestada por seus resíduos. Ainda assim, aqui e ali, ondas de vapor rastejavam das fontes termais.

Não tivemos tempo para observar esses fenômenos; precisávamos continuar no nosso caminho. Logo, o solo pantanoso reapareceu no sopé das montanhas, recortado por pequenos lagos. Nossa rota agora estava na direção oeste; de fato, tínhamos viajado pela grande Baía de Faxa, e os picos gêmeos do Sneffels erguiam-se brancos nas nuvens a menos de cinco milhas de distância.

Os cavalos cumpriram bem seu dever; as dificuldades do solo não os detiveram. Eu já estava ficando muito cansado; meu tio permanecia firme e ereto como no primeiro dia. Não pude deixar de admirá-lo tanto quanto o caçador, que considerava esta expedição um simples passeio.

No sábado, 20 de junho, às seis horas da tarde, chegamos a Büdir, uma vila à beira-mar. O guia reivindicou o pagamento combinado, e meu tio acertou as contas com ele. Foi a própria família de Hans, isto é, seus tios e primos, que nos ofereceu hospitalidade; fomos bem recebidos e, sem abusar da gentileza dessas pessoas, eu teria gostado de me recuperar do esgotamento da jornada em sua casa. Mas meu tio, que não precisava de recuperação, não quis saber dessa história e, na manhã seguinte, tivemos que montar novamente em nossos bravos animais.

O solo se ressentia da proximidade da montanha, cujas fundações de granito surgiram da terra como as raízes de um carvalho antigo. Contornávamos a enorme base do vulcão. O professor mal tirava os olhos dele; ele gesticulava, parecia desafiá-lo e dizia: "Aqui está o gigante que eu vou domar!". Por fim, depois de cerca de quatro horas de percurso, os cavalos pararam por vontade própria à porta do presbitério de Stapi.

XIV

Stapi é um vilarejo que consiste em cerca de trinta cabanas, construídas em plena lava sob a luz do sol refletida pelo vulcão. Ele estende-se ao fundo de um pequeno fiorde, encerrado por uma muralha basáltica de aparência muito estranha.

Sabe-se que o basalto é uma rocha acastanhada de origem ígnea. Ele assume formas regulares, cuja disposição é muitas vezes bastante surpreendente. Aqui, a natureza atua geometricamente, com esquadros, compassos e prumos. Em todos os outros lugares, sua arte consiste em enormes massas unidas sem ordem definida, seus cones mal esboçados, suas pirâmides imperfeitas e um arranjo bizarro de linhas; mas aqui, como se exibisse um exemplo de uniformidade e precedendo os primeiros arquitetos, ela criou uma ordem estrita, jamais superada pelos esplendores da Babilônia ou pelas maravilhas da Grécia.

Eu já tinha ouvido falar da Calçada dos Gigantes, na Irlanda, e da Gruta de Fingal, em uma das Hébridas; mas a visão de uma formação basáltica ainda não havia sido apresentada a mim.

Em Stapi, esse fenômeno revelou-se em toda a sua beleza.

A muralha do fiorde, assim como toda a costa da península, consistia em uma série de colunas verticais com trinta pés de altura.

Esses eixos retos de proporções puras sustentavam uma arquivolta de lajes horizontais, cuja parte saliente formava uma abóboda parcial sobre o mar. De tempos em tempos, sob esse abrigo natural, os olhos pousavam em aberturas abobadadas de um design admirável, através das quais as ondas batiam e espumavam. Alguns trechos de basalto, arrancados pela fúria do oceano, dispersavam-se no solo como ruínas de um templo antigo – ruínas eternamente jovens que o passar dos séculos não desgastava.

Esta foi a última etapa de nossa jornada acima do solo. Hans nos conduzira até aqui com inteligência, e me tranquilizei um pouco com a ideia de que ele continuaria nos acompanhando.

Quando chegamos à porta da casa do pároco, uma cabana simples e baixa, nem mais bonita nem mais confortável do que as circunvizinhas, vi um homem ferrando um cavalo, o martelo na mão, e com um avental de couro amarrado nas costas.

– *Sællvertu* – cumprimentou-o o caçador.

– *God dag* – respondeu o ferreiro em perfeito dinamarquês.

– *Kyrkoherde* – disse Hans, virando-se para o meu tio.

– O pároco! – repetiu o professor. – Parece-me, Axel, que esse bom homem é o pároco.

Enquanto isso, nosso guia colocava o *kyrkoherde* a par da situação; o último, interrompendo seu trabalho, proferiu uma espécie de grito sem dúvida usado entre cavalos e negociantes de cavalos, e imediatamente uma mulher alta e feia emergiu da cabana. Se ela não tinha seis pés de altura, pouco lhe faltava.

Tive receio de que ela oferecesse o beijo islandês aos viajantes, mas isso não aconteceu, e ela também não fez questão alguma de nos conduzir com graciosidade até a casa.

O quarto de hóspedes, estreito, sujo e fedorento, parecia-me o pior de toda a casa. Mas tivemos que nos resignar com ele; o pároco não parecia praticar a hospitalidade à moda antiga. Longe disso. Antes que o dia terminasse, vi que estávamos lidando com um ferreiro, um pescador, um caçador e um carpinteiro, mas não com um ministro de Deus. Aquele era um dia útil, é verdade. Talvez aos domingos ele melhorasse.

Não pretendo falar mal desses pobres sacerdotes, que são, no fim das contas, miseravelmente pobres; do governo dinamarquês recebem uma quantia ridiculamente pequena e um quarto do dízimo da paróquia, que não chega a sessenta marcos por ano.[34] Daí a necessidade de trabalharem para viver; mas, quando alguém pesca, caça e ferra cavalos, acaba adotando o tom e os modos dos pescadores, caçadores e outras pessoas um tanto rudes. Naquela mesma noite, descobri que a temperança não estava entre as virtudes que distinguiam nosso anfitrião.

Meu tio logo entendeu com que tipo de homem estava lidando; em vez de um homem bom e respeitável, encontrou um camponês rude e grosseiro. Ele decidiu, portanto, iniciar sua grande expedição o mais rápido possível e deixar aquele presbitério inóspito. Ele não se importava com sua exaustão e decidiu passar alguns dias na montanha.

Os preparativos para a nossa partida foram, portanto, realizados no dia seguinte à nossa chegada a Stapi. Hans contratou os serviços de três islandeses para substituir os cavalos no transporte das bagagens; porém, assim que chegássemos à cratera, esses nativos voltariam e nos deixariam à nossa própria sorte. Esse ponto ficou claramente acordado.

Naquele momento, meu tio teve que explicar a Hans que sua intenção era prosseguir com a investigação do vulcão até seus limites mais distantes.

Hans apenas assentiu. Ir para cá ou para lá, viajando pelas entranhas de sua ilha ou por sua superfície, não fazia diferença para ele. Quanto a mim, os incidentes da jornada haviam me distraído até então, fazendo-me esquecer um pouco o futuro, mas agora uma agitação mais uma vez tomava conta de mim. O que fazer? Devia ter resistido ao Professor Lidenbrock em Hamburgo, não ao pé do Sneffels.

---

34   Na moeda de Hamburgo, cerca de noventa francos. (N.A.)

Um pensamento, acima de todos os outros, me torturava; uma ideia assustadora capaz de agitar nervos menos sensíveis que os meus.

"Vejamos", eu disse a mim mesmo, "escalaremos o Sneffels. Muito bem. Exploraremos sua cratera. Ótimo. Outros fizeram o mesmo sem morrer. Mas isso não é tudo. Se há uma maneira de penetrar nas entranhas da Terra, se esse infeliz Saknussemm dissera a verdade, nós nos perderemos entre as galerias subterrâneas do vulcão. Ora, não há provas de que o Sneffels esteja extinto! Quem pode provar que uma erupção não está se formando neste exato momento? Só porque o monstro dorme desde 1229,[35] acredita-se que nunca mais acordará? E se acordar, o que acontecerá conosco?"

Valia a pena refletir a respeito, e eu o fiz. Eu não conseguia dormir sem sonhar com erupções. Agora, exercer o papel de escória vulcânica me parecia brutal demais.

Por fim, não pude mais aguentar; decidi apresentar o caso ao meu tio da maneira mais habilidosa possível, na forma de uma hipótese quase impraticável.

Fui procurá-lo. Transmiti-lhe meus medos e dei um passo para trás a fim de lhe dar espaço para explodir à vontade.

– Eu pensei nisso – ele respondeu com simplicidade.

O que essas palavras significavam? Ele realmente ouviria a razão? Estaria pensando em suspender seus planos? Isso era bom demais para ser verdade.

Após alguns momentos de silêncio, durante os quais não ousei questioná-lo, ele continuou:

– Eu pensei nisso. Desde que chegamos a Stapi, tenho me preocupado com o sério questionamento que você acabou de levantar, pois não devemos ser imprudentes.

– Não – eu respondi com veemência.

---

[35] Na referência anterior ao ano da última erupção do Sneffels, o Professor Lidenbrock afirma que ela ocorreu no ano de 1219.

— O Sneffels não se manifesta há seiscentos anos; mas ele pode acordar novamente. Mas, veja, as erupções são sempre precedidas por certos fenômenos conhecidos. Sendo assim, questionei os habitantes locais, estudei o solo e posso lhe dizer, Axel, que não haverá erupção.

Fiquei surpreso diante dessa afirmação e não pude contestar.

— Você duvida das minhas palavras? — disse meu tio. — Bem, siga-me.

Obedeci mecanicamente. Saindo do presbitério, o professor tomou um caminho reto, que se afastava do mar por uma abertura na parede basáltica. Logo estávamos em campo aberto, se é que alguém pode dar esse nome a um vasto acúmulo de detritos vulcânicos. Esta terra parecia esmagada sob uma chuva de enormes pedras, *trapps*, basalto, granito e todas as rochas piroxênicas.[36]

Aqui e ali eu podia ver fumarolas ondulando no ar; esses vapores brancos, chamados *reykir* em islandês, provinham de fontes termais e indicavam, por sua violência, a atividade vulcânica sob o solo. Isso pareceu justificar meus medos. Então, fiquei muito desanimado quando meu tio me disse:

— Está vendo essa fumaça, Axel? Ela prova que não temos de temer a fúria do vulcão!

— Como assim? — exclamei.

— Lembre-se disso — prosseguiu o professor. — Na aproximação de uma erupção, esses jatos aumentam sua atividade, mas desaparecem completamente durante o intervalo da erupção. Pois os gases, não tendo mais a pressão necessária, são liberados por meio da cratera em vez de escapar pelas fissuras no solo. Portanto, se esses vapores permanecerem em sua condição atual, se a energia deles não aumentar e se você considerar a observação de que o vento e a chuva não estão sendo substituídos por uma atmosfera parada e pesada, é possível afirmar com certeza que não haverá uma erupção no futuro próximo.

---

36   Rochas compostas de silicatos de cálcio, magnésio e ferro.

– Mas...

– Já chega. Quando a ciência fala, só nos resta ficar em silêncio.

Voltei cabisbaixo ao presbitério. Meu tio havia me derrotado com argumentos científicos. Porém, ainda me restava uma esperança; assim que chegássemos ao fundo da cratera, seria impossível descer mais profundamente por falta de passagem, a despeito de todos os Saknussemms do mundo.

Passei a noite seguinte em um constante pesadelo no coração de um vulcão, e das profundezas da Terra me vi atirado para espaços interplanetários na forma de uma rocha vulcânica.

No dia seguinte, 23 de junho, Hans esperava por nós com seus companheiros carregando comida, ferramentas e instrumentos; dois bastões com pontas de ferro, dois rifles e dois cintos de munição foram reservados para meu tio e para mim. Hans, um homem precavido, acrescentara às nossas bagagens um odre de couro cheio de água que, com nossos cantis, nos abasteceria por oito dias.

Eram nove horas da manhã. O pároco e sua enorme mulher estavam esperando na porta. Sem dúvida queriam nos oferecer o mais caloroso adeus do anfitrião ao viajante. A despedida, porém, assumiu a forma inesperada de uma conta enorme, na qual fomos cobrados até pelo ar do presbitério – ar fétido, devo mencionar. Esse respeitável casal estava nos depenando como os hoteleiros suíços e cobrava um preço alto por sua superestimada hospitalidade.

Meu tio pagou sem pechinchar. Um homem que estava partindo para o centro da Terra não se importava com alguns risdales.[37]

Acertada essa questão, Hans deu o sinal para partirmos e logo deixamos Stapi para trás.

---

37 Antiga moeda de prata utilizada na Europa Central e Setentrional.

XV

O Sneffels tem cinco mil pés de altura; seu cone duplo é o fim de uma faixa traquítica que se destaca do sistema montanhoso da ilha. Do nosso ponto de partida, não podíamos ver os dois picos projetados contra o céu cinza-escuro. Eu via apenas uma enorme camada de neve cair na fronte do gigante.

Caminhamos em fila indiana liderados pelo caçador, que subia por trilhas estreitas onde dois não podiam andar lado a lado. Conversar era, portanto, quase impossível.

Depois da muralha basáltica do fiorde de Stapi, apareceu pela primeira vez um solo de turfa herbácea e fibrosa, resíduo da vegetação antiga dos pântanos da península. A quantidade desse combustível ainda não explorado seria suficiente para aquecer toda a população da Islândia por um século; esse vasto pântano tinha setenta pés de profundidade quando medido a partir do fundo de certas ravinas, e consistia em camadas de resíduos carbonizados alternadas por camadas mais finas de tufo poroso.

Como verdadeiro sobrinho do Professor Lidenbrock, e apesar de minhas perspectivas sombrias, não pude deixar de observar com interesse as curiosidades mineralógicas que se apresentavam a mim como em um vasto museu, e eu reconstruía em minha mente toda a história geológica da Islândia.

Era evidente que aquela ilha tão interessante fora empurrada do fundo do mar em uma data relativamente recente. Possivelmente, ainda estava sujeita a elevação gradual. Se fosse esse o caso, sua origem podia muito bem ser atribuída à ação de incêndios subterrâneos. Logo, a teoria de Humphry Davy, o documento de Saknussemm e as alegações do meu tio iriam por água abaixo. Essa hipótese me levou a examinar a natureza do solo com mais atenção, e logo percebi a sucessão de fenômenos que conduziram à sua formação.

A Islândia, que é absolutamente desprovida de solos aluviais, é composta inteiramente de tufos vulcânicos, ou seja, uma aglomeração de pedras e rochas porosas. Antes da erupção dos vulcões, consistia em *trapps* que lentamente se ergueram acima do nível do mar pela ação das forças centrais. Os incêndios no interior não haviam irrompido até então.

Mais tarde, porém, uma ampla fenda se abriu diagonalmente do sudoeste ao nordeste da ilha, através da qual a massa traquítica foi gradualmente vazada. O fenômeno ocorreu sem violência; a quantidade de matéria ejetada era vasta e as substâncias fundidas que escorriam das entranhas da Terra lentamente se espalharam pelas extensas planícies e massas montanhosas. Nesse período, surgiram os feldspatos, os sienitos e os pórfiros.

Graças a esse derrame, a espessura da crosta da ilha aumentou consideravelmente, bem como sua força de resistência. Pode-se imaginar facilmente a quantidade de fluidos elásticos armazenados em seu seio, quando não pôde mais lhes oferecer uma vazão após o esfriamento da crosta traquítica. Portanto, chegou um momento em que a força mecânica desses gases foi tão grande que ergueu a pesada crosta e forçou sua saída por meio de altas chaminés. Então, o vulcão foi criado pela elevação da crosta, com sua cratera subitamente formada no topo.

Assim, os fenômenos eruptivos foram sucedidos pelos fenômenos vulcânicos. Por meio dos escoadouros recém-criados, foram expelidos pela primeira vez os resíduos de basalto, os quais a planície que atravessávamos oferecia espécimes maravilhosos. Andamos sobre rochas pesadas de um cinza-escuro cujo resfriamento transformara em prismas hexagonais. À distância, vimos um grande número de cones achatados, que no passado foram bocas ignívomas.

Então, esgotada a erupção basáltica, o vulcão, que aumentara sua força com a extinção das crateras menores, cedeu passagem à lava e aos tufos de cinzas e escórias, dos quais vi os longos fluxos espalhados em seus flancos como uma abundante cabeleira.

Esta foi a sucessão de fenômenos que constituíram a Islândia, todos derivados da ação do fogo interior. Supor que a massa interna não permanecia em um estado de incandescência líquida era loucura. E loucura ainda maior era tentar chegar ao centro da Terra!

Assim, senti-me tranquilizado quanto ao desfecho de nossa jornada enquanto avançávamos para tomar o Sneffels de assalto.

O caminho se tornava cada vez mais árduo, o aclive ficando progressivamente íngreme; fragmentos soltos de rocha vibravam sob os nossos pés, e era necessário muito cuidado para evitar quedas perigosas.

Hans andava calmamente como se estivesse em terreno plano. Às vezes, ele desaparecia atrás de blocos enormes e, momentaneamente, o perdíamos de vista; então, um estridente assovio de seus lábios indicava a direção que devíamos seguir. Muitas vezes, ele parava, apanhava algumas pedras, empilhava-as em um formato reconhecível e, assim, criava marcos para nos guiar no caminho de volta. Uma sábia precaução por si só, mas que no futuro se provaria inútil.

Três horas exaustivas de caminhada nos levaram apenas à base da montanha. Lá, Hans fez um sinal para que parássemos, e um café da manhã apressado foi repartido entre nós. Meu tio engoliu duas porções de cada vez para terminar mais rápido. Porém, gostasse ou não disso, como a hora da refeição era também a hora do descanso, ele teve que aguardar a boa vontade do guia para prosseguimos, e Hans deu o sinal de partida uma hora mais tarde. Os três islandeses, tão taciturnos quanto seu companheiro caçador, não disseram uma única palavra e comeram sobriamente.

Começamos a escalar as encostas íngremes do Sneffels. Devido a uma ilusão de ótica que ocorre frequentemente nas montanhas, seu cume nevado parecia muito próximo; no entanto, como demoraríamos para alcançá-lo! E, acima de tudo, como seria fatigante! As rochas, soltas pela ausência de terra e grama, rolavam para longe de nossos pés e se perdiam na planície com a velocidade de uma avalanche.

Em alguns lugares, os flancos da montanha formavam um ângulo de pelo menos trinta e seis graus com o horizonte; era impossível escalá-los, de modo que contornávamos tais encostas pedregosas com dificuldade, ajudando uns aos outros com nossos bastões.

Devo admitir que meu tio manteve-se próximo de mim o quanto pôde; ele nunca me perdia de vista e, em muitas ocasiões, seu braço me oferecia um apoio poderoso. Ele próprio parecia contar com um senso inato de equilíbrio, pois nunca tropeçava. Os islandeses, apesar de sobrecarregados, escalavam com a agilidade dos alpinistas.

A julgar pela aparência distante do cume do Sneffels, parecia-me impossível alcançá-lo do nosso lado se o ângulo das encostas não diminuísse. Felizmente, após uma hora de esforço e exaustão, uma espécie de escada apareceu inesperadamente em meio ao vasto tapete de neve na crosta do vulcão, o que facilitou muito a nossa subida. Ela surgiu de uma daquelas torrentes de pedras lançadas por erupções conhecidas como *stinâ* pelos islandeses. Se essa torrente não tivesse sido detida em sua queda pela forma dos flancos da montanha, teria caído no mar e formado novas ilhas.

Mas ela foi, e nos serviu muito bem. A inclinação se acentuou, mas esses degraus de pedra nos permitiram subir com tamanha facilidade e rapidez que, tendo descansado por um momento enquanto meus companheiros continuavam sua subida, notei que já estavam reduzidos a dimensões microscópicas à distância.

Às sete da noite, subimos os dois mil degraus dessa grande escadaria natural e alcançamos uma protuberância na montanha, uma espécie de base sobre a qual repousava o próprio cone da cratera.

O mar estendia-se a uma profundidade de três mil e duzentos pés. Havíamos passado do limite das neves eternas, pouco elevadas na Islândia por conta da umidade constante do clima. Fazia um frio intenso; o vento soprava forte. Eu estava exausto. O professor viu que minhas pernas se recusavam completamente a cumprir seu dever e, apesar de sua impaciência, decidiu parar. Ele sinalizou para o caçador, que balançou a cabeça, dizendo:

– *Ofvanför*.

– Parece que temos que subir mais – disse meu tio.

Então, ele questionou Hans quanto ao motivo.

– *Mistour* – respondeu o guia.

– *Ja, Mistour* – disse um dos islandeses em tom de preocupação.

– O que essa palavra significa? – perguntei, inquieto.

– Veja – disse meu tio.

Eu olhei para a planície. Uma imensa coluna de pedra-pomes pulverizada, areia e poeira estava se erguendo, rodopiando feito um redemoinho; a encosta do Sneffels onde estávamos nos segurando era açoitada por ela; essa cortina opaca estendida diante do sol projetava uma sombra profunda sobre a montanha. Se o tornado se inclinasse, ele nos arrastaria até seus turbilhões. Esse fenômeno, bastante frequente quando o vento sopra das geleiras, é chamado de *mistour* na Islândia.

– *Hastigt*! *Hastigt*! – exclamou nosso guia.

Sem saber dinamarquês, entendi imediatamente que devíamos seguir Hans a toda velocidade. Ele passou a contornar o cone da cratera, mas na direção diagonal para facilitar nosso progresso.

Logo, a tempestade de poeira atingiu a montanha, que tremeu sob o choque; as pedras soltas, apanhadas pelas rajadas de vento, caíram feito chuva como numa erupção. Felizmente, estávamos do lado oposto e a salvo de todo perigo. Sem a precaução do nosso guia, nossos corpos despedaçados, reduzidos a pó, teriam sido lançados ao longe feito resíduos de um meteoro desconhecido.

No entanto, Hans não achou prudente passar a noite nos flancos do cone. Retomamos nossa subida em zigue-zague. Levamos quase cinco horas para percorrer os mil e quinhentos pés restantes; os desvios, encostas e contramarchas mediam pelo menos três léguas. Eu já não aguentava mais; sucumbia à fome e ao frio. O ar, ligeiramente rarefeito, não era suficiente para os meus pulmões.

Finalmente, às onze da noite, em plena escuridão, chegamos ao cume do Sneffels. Antes de entrar na cratera em busca de abrigo, tive tempo de observar "o sol da meia-noite" em seu ponto mais baixo, lançando seus raios pálidos na ilha adormecida aos meus pés.

XVI

O jantar foi consumido rapidamente, e o pequeno grupo se instalou da melhor maneira que pôde. A cama era dura, o abrigo pouco sólido e a situação bastante desconfortável a cinco mil pés acima do nível do mar. No entanto, dormi particularmente bem; foi uma das melhores noites que já tive em muito tempo, e sequer sonhei.

Na manhã seguinte, acordamos meio congelados pelo vento forte, mas à luz de um sol esplêndido. Levantei-me da minha cama de granito e saí para apreciar o magnífico espetáculo que se estendia diante dos meus olhos.

Eu estava no cume do mais meridional dos picos do Sneffels. De lá, minha visão alcançava a maior parte da ilha. Por uma lei ótica comum a todas as grandes alturas, as margens pareciam elevadas, enquanto as partes centrais davam a impressão de estarem afundadas. Parecia que um daqueles mapas em relevo de Helbesmer estava aberto sob meus pés. Pude ver vales profundos se cruzando em todas as direções, precipícios fundos parecendo poços, lagos reduzidos a lagoas e rios transformados em riachos. À minha direita, inúmeras geleiras e vários picos se sucediam, alguns dos quais tomados de nuvens de vapores. As ondulações daquelas montanhas sem fim, cujas camadas de neve pareciam espumosas, lembravam-me a superfície de um mar revolto. Quando me virei para o oeste, vi o oceano em sua majestosa extensão, como uma continuação daqueles cumes semelhantes a nuvens. Meus olhos mal podiam dizer onde terminava a terra e onde começavam as ondas.

Mergulhei no famoso êxtase que os altos cumes nos provocam, e desta vez sem vertigens, pois finalmente estava me acostumando a essas sublimes contemplações. Meus olhos deslumbrados eram banhados pela inundação brilhante dos raios solares. Esqueci quem eu era e onde estava para viver a vida dos elfos e sílfides, seres imaginários da mitologia escandinava. Senti-me inebriado pelo prazer das alturas, sem pensar nos abismos nos quais o destino logo me mergulharia. Fui trazido de volta à realidade pela chegada de Hans e do professor, que se juntaram a mim no cume.

Meu tio, virando-se para o oeste, indicou-me um vapor vago, uma névoa, algo parecido com terra que dominava a linha do horizonte.

– Groenlândia – disse ele.

– Groenlândia? – perguntei.

– Sim; estamos a apenas trinta e cinco léguas dela; durante o degelo, os ursos polares chegam à Islândia carregados por icebergs. Mas isso não importa. Estamos no topo do Sneffels, e há dois picos, um ao norte, outro ao sul. Hans nos dirá o nome que os islandeses dão ao que nos encontramos agora.

Feita a pergunta, Hans respondeu:

– Scartaris.

Meu tio lançou um olhar triunfante para mim.

– À cratera! – ele exclamou.

A cratera do Sneffels parecia um cone invertido, cuja abertura devia ter meia légua de diâmetro. Estimei sua profundidade em cerca de dois mil pés. Pude imaginar o aspecto desse depósito quando preenchido por tempestades elétricas e chamas. O fundo do funil tinha cerca de quinhentos pés de diâmetro, de modo que suas inclinações bastante suaves facilitavam o acesso à parte inferior.

Involuntariamente, comparei a cratera a um enorme bacamarte,[38] e a comparação me aterrorizou.

"Entrar em um bacamarte possivelmente carregado que pode disparar ao menor impacto é uma loucura", pensei.

Mas não havia saída. Hans retomou a liderança com um ar de indiferença. Eu o segui sem dizer uma palavra.

Para facilitar a descida, Hans percorreu com cuidado o cone em um trajeto em espiral. Tivemos que caminhar entre rochas eruptivas, algumas das quais, sacudidas de suas cavidades, despencavam no abismo. As quedas produziam ecos surpreendentemente altos.

Em certas partes do cone havia geleiras. Nesses trechos, Hans avançava com extrema cautela, investigando o terreno com seu bastão com ponta de ferro para descobrir fendas. Em passagens particularmente duvidosas, era necessário nos amarrarmos uns aos outros com uma longa corda para que aquele que inesperadamente perdesse o apoio pudesse ser sustentado por seus companheiros. Essa solidariedade foi prudente, mas não eliminou todo o perigo.

No entanto, apesar das dificuldades da descida em encostas desconhecidas pelo guia, a jornada foi realizada sem acidentes, exceto pela perda de um rolo de corda que escapou das mãos de um islandês e percorreu o caminho mais curto até o fundo do abismo.

Chegamos ao meio-dia. Levantei minha cabeça e vi diretamente acima de mim a abertura superior do cone, que emoldurava um pedaço do céu de uma circunferência drasticamente pequena, mas quase perfeitamente redonda. Na borda, mostrava-se o pico nevado do Scartaris estendendo-se para o infinito.

No fundo da cratera, havia três chaminés abertas através das quais o Sneffels, durante suas erupções, expelia suas lavas e vapores. Cada uma dessas chaminés tinha cerca de cem pés de diâmetro. Suas bocas escancaravam-se diante de nós bem no nosso caminho.

---

38 Antiga arma de fogo, conhecida pelo cano largo.

Não tive coragem de olhar para dentro delas. Mas o Professor Lidenbrock examinou rapidamente as três; ele estava ofegante, correndo de uma para a outra, gesticulando e proferindo palavras ininteligíveis. Hans e seus camaradas, sentados em pedaços de lava, observavam; claramente achavam que ele estava louco.

De repente, meu tio soltou um grito. Eu pensei que ele havia perdido o equilíbrio e caído em um dos três abismos. Mas não. Eu o vi, com os braços estendidos e as pernas afastadas, diante de uma rocha de granito disposta no centro da cratera como um pedestal pronto para receber uma estátua de Plutão.[39] Ele tinha a postura de um homem atordoado, mas cujo espanto rapidamente dava lugar a uma alegria irracional.

– Axel, Axel – ele exclamou. – Venha, venha!

Eu corri. Hans e os islandeses sequer se moveram.

– Veja! – disse o professor.

E, compartilhando seu espanto, embora não sua alegria, li na face ocidental do bloco, em letras rúnicas meio devoradas pelo tempo, o nome mil vezes maldito:

ᛚᚾᚾᛐ ᛋᛁᚱᛚᚾᚺᚺᛐᛉ

– Arne Saknussemm! – exclamou meu tio. – Você ainda duvida?

Eu não respondi, e voltei consternado ao meu banco de lava. A evidência acabou comigo.

Quanto tempo permaneci mergulhado em minhas reflexões, não sei dizer. Tudo o que sei é que, quando levantei minha cabeça novamente, vi apenas meu tio e Hans no fundo da cratera. Os islandeses haviam sido dispensados, e agora desciam as encostas externas do Sneffels para voltar à Stapi.

Hans dormia pacificamente ao pé de uma rocha, em uma corrente de lava que transformara em um leito improvisado para si;

---

39 Deus do mundo subterrâneo e dos mortos na mitologia romana.

meu tio, por sua vez, andava de um lado para o outro pelo fundo da cratera como um animal selvagem no buraco da armadilha de um caçador. Não tive vontade nem forças para me levantar e, seguindo o exemplo do guia, entreguei-me a uma sonolência dolorosa, acreditando ouvir os barulhos e sentir os tremores nas encostas da montanha.

Assim se passou a primeira noite no fundo da cratera.

Na manhã seguinte, um céu cinzento, pesado e nublado pairava sobre o topo do cone. Percebi a mudança não tanto pela escuridão no abismo, mas pela raiva que tomara conta do meu tio.

Eu entendi o motivo, e um pouco de esperança voltou a reinar no meu coração. Eis aqui o porquê.

Das três rotas abertas sob os nossos pés, apenas uma fora percorrida por Saknussemm. Segundo o cientista islandês, era preciso identificá-la por uma peculiaridade indicada no criptograma: a de que a sombra do Scartaris tocaria suas beiradas durante os últimos dias do mês de junho.

Pode-se, de fato, considerar esse pico agudo o ponteiro de um grande relógio solar, cuja sombra, em um determinado dia, indicaria o caminho para o centro da Terra.

Mas, se não houvesse sol, não haveria sombra. Consequentemente, não haveria indicador. Era 25 de junho. Se o céu permanecesse nublado por seis dias, teríamos que adiar a observação para outro ano.

Recuso-me a descrever a raiva impotente do Professor Lidenbrock. O dia passou e nenhuma sombra se estendeu no fundo da cratera. Hans não saíra do lugar; no entanto, devia estar se perguntando o que estávamos esperando, se é que ele se perguntava alguma coisa. Meu tio não me dirigiu uma única palavra. Seus olhos, invariavelmente voltados para o céu, perdiam-se em sua tonalidade cinza e enevoada.

No dia 26, nada mudou. Uma chuva misturada com neve caiu ao longo do dia. Hans construiu uma cabana com pedaços de lava.

Senti um certo prazer em observar as milhares de cascatas improvisadas nas laterais do cone, cada uma delas aumentando o murmúrio ensurdecedor.

Meu tio não conseguia mais se controlar. De fato, aquilo já bastava para irritar um homem mais paciente do que ele, porque era como naufragar mesmo antes de partir do porto.

Mas o céu sempre une grandes alegrias às grandes tristezas, e reservou para o Professor Lidenbrock uma satisfação à altura de seus problemas desesperados.

No dia seguinte, o céu estava novamente nublado; mas, no dia 29 de junho, o penúltimo dia do mês, a mudança do clima veio com a mudança da lua. O sol despejou seus raios sobre a cratera. Cada colina, rocha e rugosidade foi atingida pelo fluxo luminoso e instantaneamente projetou sua sombra no chão. Entre todas elas, a do Scartaris se delineou como uma ponta afiada e começou a se mover lentamente na direção oposta à estrela radiante.

Meu tio a acompanhava.

Ao meio-dia, quando mais estava curta, ela tocou suavemente as beiradas da chaminé central.

– Aí está! Aí está! – gritou o professor. – Para o centro do globo! – acrescentou em dinamarquês.

Eu olhei para Hans.

– *Forüt*! – disse ele tranquilamente.

– Em frente! – respondeu meu tio.

Era uma e treze da tarde.

XVII

Começava a verdadeira jornada. Até então, nosso esforço havia superado todas as dificuldades; agora elas brotariam sob os nossos pés.

Ainda não havia me aventurado a olhar para o poço insondável em que estava prestes a adentrar. O momento havia chegado. Eu ainda podia participar da jornada ou me recusar a fazer parte dela. Mas eu sentia vergonha de recuar diante do caçador. Hans aceitou a aventura com tanta calma, tamanha indiferença e tal menosprezo por qualquer perigo que eu corei com a ideia de ser menos corajoso do que ele. Se estivesse sozinho, poderia ter novamente entabulado uma série de longas discussões; mas, na presença do guia, fiquei em silêncio. Uma parte de minhas lembranças retornaram à minha linda virlandesa e me aproximei da chaminé central.

Já mencionei que ela media cem pés de diâmetro e trezentos pés de circunferência. Inclinei-me sobre uma rocha saliente e olhei para baixo. Meus pelos se arrepiaram de terror. Uma sensação de vazio tomou conta do meu ser. Senti o centro de gravidade deslocando-se em mim e a vertigem subindo ao meu cérebro feito embriaguez. Não há nada mais traiçoeiro do que essa atração pelo abismo. Eu estava prestes a cair. Uma mão me segurou. A de Hans. Suponho que não aprendi o suficiente com as lições dos abismos na Vor Frelsers Kirke, em Copenhagen.

Embora mal tenha olhado para aquele poço, tomei consciência de sua estrutura. Suas paredes quase perpendiculares apresentavam inúmeras saliências que facilitariam a descida. Mas, embora não faltassem degraus, não havia corrimão. Uma corda presa à borda da abertura deveria bastar para nos sustentar, mas como iríamos desamarrá-la quando chegássemos à extremidade inferior?

Meu tio usou um método muito simples para superar essa dificuldade. Ele desenrolou uma corda de quatrocentos pés de comprimento da grossura de um polegar. Em um primeiro momento, deixou metade dela cair no poço; depois, enrolou-a ao redor de um bloco de lava saliente e jogou a outra metade pela chaminé. Assim, cada um de nós poderia descer segurando as duas metades da corda com as mãos, de modo que ela não poderia se soltar. Quando estivéssemos a duzentos pés abaixo, seria fácil recuperar a corda inteira, soltando uma ponta e puxando a outra. Então, aplicaríamos novamente este método *ad infinitum*.

– Agora – disse meu tio, após concluir os preparativos –, vejamos nossas cargas. Vou dividi-las em três lotes; cada um de nós carregará um deles nas costas. Estou falando apenas dos objetos frágeis.

O audacioso professor obviamente não nos incluía nessa última categoria.

– Hans – ele disse – se encarregará das ferramentas e de uma parte do suprimento de comida; você, Axel, levará mais um terço do suprimento de comida, e as armas; e eu vou levar o restante dos suprimentos de comida e os delicados instrumentos.

– Mas – eu disse – e quanto às roupas e aquela porção de escadas e cordas, quem as levará?

– Elas descerão sozinhas.

– Como assim? – perguntei.

– Você verá.

Meu tio gostava de usar meios extremos sem hesitação. Por ordem dele, Hans colocou todos os itens inquebráveis em um único pacote, que, firmemente amarrado, foi simplesmente jogado no buraco.

Ouvi o rugido alto produzido pelo deslocamento das camadas de ar. Meu tio, debruçado sobre o abismo, acompanhou a queda da bagagem com um olhar satisfeito, e só se levantou quando a perdeu de vista.

– Bem – ele disse. – Agora é a nossa vez.

Pergunto a qualquer homem sensato se é possível ouvir tais palavras sem estremecer!

O professor amarrou o pacote de instrumentos nas costas; Hans pegou as ferramentas e eu, as armas. A descida teve início na seguinte ordem: Hans, meu tio e eu. Foi realizada em profundo silêncio, perturbado apenas pela queda de rochas soltas no abismo.

Deixei-me cair, por assim dizer, segurando freneticamente a corda dupla com uma mão enquanto a outra segurava o meu bastão de ferro. Um único pensamento me dominava: eu temia perder o ponto de apoio. A corda me parecia muito frágil por suportar o peso de três pessoas. Utilizava-a o mínimo possível, operando milagres de equilíbrio nas saliências de lava que meu pé tentava agarrar como se fosse uma mão.

Quando um desses degraus escorregadios tremeu sob os pés de Hans, ele disse em sua voz baixa:

– *Gif akt*!

– Cuidado! – repetiu meu tio.

Em meia hora, chegamos à superfície de uma rocha bem encaixada na parede da chaminé.

Hans puxou a corda por uma de suas extremidades. A outra ponta subiu no ar; depois de passar pelo rochedo superior, ela caiu, raspando nos pedaços de pedra e de lava e gerando uma espécie de chuva, ou melhor, de granizo muito perigoso.

Debruçando-me sobre as bordas de nossa estreita plataforma, notei que o fundo do buraco ainda estava invisível.

A mesma manobra foi repetida com a corda, e meia hora depois descemos mais duzentos pés.

Não sei se um geólogo mais fanático teria tentado estudar, durante essa descida, a natureza dos terrenos à sua volta. Eu mesmo não me preocupei com eles; se eram pliocenos, miocenos, eocenos, cretáceos, jurássicos, triássicos, permianos, carboníferos, devonianos, silurianos ou primitivos, pouco me importava. Mas o professor, sem dúvida, examinava-os e fazia anotações, pois, durante uma de nossas paradas, me disse:

– Quanto mais desço, mais confiante fico. A ordem dessas formações vulcânicas confirma em absoluto as teorias de Davy. Agora estamos no solo primordial, onde ocorreu a reação química dos metais flamejantes em contato com o ar e a água. Rejeito absolutamente a teoria do calor central. De qualquer maneira, logo poderemos constatá-lo.

Sempre a mesma conclusão. É fácil perceber que eu não achava graça em discutir. Meu silêncio foi tomado como consentimento e a descida continuou.

Ao final de três horas, eu ainda não vislumbrava o fundo da chaminé. Quando levantava a cabeça, notava que a abertura ficava cada vez menor. As paredes, devido à leve inclinação, tendiam a se aproximar. A escuridão chegava aos poucos.

Ainda assim, continuávamos descendo. Parecia-me que as pedras que caíam das paredes emitiam um eco mais suave e alcançavam o fundo do abismo rapidamente.

Como tive o cuidado de manter um registro exato de nossas manobras com a corda, podia dizer exatamente a que profundidade estávamos e quanto tempo se havia passado.

A esta altura, havíamos repetido catorze vezes essa manobra, cada qual com duração de meia hora. Isso resultava em sete horas, somadas a quatorze ou quinze minutos de descanso, num total de três horas e meia. Logo, passaram-se dez horas e meia. Começamos à uma, e agora deviam ser onze horas.

Quanto à profundidade alcançada, as catorze manobras de duzentos pés totalizavam dois mil e oitocentos pés.

Naquele momento, ouvi a voz de Hans.

– *Halt*! – ele disse.

Parei quando estava prestes a bater na cabeça do meu tio com os pés.

– Chegamos – disse o último.

– Onde? – eu perguntei, escorregando para perto dele.

– No fundo da chaminé perpendicular – ele respondeu.

– Não há outra saída?

– Sim, uma espécie de túnel que eu posso ver e que faz uma curva para a direita. Veremos isso amanhã. Vamos jantar primeiro e depois dormir.

A escuridão ainda não era total. Abrimos a sacola com os suprimentos, comemos e nos deitamos da melhor maneira que pudemos sobre uma cama de pedras e fragmentos de lava.

Quando me deitei de costas, abri os olhos e vi um ponto brilhante na extremidade daquele tubo de três mil pés de comprimento, que agora se tornara um vasto telescópio.

Era uma estrela sem cintilação que, pelos meus cálculos, devia ser a ß (sigma) da *Ursa Menor*.

Então, caí em um sono profundo.

XVIII

Às oito da manhã, um raio de luz veio nos acordar. As mil facetas da lava nas paredes o receberam em sua passagem e o espalharam como uma chuva de faíscas.

Havia luz suficiente para distinguir os objetos ao redor.

– Bem, Axel, o que você diz? – perguntou meu tio, esfregando as mãos. – Você já passou uma noite tão tranquila assim em nossa casa na Königstrasse? Nenhum barulho de carroças, grito de comerciantes ou vociferações de barqueiros!

– Sem dúvida, o fundo deste poço é muito silencioso, mas há algo de alarmante na própria quietude.

– Ora, vamos! – exclamou meu tio. – Se você está com medo agora, como será mais tarde? Ainda não avançamos uma polegada sequer nas entranhas da Terra.

– O que o senhor quer dizer?

– Quero dizer que atingimos apenas o nível do solo da ilha. Este longo tubo vertical, que dá na cratera do Sneffels, termina aproximadamente no nível do mar.

– Você tem certeza disso?

– Toda certeza. Verifique o barômetro.

De fato, o mercúrio, que subira gradualmente no instrumento conforme descíamos, havia parado em vinte e nove polegadas.

– Como você pode ver – disse o professor –, temos apenas a pressão de uma atmosfera, e mal posso esperar para que o manômetro substitua o barômetro.

De fato, esse instrumento se tornaria inútil assim que o peso da atmosfera ultrapassasse a pressão no nível do mar.

– Mas – eu disse – não se deve temer que essa pressão se torne cada vez mais dolorosa?

– Não; desceremos em ritmo lento e nossos pulmões se acostumarão a respirar uma atmosfera mais densa. Os aeronautas acabam ficando sem ar à medida que sobem nas camadas superiores; nós, em contrapartida, talvez tenhamos ar demais. Mas eu prefiro assim. Não percamos mais tempo. Onde está o pacote que foi enviado antes de nós?

Lembrei-me então que o havíamos procurado em vão na noite anterior. Meu tio questionou Hans, que, depois de olhar em volta atentamente com seus olhos de caçador, respondeu:

– *Der huppe*!

– Lá em cima.

De fato, o embrulho ficara pendurado numa saliência de rocha a cerca de cem pés acima de nossas cabeças. Imediatamente, o ágil islandês subiu até lá feito um gato e, em poucos minutos, o pacote chegou até nós.

– Agora – disse meu tio –, comamos, mas comamos como pessoas que podem ter um longo caminho pela frente.

O biscoito e a carne seca foram regados com alguns goles de água misturados com gin.

Quando terminamos a refeição, meu tio tirou do bolso um pequeno caderno destinado a observações científicas. Ele consultou seus instrumentos e registrou os seguintes dados:

Segunda-feira, 1º de julho
Cronômetro: 8h17m da manhã.
Barômetro: 29 7/12p.
Termômetro: 6°C.
Direção: L-S-L.

A última observação dizia respeito ao túnel obscuro e fora indicada pela bússola.

– Agora, Axel – exclamou o professor com entusiasmo –, estamos realmente entrando nas entranhas do mundo. Neste exato momento, a jornada começa.

Dito isso, meu tio apanhou com uma das mãos a bobina de Ruhmkorff que estava pendurada em seu pescoço e, com a outra, conectou sua corrente elétrica com a lanterna, gerando uma luz muito brilhante que dispersou a escuridão do túnel.

Hans carregava a outra bobina, que também estava ligada. Esse engenhoso dispositivo elétrico nos permitiria caminhar por um longo tempo, criando uma luz artificial mesmo em meio aos gases mais inflamáveis.

– Vamos lá! – exclamou meu tio.

Cada um de nós pegou seu fardo. Hans encarregou-se de empurrar a carga com roupas e cordas diante de si e, estando eu no fim da fila, entramos no túnel.

No momento em que penetrei nesse túnel escuro, levantei a cabeça e vi, pela última vez, através da extensão daquele vasto tubo, o céu da Islândia, "o qual nunca mais voltaria a contemplar".

Na última erupção de 1229, a lava abrira passagem por esse túnel. Ela ainda cobria seu interior com um revestimento grosso e brilhante; e a luz elétrica ali refletida centuplicava sua intensidade.

Toda a dificuldade do percurso consistia em não deslizar muito depressa a uma inclinação de cerca de quarenta e cinco graus; felizmente, contávamos com determinadas erosões e algumas bolhas que formavam degraus aqui e ali, e só precisávamos deixar que nossas bagagens, amarradas a uma longa corda, caíssem.

Mas aquilo que formava degraus sob nossos pés se tornava estalactite nas paredes. A lava, porosa em alguns lugares, exibia pequenas bolhas redondas; cristais opacos de quartzo, decorados com gotas límpidas de vidro e suspensos como lustres na abóbada que pareciam acender em nossa passagem. Era como se os espíritos do abismo iluminassem seu palácio para receber seus convidados da superfície.

– É magnífico! – exclamei espontaneamente. – Meu tio, que visão! Veja os tons da lava, que vão do marrom avermelhado ao amarelo brilhante por gradações imperceptíveis! E quanto a esses cristais que parecem globos de luz?

– Ah! Vejo que está entrando no espírito, Axel! – respondeu meu tio. – Então, você acha isso magnífico, meu garoto? Você verá muito mais, espero. Vamos andando! Vamos andando!

Ele deveria ter dito "vamos escorregando", pois não fazíamos nada além de deslizar pelas encostas íngremes. Era o *facilis descensus Averni* de Virgílio.[40] A bússola, que eu consultava com frequência, indicava a direção sudeste com rigor imperturbável. A corrente de lava não se desviava para nenhum dos lados, exibindo a inflexibilidade de uma linha reta.

No entanto, não houvera aumento sensível de temperatura. Isso justificava a teoria de Davy, e por mais de uma vez eu consultei o termômetro com espanto. Duas horas após a nossa partida, ele continuava mostrando dez graus, o que representava um aumento de apenas quatro graus. Assim, tinha motivo para pensar que nossa descida era mais horizontal do que vertical. Quanto à profundidade exata que havíamos alcançado, era muito mais fácil verificar; o professor media os ângulos de desvio e inclinação com precisão

---

40 Trecho da obra *Eneida*, de Virgílio, cujo significado é "a descida ao Inferno é fácil". Avernus é o nome de um lago italiano, que em tempos passados era tido como a entrada para o submundo.

durante o percurso, mas mantinha os resultados de suas observações para si próprio.

Por volta das oito da noite, ele mandou que parássemos. Hans sentou-se imediatamente. As lâmpadas foram penduradas em uma saliência na lava; nós estávamos em uma espécie de caverna onde não faltava ar. Muito pelo contrário. Algumas brisas chegavam até nós. O que as causava? Essa foi uma pergunta que não tentei responder no momento. A fome e a fadiga me tornavam incapaz de raciocinar. Uma descida de sete horas consecutivas não pode ser realizada sem um considerável gasto de energia. Eu estava exausto. A ordem de parada, portanto, causou-me prazer. Hans espalhou algumas provisões em um bloco de lava, e comemos com grande apetite. Uma coisa, no entanto, me incomodava; nosso suprimento de água já estava pela metade. Meu tio planejava nos reabastecer em nascentes subterrâneas, mas até então elas não haviam aparecido. Não pude deixar de chamar sua atenção para essa questão.

– Você está surpreso com essa falta de fontes? – ele perguntou.

– Mais do que isso, estou ansioso; só temos água para mais cinco dias.

– Não se preocupe, Axel, garanto que encontraremos água e muito mais do que necessitamos.

– Quando?

– Quando deixarmos essa camada de lava para trás. Como as fontes podem romper paredes como essas?

– Mas talvez essa passagem chegue a uma profundidade muito grande. Parece-me que ainda não fizemos muito progresso verticalmente.

– Por que você acha isso?

– Porque, se tivéssemos avançado muito longe na crosta terrestre, o calor estaria mais intenso.

– De acordo com a sua teoria – disse meu tio. – O que o termômetro diz?

– Apenas quinze graus, o que significa um aumento de apenas nove graus desde a nossa partida.

– Então, tire sua conclusão.

– De acordo com observações exatas, a temperatura no interior do globo aumenta um grau a cada cem pés. Certas condições locais, porém, podem modificar esta taxa. Por exemplo, em Yakutsk, na Sibéria, foi observado que o aumento de um grau ocorre a cada trinta e seis pés. Essa diferença depende claramente do poder de condução de calor das rochas. Além disso, nas proximidades de um vulcão extinto, através do gnaisse, foi observado que o aumento de grau é atingido apenas a cada cento e vinte e cinco pés. Vamos tomar esta última hipótese, que é a mais favorável, e fazer os nossos cálculos.

– Calcule, meu rapaz.

– Essa é fácil – eu disse, anotando os números no meu caderno. – Nove vezes cento e vinte e cinco pés somam um total de mil cento e vinte e cinco pés de profundidade.

– Muito preciso, de fato.

– E então?

– Bem, pelas minhas observações, estamos a dez mil pés abaixo do nível do mar.

– Isso é possível?

– Sim, ou os números não são mais números!

Os cálculos do professor estavam certos. Já tínhamos atingido uma profundidade de seis mil pés além daquela alcançada pelo homem nas minas de Kitzbühel, no Tirol, e nas de Vurtemberga, na Boêmia.

A temperatura, que deveria ser de oitenta e um graus neste local, era de apenas quinze graus. Esse foi um motivo sério para reflexão.

XIX

No dia seguinte, terça-feira, 30 de junho, às seis da manhã, a descida recomeçou.

Continuamos a seguir pelo túnel de lava, uma legítima rampa natural, suave como os planos inclinados que ainda substituem as escadas nas casas antigas. E assim continuamos até meio-dia e dezessete, momento exato em que nos juntamos a Hans, que acabara de parar.

– Ah! – exclamou meu tio. – Chegamos à extremidade da chaminé.

Eu olhei ao meu redor. Estávamos no centro de uma encruzilhada, onde havia dois caminhos, ambos escuros e estreitos. Qual deles devíamos tomar? Era difícil saber.

Mas meu tio não queria parecer hesitante diante de mim ou do guia; ele apontou para o túnel do leste, e logo estávamos os três dentro dele.

De todo modo, qualquer hesitação sobre qual caminho tomar teria se prolongado indefinidamente, pois não havia nenhuma pista que pudesse orientar nossa escolha; era preciso confiar absolutamente no acaso.

A inclinação deste túnel não era muito sensível, e seu perfil era bastante irregular. Às vezes, passávamos por uma série de arcos que se sucediam como as majestosas arcadas de uma catedral gótica. Os artistas medievais poderiam ter estudado ali todas as formas dessa arquitetura religiosa derivada do arco ogival. Uma milha mais tarde, tivemos que inclinar a cabeça sob arcos baixos no estilo romano, onde enormes pilares projetando-se da rocha se dobravam sob o assento das abóbadas. Em certos lugares, essa magnificência dava lugar a estruturas baixas que pareciam represas de castores, pelas quais rastejávamos por tubos estreitos.

A temperatura permanecia suportável. Involuntariamente, pensei em sua intensidade quando as lavas vomitadas pelo Sneffels corriam por esta passagem agora tão silenciosa. Imaginei as torrentes de fogo quebradas pelos ângulos do túnel e o acúmulo de vapor superaquecido naquele ambiente estreito!

"Eu só espero", pensei, "que este velho vulcão não me venha com extravagâncias tardias!"

Não transmiti esses medos ao Professor Lidenbrock; ele não os teria compreendido. Sua única ideia era seguir em frente. Ele andava, deslizava e até caía com uma convicção que só se podia admirar.

Às seis da tarde, após uma caminhada cansativa, havíamos percorrido duas léguas para o sul, mas apenas um quarto de milha em profundidade.

Meu tio deu o sinal para descansarmos. Comemos sem conversar e adormecemos sem pensar.

Nossos arranjos para a noite eram muito simples; um cobertor de viagem, no qual nos enrolávamos, era nossa única roupa de cama. Não precisávamos temer o frio ou visitas indesejadas. Os viajantes que exploram os desertos da África e as florestas do Novo Mundo são obrigados a vigiar uns aos outros durante a noite. Aqui, no entanto, tínhamos segurança absoluta e total isolamento. Fossem selvagens ou animais ferozes, não precisávamos temer nenhuma dessas espécies perversas.

Acordamos na manhã seguinte revigorados e de bom humor. A jornada foi retomada. Como no dia anterior, seguimos por um caminho de lava. Era impossível identificar a natureza do terreno que atravessávamos. Em vez de avançar pelas entranhas do globo, o túnel tendia a ficar completamente horizontal. Cheguei a pensar que ele subia novamente em direção à superfície da Terra. Essa tendência tornou-se tão óbvia por volta das dez da manhã e, consequentemente, tão cansativa, que fui forçado a diminuir o ritmo.

– O que foi, Axel? – perguntou o professor, impaciente.

– Bem, eu não aguento mais – respondi.

– O quê? Depois de três horas de caminhada em um terreno tão fácil!

– Pode ser fácil, mas também é cansativo.

– Como assim? Só estamos descendo!

– Subindo, se o senhor me permite.

– Subindo? – disse meu tio, dando de ombros.

– Sem dúvida. As inclinações mudaram há meia hora, e se continuarem nesse ritmo, certamente voltaremos para a superfície da Islândia.

O professor balançou a cabeça como um homem que se recusava a ser convencido. Tentei retomar a conversa. Ele não me respondeu e deu o sinal de partida. Percebi que seu silêncio não era nada além de mau humor concentrado.

Ainda assim, com coragem, carreguei novamente meu fardo nos ombros e apressei-me em seguir Hans, que precedia meu tio. Eu não queria ser deixado para trás. Meu maior cuidado era não perder de vista meus companheiros. Estremecia com a ideia de me extraviar nas profundezas deste labirinto.

Ainda que o caminho ascendente se tornasse mais difícil, confortava-me pensar que ele me levaria para mais perto da superfície. Havia esperança nisso. Cada passo confirmava-a, e me alegrava com o pensamento de encontrar minha pequena Graüben novamente.

Ao meio-dia, houve uma mudança na aparência das paredes do túnel. Notei que a luz elétrica refletida pelas paredes estava enfraquecendo.

A rocha viva substituía o revestimento de lava. O maciço era composto de camadas inclinadas, geralmente dispostas verticalmente. Estávamos em plena época de transição, em pleno período siluriano.[41]

– É evidente – exclamei – que os sedimentos das águas formaram, na segunda era da Terra, esse xisto, calcário e arenito! Estamos nos afastando do maciço granítico! Somos como pessoas de Hamburgo que vão para Lübeck via Hanover![42]

Eu deveria ter guardado essas observações para mim. Mas meu instinto geológico era mais forte do que a minha prudência, e o tio Lidenbrock ouviu minhas exclamações.

– Qual é o problema? – ele perguntou.

– Veja – eu disse, apontando para a sucessão variada de arenitos, calcários e os primeiros vestígios de terrenos cobertos de ardósia.

– E daí?

– Estamos no período em que as primeiras plantas e animais surgiram.

– Ah! Você acha?

– Bem, olhe, examine-a, observe-a!

Forcei o professor a mover sua lâmpada sobre as paredes do túnel. Eu esperava alguns protestos de sua parte. Mas ele não disse uma palavra e continuou seu caminho.

Ele tinha me entendido ou não? Recusava-se a admitir, por vaidade como tio e estudioso, que cometera um erro ao escolher o túnel do leste, ou estava convencido de que devia explorar essa passagem até o fim? Era óbvio que tínhamos deixado o caminho da lava e que essa rota não poderia nos levar ao núcleo do Sneffels.

No entanto, eu me perguntava se não estava atribuindo muita importância a essa mudança dos terrenos. Será que estava enganando a

---

41 Assim chamado porque os solos desse período estão amplamente espalhados pela Inglaterra nas regiões outrora habitadas pela tribo celta dos Silurianos. (N.A.)

42 O que significa dizer que foi dada uma grande volta para se chegar a um destino próximo.

mim mesmo? Será que estávamos de fato atravessando as camadas de rocha sobrepostas ao maciço granítico?

"Se eu estiver certo", pensei, "devo encontrar resíduos de plantas primitivas, e ele terá que reconhecer as evidências. Vamos examinar."

Não precisei andar cem passos para que as evidências incontestáveis se apresentassem. Não poderia ser de outro modo, pois no período Siluriano os mares abrigavam ao menos mil e quinhentas espécies vegetais e animais. Meus pés, que estavam acostumados ao solo duro da lava, de repente pisaram numa poeira composta de restos de plantas e conchas. Nas paredes, havia marcas claramente visíveis de fucus e licopódios. Elas não poderiam enganar o Professor Lidenbrock; mas ele preferia não as ver, imagino, e continuava com seu passo firme.

Aquela teimosia passava dos limites. Eu não podia mais aguentar. Peguei uma concha perfeitamente formada, que pertencera a um animal não muito diferente do piolho; então, aproximando-me do meu tio, eu disse:

– Veja!

– Muito bem – ele respondeu calmamente. – É a concha de um crustáceo da ordem extinta dos trilobites. Nada mais.

– Mas o senhor não pode concluir...?

– O mesmo que você concluiu? Sim. Perfeitamente. Deixamos o granito e a lava. É possível que eu tenha cometido um erro. Mas só terei certeza quando chegar ao fim deste túnel.

– O senhor está certo em fazê-lo, tio, e eu aprovaria se não precisássemos temer um perigo cada vez mais ameaçador.

– Qual?

– A falta de água.

– Ora, Axel, vamos racionar.

XX

De fato, tivemos que racionar. Nossa provisão não poderia durar mais que três dias. Tive a certeza disso quando chegou a hora do jantar. E, infelizmente, tínhamos pouca esperança de encontrar uma nascente naqueles terrenos do período de transição.

Durante todo o dia seguinte, o túnel abriu suas infinitas arcadas diante de nós. Seguimos em frente quase sem dizer uma palavra. O silêncio de Hans espalhava-se entre nós.

A passagem não subia mais, pelo menos não perceptivelmente. Às vezes, até parecia inclinar-se para baixo. Mas essa tendência, muito pouco pronunciada, não tranquilizava o professor; afinal, não havia mudança na natureza dos estratos, e o período de transição tornava-se cada vez mais manifesto.

A luz elétrica fazia o xisto, o calcário e o velho arenito vermelho brilharem esplendidamente nas paredes. Podia-se imaginar que estávamos passando por uma vala aberta em Devonshire, a região cujo nome foi dado a esse tipo de solo. Magníficos exemplares de mármore cobriam as paredes, alguns de ágata acinzentada com veios delineados em branco, outros de cor carmesim ou de um amarelo manchado de vermelho; mais adiante, viam-se amostras de mármore vermelho-cereja no qual o calcário se destacava em tons vivos.

A maior parte desse mármore apresentava impressões de organismos primitivos. A criação havia feito progressos óbvios desde o dia anterior. Em vez de trilobitas rudimentares, notei resquícios de uma ordem mais perfeita de seres; entre eles, peixes ganoides e alguns daqueles saurianos nos quais os paleontologistas descobriram as primeiras formas dos répteis. Os mares devonianos eram habitados por um grande número de animais dessa espécie, que foram depositados aos milhares nas rochas recém-formadas.

Era óbvio que estávamos subindo na escala da vida animal na qual o homem ocupava o lugar mais alto. Mas o Professor Lidenbrock parecia não se importar.

Ele esperava duas coisas: ou que um poço vertical se abrisse sob seus pés e lhe permitisse retomar sua descida ou que um obstáculo o impedisse de permanecer nessa rota. Mas a noite chegou sem que essas esperanças se cumprissem.

Na sexta-feira, depois de uma noite em que comecei a sentir os tormentos da sede, nosso pequeno grupo mergulhou novamente nas passagens sinuosas do túnel.

Depois de dez horas caminhando, notei que o reflexo de nossas lâmpadas nas paredes diminuía estranhamente. O mármore, o xisto, o calcário e o arenito davam lugar a um revestimento escuro e sem brilho. Em um momento em que o túnel ficou muito estreito, encostei-me na parede da esquerda.

Quando retirei minha mão, ela estava preta. Olhei mais de perto. Nós estávamos em plena hulheira.

– Uma mina de carvão! – exclamei.

– Uma mina sem mineiros – respondeu meu tio.

– Ei! Quem sabe? – eu perguntei.

– Eu sei – declarou o professor num tom breve. – Tenho certeza de que esse túnel que atravessa camadas de carvão nunca foi criado pela mão do homem. Mas se é ou não um trabalho da natureza, não importa. A hora do jantar chegou; vamos comer.

Hans preparou um pouco de comida. Eu mal comi e engoli as poucas gotas de água racionadas para mim. O cantil cheio até a metade do guia era o que restava para saciar a sede de três homens.

Depois da refeição, meus dois companheiros se deitaram em seus cobertores e encontraram no sono um remédio para a exaustão. Quanto a mim, não consegui dormir e contei as horas até a manhã.

No sábado, às seis, partimos. Em vinte minutos, alcançamos um vasto espaço aberto. Reconheci então que a mão do homem não poderia ter escavado esta mina de carvão; as abóbodas teriam sido escoradas quando, na verdade, eram sustentadas apenas por um milagre do equilíbrio.

Esta caverna tinha cem pés de largura por cento e cinquenta de altura. O terreno havia sido violentamente movido por uma ação subterrânea. A rocha maciça, impactada por um poderoso impulso, fora deslocada, deixando esse grande espaço vazio, o qual os habitantes da Terra adentravam pela primeira vez.

Toda a história do período carbonífero estava escrita nessas paredes escuras, e um geólogo podia facilmente rastrear todas as suas diversas fases. Os leitos de carvão eram separados por camadas de arenito ou argila compacta e pareciam esmagados pelos estratos superiores.

Na era do mundo que precedia o período secundário, a Terra estava coberta de imensas formas vegetais devido à dupla ação do calor tropical e da umidade constante. Uma atmosfera vaporosa envolvia o globo, privando-o novamente dos raios diretos do sol.

Daí a conclusão de que as altas temperaturas se deviam a alguma outra fonte além do calor do sol. Talvez a estrela do dia ainda não estivesse pronta para desempenhar seu papel brilhante. Os "climas" ainda não existiam, e um calor tórrido se espalhava por toda a superfície do globo, tanto no equador quanto nos polos. De onde ele vinha? Será que de dentro do globo?

A despeito das teorias do Professor Lidenbrock, um fogo ardente pairava nas entranhas do esferoide. Seu efeito era sentido até nas últimas camadas da crosta terrestre; as plantas, privadas da influência benéfica do sol, não produziam flores nem aromas, mas suas raízes extraíam uma vida vigorosa do solo ardente dos primeiros dias.

Havia poucas árvores, apenas plantas herbáceas, prados enormes, samambaias, licópodes, sigilariáceas, asterofilitas – famílias raras cujas espécies contavam-se então aos milhares.

O carvão devia sua existência a esse período de vegetação abundante. A crosta ainda flexível da Terra obedecia aos movimentos da massa líquida que recobria. Daí as numerosas fissuras e depressões. As plantas, empurradas para a água, acumulavam-se gradualmente em quantidades consideráveis.

Então, veio a ação da química natural; no fundo dos mares, as massas vegetais se tornaram, a princípio, turfa; mais tarde, devido à influência dos gases e do calor da fermentação, passaram por uma completa mineralização.

Assim foram formadas essas imensas camadas de carvão, que a exploração excessiva deve, no entanto, esgotar em menos de três séculos, a menos que os países industrializados sejam cautelosos.

Essas reflexões vieram à minha mente enquanto eu contemplava as riquezas em carvão armazenadas naquela parte do globo. Sem dúvida, pensei, elas nunca serão descobertas; o aproveitamento de minas tão profundas exigiria um sacrifício muito grande, e qual seria a utilidade se o carvão estava espalhado por toda a superfície da Terra em um grande número de países? Portanto, aquelas camadas intactas que eu via assim permaneceriam até a última hora do mundo.

Ainda seguíamos em frente, e, sozinho, eu me esquecia do longo caminho perdendo-me em contemplações geológicas. A temperatura permanecia a mesma que a da nossa passagem entre as lavas e xistos. Apenas meu olfato era afetado por um forte cheiro de protocarboneto de hidrogênio. Imediatamente, reconheci neste túnel a presença de uma quantidade considerável do perigoso gás a que os mineiros deram o nome de grisu, e cuja explosão muitas vezes causou terríveis catástrofes.

Felizmente, nossa luz provinha das engenhosas bobinas de Ruhmkorff. Se, por infortúnio, tivéssemos explorado descuidadamente esse túnel com tochas, uma terrível explosão acabaria com a viagem, eliminando os viajantes.

A excursão pela hulheira durou até a noite. Meu tio mal continha a impaciência causada pela horizontalidade da estrada. A escuridão, sempre vinte passos à nossa frente, impedia-nos de estimar a extensão do túnel; e eu começava a pensar que ele poderia ser interminável quando, de repente, às seis horas, um muro inesperadamente surgiu diante de nós. Não havia passagem para a esquerda, para a direita, por cima ou por baixo; estávamos no fim de um beco sem saída.

– Bem, melhor assim! – exclamou meu tio. – Pelo menos tenho dados concretos. Não estamos na rota de Saknussemm, e tudo o que precisamos fazer é voltar. Vamos descansar por uma noite, e em três dias voltaremos ao ponto em que os dois túneis se ramificam.

– Sim – eu disse. – Se ainda tivermos forças!

– E por que não?

– Porque amanhã faltará água.

– Faltará coragem também? – perguntou meu tio, encarando-me severamente.

Não ousei responder.

XXI

No dia seguinte, partimos bem cedo. Tínhamos que nos apressar. Estávamos a cinco dias a pé da encruzilhada.

Não me debruçarei sobre os sofrimentos de nosso retorno. Meu tio os suportou com a raiva de um homem que não se sentia mais forte; Hans, com a resignação de sua natureza passiva; eu, confesso, com queixas e expressões de desespero. Eu não tinha espírito para me opor a esse infortúnio.

Como eu havia previsto, a água acabou no fim do primeiro dia de caminhada. Nosso alimento líquido agora não passava de gin, mas esse fluido infernal queimava minha garganta, e eu nem sequer suportava vê-lo. Achava a temperatura sufocante. A exaustão me paralisava. Por mais de uma vez eu quase caí, imóvel. Então, parávamos, e meu tio e o islandês me confortavam da melhor maneira que podiam. Mas já notava que o primeiro estava lutando dolorosamente contra o cansaço excessivo e a tortura causada pela privação de água.

Por fim, na terça-feira, 7 de julho, chegamos quase mortos à junção dos dois túneis, arrastando-nos de joelhos e sobre as mãos. Lá, caí como uma massa inerte, esticada no solo de lava. Eram dez da manhã.

Hans e meu tio, encostados na parede, tentavam mastigar alguns pedaços de biscoito. Longos gemidos escapavam dos meus lábios inchados.

Caí em uma profunda sonolência. Depois de um tempo, meu tio aproximou-se de mim e me levantou em seus braços:

– Pobre garoto! – ele disse, em um genuíno tom de compaixão.

Fiquei emocionado com essas palavras, não estava acostumado à ternura do feroz professor. Agarrei suas mãos trêmulas nas minhas. Ele me deixou segurá-las e olhou para mim. Seus olhos estavam cheios d'água.

Então, eu o vi pegar o cantil que estava pendurado ao seu lado. Para minha surpresa, ele o colocou nos meus lábios.

– Beba! – ele disse.

Eu o ouvi direito? Meu tio estava fora de si? Encarei-o estupefato, como se não pudesse entendê-lo.

– Beba! – ele repetiu.

E, levantando seu cantil, ele esvaziou cada gota entre meus lábios.

Ah! Prazer infinito! Um gole de água veio para umedecer minha boca ardente, apenas um, mas o suficiente para recuperar a vida que se esvaía do meu corpo.

Agradeci ao meu tio com as mãos unidas.

– Sim – ele disse –, um gole de água! O último! Você me ouviu? O último! Guardei-o cuidadosamente no fundo do meu cantil. Vinte vezes, cem vezes, tive que resistir ao desejo assustador de bebê-lo! Mas não, Axel, guardei-o para você.

– Tio! – eu murmurei, enquanto meus olhos se enchiam de lágrimas.

– Sim, pobre criança, sabia que, quando você chegasse a essa encruzilhada, cairia quase morto, então, guardei minhas últimas gotas de água para reanimá-lo.

– Obrigado, obrigado! – exclamei.

Embora minha sede tivesse sido apenas parcialmente aplacada, havia recuperado certa força. Meus músculos da garganta, até então contraídos, relaxaram novamente, e a inflamação dos meus lábios diminuiu um pouco. Eu conseguia falar.

– Vejamos – eu disse. – Agora temos apenas uma escolha. Estamos sem água; precisamos voltar.

Enquanto eu falava, meu tio evitava me olhar. Ele baixava a cabeça; seus olhos evitavam os meus.

– Precisamos voltar! – exclamei. – E alcançar o cume do Sneffels. Que Deus nos dê forças para voltar ao topo da cratera!

– Voltar? – disse meu tio, como se estivesse respondendo a si mesmo e não a mim.

– Sim, voltar, sem perder um minuto sequer.

Um longo silêncio se seguiu.

– Então, Axel – respondeu o professor com uma voz estranha –, essas poucas gotas de água não lhe deram coragem e energia?

– Coragem?

– Eu vejo você tão desanimado quanto antes, e ainda expressando somente desespero!

Com que homem eu estava lidando e quais projetos seu espírito ousado ainda nutria?

– O quê? O senhor quer...?

– Desistir desta expedição quando todos os sinais indicam que ela pode ser bem-sucedida? Nunca!

– Então, devemos nos resignar a morrer?

– Não, Axel, não! Volte. Eu não quero sua morte! Deixe Hans acompanhá-lo. Deixe-me sozinho!

– Abandoná-lo?!

– Deixe-me, eu lhe digo! Eu comecei esta jornada; continuarei até o fim, ou não voltarei. Vá, Axel, vá!

Meu tio falava em um estado de exacerbada euforia. Sua voz, suave por um momento, tornou-se mais uma vez dura, ameaçadora. Ele lutava contra o impossível com uma energia sinistra! Eu não queria deixá-lo no fundo desse abismo, mas, por outro lado, o instinto de autopreservação me dizia para fugir.

O guia acompanhava a cena com sua indiferença habitual. No entanto, ele entendia o que estava acontecendo entre seus dois companheiros. Os próprios gestos foram suficientes para indicar os diferentes caminhos pelos quais cada um de nós tentava levar o outro; Hans, porém, parecia ter pouco interesse naquela questão que colocava sua existência em jogo, pronto para retornar caso o sinal fosse dado, pronto para atender ao menor dos desejos de seu empregador.

O que eu não daria para que ele me entendesse naquele momento! Minhas palavras, meus gemidos e meu tom de voz teriam convencido sua natureza fria. Eu o faria compreender os perigos dos quais mal suspeitava. Juntos, talvez conseguíssemos convencer o obstinado professor. Se necessário, teríamos o forçado a voltar ao topo do Sneffels!

Aproximei-me de Hans. Pousei minha mão sobre a sua. Ele não se mexeu. Mostrei-lhe o caminho para a cratera. Ele permaneceu imóvel. Meu rosto ofegante revelava todo o meu sofrimento. O islandês balançou a cabeça de leve e, apontando calmamente para o meu tio, disse:

– Patrão.

– Patrão? – gritei. – Seu tolo! Não, ele não é o dono da sua vida! Nós devemos fugir, devemos arrastá-lo conosco! Você está me ouvindo? Está me entendendo?

Eu havia agarrado Hans pelo braço. Queria forçá-lo a se levantar. Eu estava lutando com ele. Meu tio interveio.

– Acalme-se, Axel – disse ele. – Você não conseguirá nada com esse criado impassível. Ouça o que eu quero lhe propor.

Cruzei os braços e encarei meu tio.

– A falta de água – ele disse – é o único obstáculo para a realização dos meus planos. Neste túnel do leste, composto de lava, xisto e carvão, não encontramos uma única molécula líquida. É possível que tenhamos mais sorte se seguirmos o túnel do oeste.

Balancei minha cabeça com um ar de profunda descrença.

– Ouça-me – continuou o professor com uma voz firme. – Enquanto você jazia imóvel, fui explorar a estrutura daquele túnel. Ele leva diretamente às entranhas do globo, e em poucas horas nos conduzirá ao maciço granítico. Lá, devemos encontrar fontes abundantes. A natureza da rocha indica isso, e o instinto concorda com a lógica para apoiar minha convicção. Agora, é isso o que tenho para lhe propor. Quando Colombo pediu à tripulação de seus navios mais três dias para descobrir novas terras, seus homens, ainda que assustados e doentes, reconheceram a legitimidade de sua reivindicação, e ele descobriu o Novo Mundo. Eu, o Colombo deste mundo inferior, só peço mais um dia. Se depois desse dia ainda não tiver encontrado água, juro que voltaremos à superfície da Terra.

Apesar da minha irritação, fiquei comovido com essas palavras e com a violência do meu tio contra si mesmo ao falar daquela maneira.

– Muito bem! – exclamei. – Vamos fazer o que o senhor deseja, e que Deus recompense sua energia sobre-humana. Agora o senhor tem apenas mais algumas horas para tentar a sorte. Vamos!

XXII

A descida recomeçou, desta vez pelo outro túnel. Hans andou na frente, como era de costume. Não tínhamos avançado cem passos quando o professor, movendo sua lanterna pelas paredes, exclamou:

– Aqui estão as rochas primitivas. Agora estamos no caminho certo. Vamos! Vamos!

Quando a Terra resfriou lentamente em seus estágios iniciais, sua contração produziu deslocamentos, rupturas e rachaduras em sua crosta. Nosso túnel atual era uma fissura, através da qual o granito eruptivo se espalhou no passado. Seus mil desvios formavam um labirinto inextricável no solo primitivo.

À medida que descíamos, a sucessão de camadas que compunham o terreno primitivo se manifestava mais distintamente. A ciência geológica considera esse terreno primitivo a base da crosta mineral, e reconhece que é composta de três estratos diferentes: os xistos, os gnaisses e os micaxistos, que repousam sobre a firme rocha chamada granito.

Ora, os mineralogistas nunca se viram em circunstâncias tão maravilhosas para estudar a natureza de fato. O que a sonda, uma máquina brutal e desprovida de inteligência, não conseguira transmitir à superfície sobre a textura interna da Terra, seríamos capazes de examinar com nossos próprios olhos e tocar com nossas próprias mãos.

Pela espécie dos xistos, coloridos em belos tons de verde, ondulavam fios metálicos de cobre, manganês e alguns traços de platina e ouro. Pensava nessas riquezas enterradas nas entranhas do globo que a humanidade gananciosa jamais desfrutaria! Esses tesouros estavam de tal forma enterrados nas profundezas pelas convulsões dos dias primitivos que nem as pás ou as picaretas conseguiriam arrancá-los de suas sepulturas.

Os xistos foram sucedidos por gnaisses estratificados, notáveis pelo paralelismo e regularidade de suas lâminas; depois, por micaxistos dispostos em grandes lençóis realçados pelas cintilações da mica branca.

A luz de nossos dispositivos, refletida nas pequenas facetas da massa rochosa, lançava raios cintilantes em todos os ângulos; eu sentia que viajava por um diamante oco, em cujo interior os raios de luz se estilhaçavam em mil coruscações.

Por volta das seis horas, esse banquete de luz diminuiu consideravelmente, depois quase cessou. As paredes assumiram uma aparência cristalina, mas escura; a mica se misturou mais intimamente ao feldspato e ao quartzo para formar a rocha por excelência, a pedra mais dura de todas, que sustenta os quatro andares de terrenos da Terra. Estávamos encarcerados na enorme prisão de granito.

Eram oito da noite. Ainda não havia água. Eu estava sofrendo horrivelmente. Meu tio caminhava na frente. Ele se recusava a parar. Tentava ouvir os sussurros de alguma fonte. Mas nada!

Minhas pernas negavam-se a me levar mais longe. Resisti à minha tortura para não forçar meu tio a parar. Seria desesperador para ele, pois o último dia que lhe pertencia estava chegando ao fim.

Por fim, minhas forças me abandonaram. Eu soltei um grito e caí.

– Venha até mim! Estou morrendo!

Meu tio voltou. Ele olhou para mim com os braços cruzados; então, estas palavras surdas saíram dos seus lábios:

– Está tudo acabado!

A última coisa que vi foi um gesto assustador de raiva, e fechei os olhos.

Quando os reabri, vi meus dois companheiros imóveis e enrolados em seus cobertores. Eles estavam dormindo? Quanto a mim, não consegui adormecer. Eu estava sofrendo muito, especialmente porque não havia remédio para o meu mal. As últimas palavras do meu tio ecoavam em meus ouvidos: "Está tudo acabado!". Em tal estado de fraqueza, era impossível pensar em voltar à superfície do globo.

Havia uma légua e meia de crosta terrestre! Sentia que o peso dessa massa acumulava-se sobre meus ombros com toda a sua força. Eu me sentia esmagado e me exauria com os esforços violentos para me virar em meu leito de granito.

Algumas horas se passaram. Um profundo silêncio reinou à nossa volta, o silêncio da sepultura. Nada podia nos alcançar através dessas paredes, a mais fina delas com cinco milhas de espessura.

No entanto, em meio ao meu sono, acreditei ter ouvido um som. Estava escuro no túnel. Olhei com mais cuidado e pensei ter visto o islandês desaparecendo com a lâmpada na mão.

Por que essa partida? Hans ia nos abandonar? Meu tio estava dormindo profundamente. Eu queria gritar. Minha voz não conseguia encontrar uma passagem entre meus lábios ressecados. A escuridão se tornava mais profunda e os últimos ruídos desapareceram.

– Hans está nos abandonando – gritei. – Hans! Hans!

Mas essas palavras eram pronunciadas apenas dentro de mim. Elas não passaram desse ponto. No entanto, após o primeiro instante de terror, senti vergonha de minhas suspeitas contra um homem cuja conduta era, até agora, insuspeita. Sua partida não podia ser uma fuga. Em vez de subir o túnel, ele estava descendo. Más intenções o levariam para cima, não para baixo. Esse raciocínio me acalmou um pouco e me voltei a outros pensamentos. Apenas um motivo sério poderia ter arrancado um homem tão pacífico de seu repouso. Ele iria explorar? Teria ouvido um murmúrio na noite silenciosa que eu não percebera?

XXIII

Durante uma hora inteira, tentei descobrir, em meu cérebro delirante, as razões que esse caçador silencioso poderia ter. As ideias mais absurdas estavam enredadas em minha mente. Eu pensei que ficaria louco!

Mas, finalmente, um ruído de passos soou nas profundezas do abismo. Hans estava retornando. A luz fraca começou a brilhar nas paredes, depois surgiu na abertura do túnel. Hans apareceu.

Ele se aproximou do meu tio, colocou a mão em seu ombro e o acordou gentilmente. Meu tio se levantou.

– O que houve? – ele perguntou.

– *Vatten*! – respondeu o caçador.

Sob o impacto da dor violenta, ao que parece, todos se tornam poliglotas. Eu não conhecia uma única palavra do dinamarquês e, no entanto, instintivamente entendi o que nosso guia estava dizendo.

– Água! Água! – exclamei, batendo palmas e gesticulando feito um louco.

– Água! – repetiu meu tio. – *Hvar*? – ele perguntou, em islandês.

– *Nedat* – respondeu Hans.

Onde? Lá embaixo! Eu havia entendido tudo. Agarrei as mãos do caçador e as apertei enquanto ele olhava para mim calmamente.

Os preparativos para nossa partida não demoraram muito, e logo estávamos caminhando em uma passagem com uma inclinação de dois pés por toesa.[43]

Em uma hora, tínhamos percorrido mil toesas e descido dois mil pés.

Naquele momento, comecei a ouvir distintamente um som incomum correr pelos flancos da muralha granítica, uma espécie de ruído surdo como um trovão distante. Como durante a primeira meia hora de nossa caminhada ainda não havíamos encontrado a fonte prometida, senti minha angústia voltar; mas então meu tio explicou-me sobre a origem dos barulhos.

– Hans não estava enganado – disse ele. – O que você ouve é o rugido de uma torrente.

– Uma torrente? – exclamei.

– Não há dúvidas. Um rio subterrâneo circula ao nosso redor.

Nós nos apressamos, entusiasmados demais pela esperança. Eu já não sentia mais cansaço. O som de água murmurante já me refrescava. Ele aumentava perceptivelmente. A torrente, depois de algum tempo fluindo sobre nossas cabeças, estava agora correndo pela parede esquerda, rugindo e agitando-se. Eu passava frequentemente a mão sobre a rocha, esperando sentir alguma infiltração ou umidade. Mas em vão.

Outra meia hora se passou. Cobrimos mais meia légua.

Então, ficou claro que o caçador não tinha sido capaz de estender sua investigação durante sua ausência. Guiado por um instinto peculiar aos alpinistas e forquilhas, ele "sentiu" essa torrente através da rocha, mas certamente não vira o precioso líquido; ele próprio não havia saciado a sede.

Logo ficou óbvio que, se continuássemos em nossa caminhada, nós nos afastaríamos do riacho, cujo barulho estava ficando mais fraco.

---

43 Antiga unidade francesa de comprimento que equivale a aproximadamente um metro e oitenta e dois centímetros.

Nós retornamos. Hans parou no ponto exato em que a torrente parecia mais próxima.

Sentei-me perto da parede, enquanto as águas passavam correndo por mim a uma distância de dois pés com extrema violência. Uma parede de granito ainda nos separava.

Sem refletir ou me perguntar se não havia algum meio de acessar aquela água, deixei-me abater pelo desespero em um primeiro momento.

Hans olhou para mim e pensei ter visto um sorriso em seus lábios.

Ele se levantou e pegou a lâmpada. Eu o segui. Ele dirigiu-se para a parede. Eu o observei. Ele pressionou a orelha contra a pedra seca e a moveu devagarinho, ouvindo atentamente. Compreendi de imediato que ele estava procurando o ponto exato em que a torrente podia ser ouvida mais alto. Ele encontrou aquele ponto no lado esquerdo do túnel, três pés acima do chão.

Como eu estava agitado! Mal ousava adivinhar o que o caçador estava prestes a fazer! Mas precisei compreender e encorajá-lo quando o vi agarrar a picareta para atacar a rocha.

– Estamos salvos! – exclamei.

– Sim – exclamou meu tio freneticamente. – Hans está certo. Ah! Caçador corajoso! Nós nunca teríamos pensado nisso!

Absolutamente! Tal saída, por mais simples que fosse, não teria entrado em nossas cabeças. Nada mais perigoso do que dar um golpe de picareta naquela estrutura da Terra. E se houvesse um colapso que esmagasse todos nós? E se a torrente, estourando, nos afogasse em uma inundação repentina? Não havia nada de quimérico nesses perigos; ainda assim, nenhum medo de deslizamentos ou inundações poderia nos deter. Nossa sede era tão intensa que, para saciá-la, teríamos cavado o fundo do oceano.

Hans iniciou a tarefa que nem meu tio nem eu poderíamos ter realizado. Com a impaciência guiando nossas mãos, teríamos quebrado a rocha em mil fragmentos. Já o guia, calmo e moderado, desgastava gradualmente a rocha com uma sucessão de golpes leves, criando uma abertura de seis polegadas. Eu podia ouvir o barulho da torrente ficando mais alto e já imaginava sentir a água salvífica em meus lábios.

A picareta logo penetrou dois pés na muralha de granito. O trabalho durou mais de uma hora. Eu me contorcia de impaciência! Meu tio queria usar medidas mais vigorosas. Tive dificuldade para detê-lo, e ele já estava com a picareta em mãos quando um sussurro repentino foi ouvido. Um jato de água jorrou da rocha e atingiu a parede oposta.

Hans, quase arremessado no chão pelo impacto, não conseguiu conter um grito de dor. Eu o compreendi quando, mergulhando minhas próprias mãos no jato líquido, também gritei alto. A água estava fervendo.

– A água está a cem graus! – exclamei.

– Bem, ela vai esfriar – respondeu meu tio.

O túnel se enchia de vapor, enquanto formava um riacho que se perdia nas sinuosidades subterrâneas; logo, tivemos a satisfação de tomar nosso primeiro gole.

Ah! Que prazer! Que voluptuosidade incomparável! O que era aquela água? De onde vinha? Não importava. Era água e, embora ainda estivesse quente, trouxera de volta ao coração a vida que estava prestes a desaparecer. Bebi sem parar ou provar.

Foi só depois de um minuto de diversão que exclamei:

– Mas isso é água ferruginosa!

– Excelente para o estômago – respondeu meu tio – e cheia de minerais! Essa jornada será tão boa para nós quanto ir a Spa ou Teplice![44]

– Ah! Como é boa!

– Como a água encontrada a duas léguas subterrâneas deve ser. Ela tem um gosto de tinta que não é nada desagradável.

---

44 Spa, na Bélgica, e Teplice, na República Tcheca, são cidades conhecidas por suas fontes termais terapêuticas.

Que excelente recurso Hans encontrou aqui! Daremos seu nome a esse saudável riacho.

– Ótimo! – exclamei.

E assim, a partir daquele momento, era o Hansbach.[45]

Hans não se mostrou orgulhoso. Depois de saciar sua sede moderadamente, ele descansou em um canto com sua calma habitual.

– Agora – eu disse –, não podemos perder essa água.

– Por quê? – disse meu tio. – Imagino que a fonte seja inesgotável.

– Não importa! Vamos encher o odre de couro e os cantis, e então tentaremos tampar a abertura.

Meu conselho foi seguido. Hans tentou obstruir a abertura na parede com pedaços de granito e estopa. Não foi uma tarefa fácil. Queimamos nossas mãos sem obter sucesso; a pressão era muito forte e nossos esforços foram em vão.

– É óbvio – eu disse – que os lençóis superiores deste curso de água estão a uma grande altitude, a julgar pela força do jato.

– Sem dúvida – respondeu meu tio. – Se essa coluna de água tem trinta e dois mil pés de altura, existe ali mil atmosferas de pressão. Mas tenho uma ideia.

– Que ideia?

– Por que insistimos em fechar esta abertura?

– Porque...

Eu não conseguia encontrar uma boa razão.

– Quando nossos cantis estiverem vazios, é certo de que poderemos enchê-los novamente?

– Não, é claro.

– Bem, então vamos deixar a água correr. Ela fluirá para baixo, guiando-nos e refrescando-nos no caminho.

– Muito bem pensado! – exclamei. – Com este fluxo como nosso guia, não há razão para não termos sucesso nesta jornada.

---

45 A palavra *bach* significa riacho em alemão.

– Ah! Você realmente está entrando no espírito, meu rapaz – disse o professor, rindo.

– Não estou entrando, já estou lá.

– Um momento! Vamos começar descansando por algumas horas.

Eu já tinha me esquecido de que era noite. O cronômetro me informou desse fato; e logo todos nós, suficientemente refrescados e revigorados, caímos em um sono profundo.

XXIV

Na manhã seguinte, já tínhamos esquecido todos os nossos sofrimentos. No começo, fiquei surpreso por não sentir mais sede e fiquei pensando sobre o motivo. O riacho murmurante aos meus pés forneceu a resposta.

Tomamos café da manhã e bebemos aquela excelente água ferruginosa. Senti-me completamente restaurado e determinado a ir em frente. Por que um homem tão convicto quanto meu tio não teria sucesso com um guia diligente como Hans e um sobrinho "determinado" como eu? Que belas ideias flutuavam em meu cérebro! Se me tivesse sido proposto retornar ao topo do Sneffels, eu teria recusado indignadamente.

Felizmente, porém, tudo o que precisávamos fazer era descer.

– Vamos embora! – exclamei, despertando os antigos ecos do globo com meu tom entusiasmado.

Continuamos nossa caminhada na quinta-feira às oito da manhã. O túnel de granito serpenteava em desvios sinuosos e nos confrontava com curvas inesperadas, tal como um labirinto; mas, no geral, sua direção principal era sempre sudeste. Meu tio verificava constantemente sua bússola com o maior cuidado para ter ciência do terreno que percorríamos.

O túnel estendia-se quase horizontalmente, com no máximo duas polegadas de inclinação por toesa. O córrego corria suavemente, murmurando sob nossos pés. Comparava-o a um espírito amigável que nos guiava pelo subsolo, e com a mão acariciava a ingênua náiade cujas canções acompanhavam nossos passos. Meu bom humor me levava de bom grado a esses pensamentos mitológicos.

Quanto ao meu tio, o "homem das verticais", enfurecia-se com a horizontalidade do trajeto. Seu caminho se prolongava indefinidamente e, em suas palavras, em vez de deslizar ao longo do raio terrestre, seguia a hipotenusa. Mas não tínhamos escolha e, se estávamos progredindo em direção ao centro, por mais devagar que fosse, não podíamos reclamar.

Além disso, de tempos em tempos, as encostas ficavam mais íngremes; a náiade começava a correr com um rugido e descíamos com ela a uma profundidade maior.

No geral, naquele dia e no dia seguinte, fizemos um bom progresso em termos horizontais e relativamente pouco em termos verticais.

Na noite de sexta-feira, 10 de julho, de acordo com nossas estimativas, estávamos trinta léguas a sudeste de Reykjavik e a uma profundidade de duas léguas e meia.

Então, sob os nossos pés, um poço bastante assustador se abriu. Meu tio não pôde deixar de bater palmas quando calculou a inclinação de suas encostas.

– Isso nos levará longe – ele exclamou –, e com facilidade, pois as saliências na rocha formam uma verdadeira escada!

As cordas foram amarradas por Hans de forma a evitar qualquer acidente. Começamos a descer. Não ouso chamar tal descida de perigosa, pois já estava familiarizado com esse tipo de exercício.

Esse poço era uma fenda estreita na rocha, do tipo que é chamado de "falha". A contração da estrutura da Terra em seu período de resfriamento obviamente a produziu. Se já servira de passagem para a matéria eruptiva lançada pelo Sneffels, eu não conseguia entender por que esse material não havia deixado vestígios. Descíamos por uma espécie de escada em espiral que parecia ter sido feita pela mão do homem.

A cada quinze minutos, éramos obrigados a parar para descansar e restabelecer a flexibilidade de nossos joelhos. Então, sentávamos em uma saliência, deixávamos nossas pernas penduradas e conversávamos enquanto comíamos e bebíamos do riacho.

Desnecessário dizer que, naquela falha, o Hansbach havia se transformado em uma cascata e perdido parte do seu volume; mas havia mais do que o suficiente para saciar a nossa sede. Além disso, em declives menos íngremes, não deixava de retomar seu curso pacífico. Naquele momento, ele me lembrava meu digno tio, com seus frequentes ataques de impaciência e raiva, enquanto nas encostas suaves fluía com a calma do caçador islandês.

Nos dias 11 e 12 de julho, continuamos seguindo as curvas em espiral deste poço singular, penetrando mais duas léguas na crosta terrestre – o que resultou em uma profundidade de cinco léguas abaixo do nível do mar. Mas, no dia 13, por volta do meio-dia, a falha assumiu uma inclinação muito mais suave, de cerca de quarenta e cinco graus em direção ao sudeste.

O caminho tornou-se fácil e perfeitamente monótono. Dificilmente poderia ser o contrário. A jornada não podia variar de acordo com os incidentes da paisagem.

Finalmente, na quarta-feira, dia 15, estávamos sete léguas sob a superfície e a cerca de cinquenta léguas do Sneffels. Embora estivéssemos um pouco cansados, nossa saúde ainda era tranquilizadora e o kit de remédios ainda não havia sido aberto.

Meu tio anotava a cada hora as indicações da bússola, do cronômetro, do manômetro e do termômetro, bem como as registrava em seu relatório científico da jornada. Ele podia, portanto, identificar facilmente nossa localização. Quando me disse que estávamos a uma distância horizontal de cinquenta léguas, não consegui segurar uma exclamação.

– Qual é o problema? – ele exclamou.

– Nenhum, eu só estava pensando.

– Pensando no quê, meu rapaz?

– Bem, se os cálculos do senhor estiverem corretos, não estamos mais sob a Islândia.

– Você acha?

– É fácil descobrir.

Medi as distâncias no mapa com o compasso.

– Não estava enganado – eu disse. – Deixamos o cabo Portland para trás, e essas cinquenta léguas a sudeste nos colocam em mar aberto.

– Sob mar aberto – respondeu meu tio, esfregando as mãos.

– Então, o oceano está bem acima de nossas cabeças! – exclamei.

– Oras! Axel, nada mais natural! Não existem minas de carvão em Newcastle que se estendem sob as ondas?

O professor podia achar aquela situação muito simples, mas a ideia de que eu estava andando sob massas de água não parou de me preocupar. E, de qualquer modo, pouco importava se eram as planícies e montanhas da Islândia ou as ondas do Atlântico que estavam suspensas sobre nossas cabeças, desde que a estrutura de granito fosse sólida. De qualquer maneira, eu logo me acostumara a essa ideia, pois o túnel, às vezes reto, às vezes sinuoso, imprevisível em suas encostas e em suas curvas, mas sempre indo para o sudeste e penetrando cada vez mais fundo, nos conduzia rapidamente a grandes profundidades.

Quatro dias depois, no sábado, 18 de julho, à noite, chegamos a um tipo bastante grande de caverna; meu tio pagou a Hans seus três risdales semanais, e ficou decidido que o dia seguinte seria de descanso.

XXV

Acordei no domingo de manhã, portanto, sem as preocupações habituais de uma partida imediata. E, embora estivesse no abismo mais profundo, não deixava de ser agradável. Havíamos nos acostumado àquela vida troglodita. Eu mal pensava no sol, nas estrelas, na lua, nas árvores, nas casas, nas cidades ou em quaisquer superfluidades terrenas que seres da superfície transformaram em necessidades. Como fósseis, ignorávamos aquelas inúteis maravilhas.

A gruta formava uma grande câmara. Ao longo de seu solo de granito, nosso riacho fiel corria suavemente. A essa distância da nascente, a água tinha a temperatura ambiente e podia ser bebida sem dificuldade.

Após o café da manhã, o professor quis dedicar algumas horas a colocar suas anotações diárias em ordem.

– Primeiro – ele disse –, vou calcular nossa posição exata. Espero, após nosso retorno, desenhar um mapa de nossa jornada, uma espécie de seção vertical do globo que refaça o itinerário de nossa expedição.

– Isso será muito interessante, tio; mas suas observações são suficientemente precisas?

– Sim; observei cuidadosamente os ângulos e as inclinações. Tenho certeza de que não há erro. Vejamos onde estamos agora. Pegue a sua bússola e observe a direção que ela indica.

Olhei para o instrumento e, após um exame atento, respondi:

– Um quarto a sudeste.

– Muito bem – respondeu o professor, anotando a observação e calculando rapidamente. – Concluo que percorremos oitenta e cinco léguas desde a nossa partida.

– Então, estamos viajando sob o Atlântico?

– Exatamente.

– E, neste exato momento, talvez uma tempestade esteja caindo, e as ondas e um furacão estejam sacudindo navios sobre nossas cabeças?

– É possível.

– E talvez as baleias estejam chicoteando as muralhas de nossa prisão com suas caudas?

– Não se preocupe, Axel, elas não conseguirão abalá-la. Mas voltemos aos nossos cálculos. Estamos oitenta e cinco léguas a sudeste da base do Sneffels, e estimo nossa profundidade em dezesseis léguas.

– Dezesseis léguas! – exclamei.

– Sem dúvida.

– Mas esse é o limite extremo atribuído pela ciência à espessura da crosta terrestre.

– Eu não nego.

– E aqui, de acordo com a lei do aumento da temperatura, deveria existir um calor de mil e quinhentos graus.

– Deveria, meu rapaz.

– E todo esse granito não poderia permanecer sólido e estaria em plena fusão.

– Você pode ver que não é este o caso e que, como de hábito, os fatos contradizem as teorias.

– Sou forçado a concordar, mas isso me surpreende.

– O que o termômetro indica?

– Vinte e sete graus e seis décimos.

– Então, os cientistas se enganaram por mil quatrocentos e setenta e quatro graus e quatro décimos. Logo, o aumento proporcional da temperatura é um erro. Humphry Davy estava certo. Portanto, não estou errado em segui-lo. O que você tem a dizer?

– Nada.

Na verdade, eu tinha muito a dizer. De maneira alguma eu aceitava a teoria de Davy. Eu ainda acreditava no calor central, embora não sentisse seus efeitos. Na verdade, preferia acreditar que aquela chaminé de um vulcão extinto, coberta de lava com um revestimento refratário, não permitia que o calor se propagasse pelas suas paredes. Mas, sem me preocupar em encontrar novos argumentos, limitei-me a aceitar a situação tal como era.

– Tio – continuei –, acredito que todos os seus cálculos são precisos, mas me permita tirar uma conclusão rigorosa deles.

– Vá em frente, meu rapaz.

– No ponto em que estamos, sob a latitude da Islândia, o raio terrestre é de cerca de mil quinhentas e oitenta e três léguas?

– Mil quinhentas e oitenta e três léguas e um terço.

– Digamos mil e seiscentas léguas em números redondos. Dessas mil e seiscentas léguas, percorremos doze?

– Exato.

– E isso ao custo de oitenta e cinco léguas na diagonal?

– Precisamente.

– Em cerca de vinte dias?

– Em vinte dias.

– Ora, dezesseis léguas representam um centésimo do raio da Terra. Nesse ritmo, levaremos dois mil dias, ou quase cinco anos e meio, para chegar ao centro.

O professor não respondeu.

– Sem mencionar que, se uma profundidade vertical de dezesseis léguas puder ser alcançada apenas por uma descida diagonal de oitenta e quatro, teremos que percorrer oito mil milhas a sudeste, e até lá sairemos em algum ponto da circunferência da Terra antes de chegarmos ao centro!

– Para o inferno com seus cálculos! – respondeu meu tio em um acesso de raiva. – Para o inferno com suas hipóteses! Em que se baseiam? Como você sabe que essa passagem não leva diretamente ao nosso objetivo? Além disso, temos um precedente. O que estou fazendo, outro homem já fez antes de mim. Onde ele foi bem-sucedido eu também terei êxito.

– Acredito que sim; mas, ainda assim, devo...

– Você deve ficar em silêncio, Axel, se quiser falar dessa maneira irracional.

Pude ver o terrível professor ameaçando reaparecer sob a pele do tio, e fechei a boca.

– Agora olhe para o seu manômetro. O que ele indica?

– Pressão considerável.

– Muito bem; então, você percebe que descendo gradualmente, nos acostumando à densidade da atmosfera, não sentimos nada.

– Quase nada, exceto um pouco de dor nos ouvidos.

– Isso não é nada, e você pode se livrar desse desconforto colocando o ar exterior em rápido contato com o ar em seus pulmões.

– Exatamente – eu disse, determinado a não dizer uma palavra que pudesse contradizer meu tio. – Há um certo prazer em estar imerso nessa atmosfera mais densa. O senhor já reparou com que intensidade o som se propaga?

– Sem dúvida. Uma pessoa surda acabaria por ouvir maravilhosamente.

– Mas essa densidade aumentará, correto?

– Sim, de acordo com uma lei bastante mal definida. É sabido que a gravidade diminui à medida que descemos. Você sabe que é na superfície da Terra que o peso é sentido com maior precisão e que, no centro, os objetos deixam de pesar.

– Estou ciente disso; mas, diga-me, esse ar não se torna tão denso quanto a água?

– Sem dúvida, sob uma pressão de setecentas e dez atmosferas.

– E mais embaixo?
– Mais embaixo, a densidade aumentará ainda mais.
– Então, como desceremos?
– Bem, colocaremos pedras nos bolsos.
– De fato, tio, o senhor tem resposta para tudo.

Não ousei me aventurar mais no território das hipóteses, pois mais uma vez tropeçaria em uma impossibilidade que faria o professor pular de raiva.

Ainda assim, era óbvio que o ar, sob uma pressão que poderia atingir milhares de atmosferas, por fim iria se tornar sólido e, então, mesmo que nossos corpos pudessem resistir, teríamos que parar a despeito de toda a argumentação do mundo.

Mas não insisti nessa discussão. Meu tio teria revidado com seu inevitável Saknussemm, um precedente sem valor, pois, mesmo que a jornada do erudito islandês realmente tivesse ocorrido, havia uma pergunta muito simples a ser respondida:

No século XVI, nem o barômetro nem o manômetro haviam sido inventados; então, como Saknussemm poderia ter determinado sua chegada ao centro do globo?

Guardei, porém, essa objeção para mim e deixei que os eventos seguissem seu curso.

Passamos o restante do dia efetuando cálculos e conversando. Concordava com as opiniões do Professor Lidenbrock e invejava a completa indiferença de Hans, que, sem olhar para as causas e efeitos, rumava cegamente para onde quer que seu destino o guiasse.

XXVI

Era verdade que até agora as coisas estavam correndo bem e teria sido deselegante da minha parte reclamar. Se o número "médio" de dificuldades não aumentasse, alcançaríamos a nossa meta. E, então, que glória! Eu pensava como um Lidenbrock. Pra valer. Era devido ao ambiente estranho em que eu estava vivendo? Possivelmente.

Por vários dias, encostas mais íngremes, algumas de uma verticalidade assustadora, conduziram-nos profundamente ao maciço interno. Em certos dias, alcançávamos de uma légua e meia a duas em direção ao centro. Eram descidas perigosas, durante as quais a habilidade e a compostura maravilhosa de Hans eram muito úteis para nós. Aquele islandês impassível dedicou-se com incompreensível despreocupação às suas tarefas; e, graças a ele, vencemos mais de um ponto perigoso que nunca teríamos superado sozinhos.

Seu mutismo aumentava dia após dia. Acredito até que nos contagiava. Forças externas têm efeitos reais sobre o cérebro. Quem se fecha entre quatro paredes logo perde o poder de reunir palavras e ideias. Quantos prisioneiros em confinamento solitário se tornam idiotas, se não loucos, pela falta de exercício de suas faculdades mentais!

Nas duas semanas seguintes à nossa última conversa, nenhum incidente digno de registro ocorreu. Encontro em minha memória apenas um evento extremamente sério, e por uma boa razão. Teria sido difícil para mim esquecer os mínimos detalhes.

No dia 7 de agosto, nossas sucessivas descidas nos levaram a uma profundidade de trinta léguas, o que significava que havia trinta léguas de rochas, oceano, continentes e cidades sobre nossas cabeças. Devíamos estar a duzentas léguas da Islândia a essa altura.

Naquele dia, o túnel seguia um declive suave.

Eu estava à frente dos outros. Meu tio carregava uma das bobinas de Ruhmkorff e eu, a outra. Eu examinava camadas de granito.

De repente, quando me virei, descobri que estava sozinho.

"Bem", pensei, "andei rápido demais, ou Hans e meu tio pararam no caminho. Devo me juntar a eles novamente. Para minha sorte, não é uma subida difícil."

Eu refiz meus passos. Andei por um quarto de hora. Olhei ao redor. Ninguém. Chamei. Nenhuma resposta. Minha voz perdia-se em meio aos ecos cavernosos que despertaram de repente.

Comecei a me sentir desconfortável. Um tremor percorria todo o meu corpo.

– Mantenha a calma! – disse em voz alta para mim mesmo. – Tenho certeza de que encontrarei meus companheiros novamente. Há apenas um caminho. Eu estava na frente, só preciso voltar!

Por meia hora, subi de volta. Tentava ouvir algum chamado que, naquela atmosfera densa, poderia vir de longe. Um silêncio extraordinário reinava no imenso túnel.

Eu parei. Não podia acreditar no meu isolamento. Eu havia apenas me desviado, não me perdido. Quem se desvia encontra seu caminho novamente.

– Vejamos – eu disse. – Já que há apenas um caminho, e eles estão nele, devo encontrá-los. Eu só tenho que ir mais longe. A menos que, ao não me verem, esqueceram que eu estava à frente e também refizeram seus passos. Tudo bem! Mesmo nesse caso, se eu me apressar, irei encontrá-los novamente. É óbvio!

Repeti essas últimas palavras como um homem nada convencido. Além disso, chegar a essas ideias simples e reuni-las em um raciocínio coerente havia me tomado muito tempo.

Uma dúvida, então, começou a me atormentar. Será que eu estava realmente à frente? Sim, Hans estava atrás de mim, precedendo meu tio. Até parou por alguns momentos para amarrar sua bagagem com mais força no ombro. Esse detalhe me voltava à cabeça. Foi num desses momentos que devo ter continuado.

"Além disso", pensei, "tenho um meio confiável de não me perder, um fio inquebrável para me guiar neste labirinto: meu fiel riacho. Tudo o que tenho a fazer é seguir seu curso pelo caminho inverso para inevitavelmente encontrar os rastros dos meus companheiros."

Esse raciocínio me reanimou e decidi seguir novamente meu caminho sem perder tempo.

Que abençoada a previsão do meu tio ao impedir o caçador de tapar o buraco na parede de granito! Essa fonte benéfica, que saciava nossa sede durante a jornada, agora me guiaria pelos meandros da crosta terrestre.

Antes de começar, pensei que uma ablução me faria bem.

Inclinei-me para banhar minha testa no Hansbach.

Quem poderia imaginar minha consternação?

Toquei em granito seco e áspero! O riacho não corria mais aos meus pés!

XXVII

Não conseguiria descrever meu desespero. Nenhuma palavra humana poderia expressar meus sentimentos. Estava enterrado vivo, com a perspectiva de morrer devido às torturas da fome e da sede.

Mecanicamente, passei minhas mãos ardentes pelo chão. Quão seca a rocha me parecia!

Como eu havia abandonado o curso do riacho? Definitivamente, ele não estava mais lá! Entendi, então, a razão daquele estranho silêncio quando tentava ouvir algum chamado dos meus companheiros. Porém, no momento em que havia dado o primeiro passo no caminho errado, não havia notado essa ausência do fluxo. É óbvio que naquele momento uma bifurcação se abrira diante de mim, enquanto o Hansbach, obedecendo aos caprichos de outra encosta, fora com meus companheiros para profundidades desconhecidas.

Como poderia voltar? Não havia vestígios. Meu pé não deixara marcas no granito. Procurei em meu cérebro uma solução para esse problema insolúvel. Minha situação resumia-se a uma só palavra: perdido!

Sim! Perdido em uma profundidade que me parecia incomensurável! Aquelas trinta léguas de crosta terrestre pesavam terrivelmente sobre meus ombros. Sentia-me esmagado.

Tentava me lembrar das coisas da superfície. Eu mal conseguia. Hamburgo, a casa na Königstrasse, minha pobre Graüben, todo o mundo sob o qual eu estava perdido passou rapidamente pela minha memória aterrorizada. Em uma vívida alucinação, revivi todos os incidentes da jornada, a travessia, a Islândia, o Sr. Fridriksson, o Sneffels. Disse a mim mesmo que, se continuasse com algum vislumbre de esperança em minha situação, seria um sinal de loucura, e que era melhor se desesperar!

De fato, que poder humano poderia me levar de volta à superfície do globo e desconjuntar esses arcos enormes que se apoiavam sobre minha cabeça? Quem poderia me recolocar no caminho certo e me levar de volta aos meus companheiros?

– Ah, tio! – eu gritei em tom de desespero.

Foram as únicas palavras de reprovação que passaram pelos meus lábios, pois sabia o quanto aquele homem infeliz também devia estar sofrendo à minha procura.

Quando me vi assim, fora do alcance da ajuda humana e incapaz de fazer qualquer coisa pela minha própria salvação, pensei na ajuda do Céu. Lembranças da minha infância, especialmente de minha mãe, que eu só conhecera em meus tenros anos, me retornaram. Eu recorri à oração, apesar dos poucos direitos que tinha de ser ouvido por um Deus a quem me dirigi tão tarde, e implorei com fervor.

Esse retorno à Providência acalmou-me um pouco, e pude concentrar todo o poder da minha inteligência naquela situação.

Eu tinha comida para três dias e meu cantil estava cheio. No entanto, eu não podia ficar sozinho por muito mais tempo. Devia subir ou descer?

Subir, é claro; subir sempre!

Tinha que voltar ao ponto onde havia deixado o riacho, àquela bifurcação mortal no caminho. Lá, com o riacho aos meus pés, poderia voltar ao cume do Sneffels.

Como não havia pensado nisso antes? Era obviamente uma possibilidade de resgate. A tarefa mais premente, portanto, era reencontrar o curso do Hansbach.

Levantei-me e, apoiando-me no bastão com ponta de ferro, subi pelo túnel. A encosta era bastante íngreme. Eu seguia em frente esperançoso e sem hesitar, como um homem que não tinha escolha quanto ao rumo a seguir.

Durante meia hora, não encontrei quaisquer obstáculos. Tentava reconhecer meu caminho pela forma do túnel, pelas saliências de certas rochas e pela disposição das fendas. Mas nenhum detalhe em particular chamou a minha atenção, e logo percebi que aquele túnel não me levaria de volta à bifurcação. Não havia saída. Deparei com uma parede impenetrável e desabei na pedra.

O medo e o desespero que então se apoderaram de mim não poderiam ser descritos. Eu estava acabado. Minha última esperança havia sido destruída por aquela parede de granito.

Perdido neste labirinto, cujos caminhos sinuosos se cruzavam em todas as direções, eu não podia mais tentar uma fuga impossível. Eu teria que morrer a mais terrível das mortes! E, estranhamente, pensei que, se meu corpo fossilizado fosse encontrado um dia, sua descoberta a trinta léguas nas entranhas da Terra levantaria sérias questões científicas!

Quis falar em voz alta, mas apenas sons roucos saíam dos meus lábios ressecados. Eu estava ofegante.

Em meio a esses medos, um novo terror me assolou. Minha lâmpada se danificara ao cair. Eu não tinha como repará-la. Sua luz estava enfraquecendo e logo se apagaria!

Eu via a corrente luminosa diminuir na serpentina do aparelho. Uma procissão de sombras em movimento se desenrolava nas paredes escuras. Não me atrevia mais a fechar os olhos, por medo de perder o menor átomo daquela luz ilusória! A todo momento, sentia que ela se extinguiria e que a escuridão me engoliria.

Por fim, um último brilho tremeluziu na lâmpada. Eu o acompanhei, absorvi-o com meu olhar, concentrei nele todo o poder dos meus olhos, como se fosse a última visão da luz que me era concedida vislumbrar, e, então, fui mergulhado na imensa escuridão.

Que grito terrível me escapou! Na superfície, mesmo em meio às noites mais escuras, a luz nunca desaparece completamente. É difusa, é sutil, mas, por menor que seja, a retina do olho consegue percebê-la. Aqui, não havia nada. A escuridão total me cegara no sentido mais literal da palavra.

Então, comecei a perder a cabeça. Levantei-me com os braços estendidos diante de mim, tentando tatear o caminho da maneira mais dolorosa. Passei a correr a esmo por aquele labirinto inextricável, sempre descendo, percorrendo a crosta terrestre como um habitante das falhas subterrâneas, chamando, gritando, urrando, ferindo-me nas saliências das rochas, caindo e levantando-me ensanguentado, tentando beber o sangue que inundava meu rosto e sempre esperando que alguma parede imprevista fraturasse meu crânio.

Para onde essa corrida insana me levou? Eu nunca saberei. Depois de várias horas, sem dúvida no fim de minhas forças, caí como uma massa sem vida ao longo da parede e perdi todo o senso da minha existência!

XXVIII

Quando voltei a mim, meu rosto estava molhado, mas molhado de lágrimas. Quanto tempo durou esse estado de inconsciência, não sei dizer. Eu não tinha mais noção do tempo. Nunca houve solidão como a minha, ou abandono tão completo!

Havia perdido muito sangue com minha queda. Eu me sentia encharcado! Ah! Como lamentava não estar morto, "algo que ainda aconteceria!". Não queria mais pensar. Afastei todas as ideias e, vencido pela dor, rolei para perto da parede oposta.

Já sentia o desmaio tomar conta de mim e, com ele, a suprema aniquilação, quando um barulho violento atingiu meus ouvidos. Parecia o estrondo contínuo de um trovão, e ouvia as ondas sonoras gradualmente desaparecendo nos recantos distantes do abismo.

De onde vinha esse barulho? Sem dúvida, de algum fenômeno que estava ocorrendo dentro da massa da Terra. Uma explosão de gás ou a queda de alguma fundação poderosa do globo.

Eu continuava ouvindo. Queria saber se o barulho se repetiria. Passou um quarto de hora. O silêncio reinou no túnel. Eu não conseguia mais ouvir as batidas do meu coração.

De repente, meu ouvido, colado à parede por acaso, pareceu captar palavras vagas, inacessíveis, distantes. Eu tremi.

"Isso é uma alucinação!", pensei.

Mas não era. Ouvindo com mais atenção, realmente percebi um murmúrio de vozes. Minha fraqueza, porém, não me permitia entender o que estava sendo dito. No entanto, tratava-se de uma conversa, e disso eu tinha certeza.

Por um momento, temi que essas palavras fossem minhas, trazidas de volta por um eco. Talvez eu tivesse gritado sem saber? Fechei meus lábios com firmeza e pressionei o ouvido contra a parede mais uma vez.

"Sim, de fato, alguém está falando! Alguém está falando!"

Movendo-me vários pés ao longo da parede, eu pude ouvir distintamente. Consegui captar palavras incertas, bizarras e ininteligíveis. Elas vinham até mim como se estivessem sendo pronunciadas em voz baixa, murmurada. A palavra *forloräd* era repetida várias vezes em um tom de sofrimento.

O que isso significava? Quem a pronunciava? Meu tio ou Hans, obviamente. E, se eu os ouvia, eles também podiam me ouvir.

– Socorro! – gritei com toda a força. – Socorro!

Esperei nas sombras por uma resposta, um grito, um suspiro. Nada veio. Vários minutos se passaram. Um mundo inteiro de ideias surgia em minha mente. Pensava que minha voz enfraquecida nunca poderia alcançar meus companheiros.

"Pois só podem ser eles", eu repetia. "Que outros homens estariam trinta léguas abaixo da superfície?"

Voltei a prestar atenção. Movendo meu ouvido pela parede, encontrei um ponto matemático em que as vozes pareciam atingir o volume máximo. A palavra *forloräd* chegou novamente ao meu ouvido; em seguida, aquele barulho de trovão que me tirou do meu torpor.

– Não – eu disse. – Essas vozes não poderiam ser ouvidas através do maciço. A parede é feita de granito e não permitiria que a mais forte detonação a atravessasse! Esse barulho vem do próprio túnel. Deve haver aqui algum efeito acústico muito especial!

Tentei escutar novamente e, desta vez, sim, pude ouvir com nitidez meu nome ser lançado no espaço!

Era meu tio quem o pronunciava! Ele estava conversando com o guia, e a palavra *forloräd* era dinamarquesa!

Então, entendi tudo. Para me fazer ouvir, precisava falar ao longo daquela parede, que conduziria o som da minha voz como o fio conduz a eletricidade.

Não havia tempo a perder. Se meus companheiros se afastassem apenas alguns passos, o fenômeno acústico cessaria. Assim, aproximei-me da muralha e pronunciei estas palavras da forma mais clara possível:

– Tio Lidenbrock!

Eu esperei na mais profunda ansiedade. O som não viajava rapidamente ali. O aumento da densidade do ar não aumentava sua velocidade; apenas sua intensidade. Alguns segundos, ou séculos, se passaram antes que estas palavras chegassem aos meus ouvidos:

– Axel! Axel! É você?

– Sim! Sim! – eu respondi.

– Meu filho, onde você está?

– Perdido, na mais profunda escuridão.

– E a sua lâmpada?

– Extinguiu-se.

– E o riacho?

– Desapareceu.

– Axel, meu pobre Axel, tenha coragem!

– Espere um pouco, estou exausto! Eu não tenho forças para responder. Mas fale comigo!

– Coragem – repetiu meu tio. – Não fale, me escute. Nós procuramos você de cima a baixo no túnel. Foi impossível encontrá-lo. Ah! Chorei muito por você, meu filho! Por fim, supondo que você ainda estava no curso do Hansbach, descemos e disparamos alguns tiros com nossas armas. Agora, se nossas vozes são audíveis um para o outro, é devido a um efeito acústico! Nossas mãos ainda não podem se tocar! Mas não se desespere, Axel! Já é alguma coisa podermos nos ouvir!

Durante esse meio-tempo, eu refletira. Uma certa esperança, ainda vaga, estava retornando ao meu coração. Acima de tudo, havia uma coisa que era importante descobrir. Coloquei meus lábios perto da parede e disse:

– Tio?

– Meu rapaz? – Ouvi depois de alguns momentos.

– Precisamos descobrir a que distância estamos um do outro.

– Isso é fácil.

– O senhor está com seu cronômetro?

– Sim.

– Pegue-o. Pronuncie meu nome, anotando exatamente o segundo quando o senhor falar. Repetirei assim que chegar a mim e o senhor também anotará o momento exato em que receber a resposta.

– Sim, e a metade do tempo entre meu chamado e sua resposta indicará exatamente o tempo que minha voz leva para alcançá-lo.

– É isso aí, tio.

– Você está pronto?

– Sim.

– Muito bem, preste atenção. Vou pronunciar o seu nome.

Coloquei meu ouvido na parede e, assim que o nome "Axel" me alcançou, respondi imediatamente "Axel" e aguardei.

– Quarenta segundos – disse meu tio. – Quarenta segundos se passaram entre as duas palavras; portanto, o som leva vinte segundos para viajar. Agora, a mil e vinte pés por segundo, são vinte e dois mil e quatrocentos pés, ou uma légua e meia e um oitavo.

– Uma légua e meia! – eu murmurei.

– Oras! Ela pode ser superada, Axel.

– Mas eu devo subir ou descer?

– Descer, e aqui está o porquê: chegamos a um vasto espaço onde inúmeros túneis desembocam. Este onde você se encontra o trará até aqui, pois, aparentemente, todas essas fendas e fraturas do globo irradiam desta imensa caverna onde estamos. Então, levante-se e comece a andar. Siga em frente, arraste-se, se necessário, deslize pelas encostas íngremes e você nos encontrará com os braços abertos para recebê-lo no fim do caminho. Vá em frente, meu filho, ponha-se a caminhar!

Essas palavras me animaram.

– Adeus, tio! – exclamei. – Estou indo. Nossas vozes não serão mais capazes de se comunicar uma vez que eu sair deste lugar. Então, adeus!

– Adeus, Axel, adeus!

Essas foram as últimas palavras que ouvi.

Essa conversa surpreendente, realizada através da massa terrestre a uma distância de uma légua e meia entre nós, terminou com essas palavras de esperança. Fiz uma oração de gratidão a Deus, pois ele havia me guiado por esses imensos espaços escuros para aquele que era, possivelmente, o único ponto em que as vozes dos meus companheiros podiam me alcançar.

Esse incrível efeito acústico é facilmente explicável pelas leis da física. Ele provinha da forma do túnel e do poder condutor da rocha. Há muitos exemplos dessa propagação de sons não perceptíveis em espaços intermediários. Lembro-me de que esse fenômeno fora observado em muitos lugares, entre eles a galeria interna da cúpula da Catedral de São Paulo, em Londres, e especialmente naquelas curiosas cavernas da Sicília, aquelas latomias localizadas perto de Siracusa, a mais maravilhosa das quais conhecida pelo nome de Orelha de Dionísio.

Essas lembranças retornaram à minha mente e percebi claramente que, se a voz do meu tio me alcançava, não havia obstáculos entre nós. Seguindo a direção do som, deveria chegar a ele, se minhas forças não me traíssem no caminho.

Assim, levantei-me. Eu me arrastava em vez de andar. A encosta era íngreme. Deixei-me escorregar.

Logo, a velocidade da minha descida aumentou em uma proporção assustadora, ameaçando transformá-la em queda. Eu não tinha mais forças para refreá-la.

De repente, o chão sumiu sob meus pés. Senti-me girando no ar, batendo nas saliências escarpadas de um túnel vertical, um verdadeiro poço. Minha cabeça atingiu uma pedra afiada e perdi a consciência.

XXIX

Quando recuperei a consciência, vi-me deitado em cobertores grossos na penumbra. Meu tio me vigiava à espera do menor sinal de vida em meu rosto. No meu primeiro suspiro, ele pegou na minha mão; quando abri os olhos, soltou um grito de alegria.

– Ele está vivo! Ele está vivo! – exclamou.

– Sim – respondi debilmente.

– Meu filho – disse meu tio, apertando-me contra o peito. – Você está salvo!

Fiquei profundamente emocionado com o tom daquelas palavras, e mais ainda com o carinho que as acompanhou. Mas eram necessários episódios como esse para desencadear esse tipo de sentimento no professor.

Naquele momento, Hans chegou. Ele viu minha mão na do meu tio, e ouso dizer que seus olhos expressaram uma profunda satisfação.

– *God dag* – ele disse.

– Olá, Hans, olá – murmurei. – E agora, tio, diga-me onde estamos neste momento.

– Amanhã, Axel, amanhã. Hoje você ainda está muito fraco. Enfaixei sua cabeça com compressas que você não deve tirar do lugar. Durma agora, meu rapaz, e amanhã eu lhe contarei tudo.

– Mas, pelo menos – insisti –, diga-me o dia e a hora.

– São onze horas da noite do dia 9 de agosto, um domingo, e não permitirei que você faça mais perguntas até o dia 10.

De fato, eu estava muito fraco, e meus olhos se fecharam involuntariamente. Eu precisava de uma boa noite de descanso; portanto, deixei-me cochilar pensando que meu isolamento durara quatro longos dias.

Na manhã seguinte, ao acordar, olhei ao meu redor. Meu leito, feito com todos os nossos cobertores de viagem, estava em uma gruta encantadora, adornada com esplêndidas estalagmites e dotada de um solo recoberto de areia fina. Ali reinava a penumbra. Não havia lanterna ou lâmpada, mas uma luz inexplicável do lado de fora, que se infiltrava por uma abertura estreita. Ouvia também um ruído vago e indistinto, semelhante ao das ondas quebrando na praia e, às vezes, os assobios da brisa.

Queria saber se estava realmente acordado, se ainda estava sonhando, ou se meu cérebro, prejudicado pela queda, ouvia barulhos puramente imaginários. No entanto, nem os olhos nem os ouvidos poderiam estar completamente enganados.

"É um clarão do dia", pensei, "penetrando através desta fenda na rocha! Este é o murmúrio das ondas! E esse é o assobio do vento! Estou enganado ou voltamos à superfície da Terra? Meu tio desistiu da expedição ou a concluiu com êxito?"

Perguntava a mim mesmo essas questões insolúveis quando o professor entrou.

– Bom dia, Axel! – ele disse alegremente. – Aposto que você está melhor.

– Sim, muito melhor – eu disse, sentando nos cobertores.

– Você deveria estar, pois dormiu em silêncio. Hans e eu nos revezamos para observá-lo e notamos um progresso em sua recuperação.

– De fato, sinto-me recuperado, e a prova disso é que honrarei a refeição que vocês não vão me negar!

– Você vai comer, meu rapaz. A febre o abandonou. Hans esfregou suas feridas com um unguento cuja receita os islandeses mantêm em segredo, e que cura maravilhosamente. Nosso caçador é um companheiro esplêndido!

Enquanto falava, meu tio preparava alguns alimentos, que eu devorava ansiosamente a despeito de suas instruções. A todo momento, eu o sobrecarregava com perguntas que ele respondia prontamente.

Soube então que minha queda providencial me levara precisamente à extremidade de um poço quase vertical; como eu aterrissara junto com uma torrente de pedras, a menor das quais suficiente para me esmagar, a conclusão era que uma parte da massa rochosa havia despencado comigo. Aquele meio de transporte assustador levara-me assim até os braços do meu tio, onde caí ensanguentado e inconsciente.

– De fato – ele me disse –, é surpreendente que você não tenha morrido inúmeras vezes. Mas, por Deus, não vamos nos separar novamente, ou correremos o risco de nunca mais nos ver.

– Não vamos nos separar novamente! – A jornada não havia terminado, então? Abri os olhos com espanto, o que imediatamente desencadeou a pergunta:

– Qual é o problema, Axel?

– Eu tenho uma pergunta a fazer. O senhor afirma que estou são e salvo?

– Sem dúvida.

– E que todos os meus membros estão intactos?

– Certamente.

– E também a minha cabeça?

– Com a exceção de alguns machucados, sua cabeça está perfeitamente bem e sobre seus ombros, onde deveria estar.

– Bem, receio que meu cérebro esteja perturbado.

– Perturbado?

– Sim. Não voltamos à superfície do globo?

– Claro que não!

– Então devo estar louco, pois estou vendo a luz do dia e ouvindo o barulho do vento soprando e do mar quebrando na praia!

– Ah! Isso é tudo?

– O senhor vai me explicar...?

– Não vou explicar nada porque é inexplicável; mas em breve você verá e entenderá que a ciência geológica ainda não deu sua última palavra.

– Então, vamos lá – exclamei, levantando-me rapidamente.

– Não, Axel, não! O ar livre pode ser ruim para você.

– Ar livre?

– Sim, o vento é bastante forte. Não quero que você se exponha assim.

– Mas garanto que estou perfeitamente bem.

– Um pouco de paciência, meu rapaz. Uma recaída nos causaria problemas, e não temos tempo a perder, pois a travessia pode ser longa.

– A travessia?

– Sim, descanse hoje e amanhã zarparemos.

– Zarparemos?

Essa última palavra me fez pular.

O quê? Zarpar? Tínhamos um rio, lago ou mar à nossa disposição? Havia um navio ancorado em algum porto subterrâneo?

Minha curiosidade foi despertada ao máximo. Meu tio tentou em vão me conter. Quando viu que minha impaciência me faria mais mal do que a satisfação dos meus desejos, cedeu.

Vesti-me às pressas. Como precaução, envolvi-me em um dos cobertores e saí da gruta.

XXX

A princípio, nada vi. Meus olhos, desacostumados à luz, fecharam-se rapidamente. Quando pude reabri-los, fiquei mais atordoado do que espantado.

– O mar! – exclamei.

– Sim – respondeu meu tio. – O Mar Lidenbrock, e eu gosto de acreditar que nenhum outro navegador jamais me contestará a honra de sua descoberta e o direito de dar meu próprio nome!

Uma vasta superfície de água, o começo de um lago ou oceano, espalhava-se muito além do alcance dos olhos. As margens, em grande parte recuadas, ofereciam às últimas ondulações uma areia fina e dourada, cheia de pequenas conchas antes habitadas pelos primeiros seres da criação. Ali, as ondas quebravam com o murmúrio ressonante típico de vastos espaços fechados. Uma espuma leve era soprada pela brisa de um vento moderado, e um borrifar roçava-me no rosto. Naquela costa levemente inclinada, a cerca de cem toesas da beira das ondas, repousavam os contrafortes de enormes rochedos, que se erguiam a uma altura imensurável. Alguns deles, dividindo as margens com sua cordilheira pronunciada, formavam cabos e promontórios devorados pela força erosiva das ondas.

Mais adiante, os olhos discerniam sua massa nitidamente delineada contra o fundo nebuloso do horizonte.

Era um verdadeiro oceano, com o contorno irregular das margens terrestres, mas deserto e assustadoramente selvagem.

Se meus olhos podiam percorrer amplamente esse grande mar, era porque uma "luz" especial iluminava seus mínimos detalhes. Não era a luz do sol, com seus feixes brilhantes e a esplêndida irradiação de seus raios, nem o clarão pálido e incerto do astro das noites, que é apenas um reflexo sem calor. Não. O poder iluminador dessa luz, sua difusão trêmula, sua brancura nítida e seca, sua baixa temperatura e seu brilho, superior ao da lua, mostravam que ela era obviamente de origem elétrica. Era como uma aurora boreal, um fenômeno cósmico constante que enchia uma caverna grande o suficiente para conter um oceano.

A abóbada suspensa acima da minha cabeça – o céu, por assim dizer – parecia constituída por vastas nuvens, vapores móveis e mutáveis, que, sob o efeito da condensação, deviam se transformar em chuvas torrenciais dentro de alguns dias. Eu pensava que, sob uma pressão atmosférica tão alta, não poderia haver evaporação; e, no entanto, por uma razão física que me escapava, grandes nuvens de vapor se estendiam no ar. Naquele momento, porém, "o tempo estava bom". As camadas elétricas produziam efeitos de luz surpreendentes nas nuvens mais altas; sombras vivas se esboçavam em suas grinaldas inferiores e, frequentemente, um feixe penetrava entre duas camadas disjuntas e nos atingia com uma intensidade notável. Mas, no final das contas, não era o sol, pois sua luz não tinha calor. Seu efeito era triste, extremamente melancólico. Em vez de um firmamento repleto de estrelas, estava diante de uma abóbada de granito sobre as nuvens que me esmagava com todo o seu peso, e todo aquele espaço, por mais amplo que fosse, ainda não era suficiente para o movimento do menos ambicioso entre os satélites.

Lembrei-me então da teoria de um capitão inglês,[46] que comparava a Terra a uma vasta esfera oca, na qual o ar permanecia luminoso devido à sua imensa pressão, enquanto suas duas estrelas, Plutão e Proserpina,[47] traçavam suas órbitas misteriosas. Ele poderia estar certo?

Na verdade, estávamos presos dentro de uma imensa cavidade. Sua largura era impossível de mensurar, já que a costa se estendia para além do alcance dos olhos, assim como seu comprimento, pois o olhar era logo detido por uma linha do horizonte um tanto indistinta. Quanto à sua altura, devia exceder várias léguas. Onde aquela abóbada se apoiava nos contrafortes de granito? Nenhum olho poderia dizer; mas havia uma nuvem suspensa na atmosfera cuja altura estimamos em duas mil toesas, altitude maior que a dos vapores terrestres, devido, sem dúvida, à considerável densidade do ar.

A palavra "caverna" obviamente não transmite nenhuma ideia desse imenso espaço; mas as palavras da linguagem humana são inadequadas para quem se aventura no abismo da Terra.

Eu não sabia, de qualquer modo, que fato geológico poderia explicar a existência de tal cavidade. O resfriamento do globo teria sido capaz de produzi-la? Sabia de algumas cavernas famosas por relatos de viajantes, mas nunca tinha ouvido falar de nenhuma com tais dimensões.

Ainda que a caverna dos Guácharos, localizada na Colômbia e visitada por Humboldt,[48] não tenha revelado o segredo de sua profundidade ao estudioso que a explorou por uma extensão de dois mil e quinhentos pés, ela provavelmente não ia muito além. Já a caverna de Mammoth, em Kentucky, tinha proporções gigantescas; seu teto

---

46   Referência ao teórico John Cleves Symmes (1780-1829), nascido, na verdade, nos Estados Unidos.

47   Deusa do submundo na mitologia romana.

48   O autor confundiu-se acerca de Alexander von Humboldt (1769-1859). O explorador alemão não foi à Caverna dos Guácharos, na Colômbia, mas à Gruta dos Guácharos, na Venezuela.

abobadado se elevava a quinhentos pés acima de um lago abissal, e os viajantes a exploraram por mais de dez léguas sem encontrar seu fim. Mas o que eram essas cavidades em comparação àquela que eu agora contemplava, com seu céu de vapores, suas irradiações elétricas e seu vasto mar encerrado em seus flancos? Minha imaginação sentia-se impotente diante de tamanha imensidão.

Eu olhava para todas aquelas maravilhas em silêncio. As palavras não conseguiam expressar meus sentimentos. Sentia como se estivesse testemunhando fenômenos em algum planeta distante, como Urano ou Netuno, dos quais minha natureza "terrestre" não tinha conhecimento. Para aquelas novas sensações, novas palavras eram necessárias, e minha imaginação falhava em fornecê-las. Eu olhava, refletia e admirava com um espanto misturado a uma certa dose de medo.

A natureza imprevista desse espetáculo trouxe cores saudáveis de volta às minhas bochechas. Estava me tratando com o espanto e promovendo minha cura com essa nova terapia; além disso, a exuberância do ar denso me revigorava, fornecendo mais oxigênio aos meus pulmões.

Não é difícil imaginar que, após uma prisão de quarenta e sete dias em um túnel estreito, era um prazer infinito respirar esse ar cheio de umidade e sal.

Portanto, não tinha motivos para me arrepender de ter deixado minha gruta escura. Meu tio, já acostumado àquelas maravilhas, não se surpreendia mais.

– Você se sente forte o bastante para andar um pouco? – ele me perguntou.

– Sim, certamente – respondi. – Nada seria mais agradável.

– Bem, pegue o meu braço, Axel, e vamos seguir os meandros da costa.

Aceitei avidamente e começamos a caminhar pelas margens daquele novo oceano. À esquerda, rochas íngremes, empilhadas umas sobre as outras, formavam um monte titânico de aparência prodigiosa.

De seus flancos fluíam inúmeras cachoeiras que se transformavam em correntes límpidas e retumbantes. Alguns vapores suaves, saltando de pedra em pedra, marcavam a localização das fontes termais; os riachos, por sua vez, fluíam suavemente em direção à bacia comum, encontrando nas encostas uma oportunidade de murmurar ainda mais agradavelmente.

Entre esses riachos, reconheci nosso fiel companheiro de viagem, o Hansbach, perdendo-se silenciosamente no mar, como se nunca tivesse feito outra coisa desde o início do mundo.

– Vamos sentir falta deste lugar – eu disse, suspirando.

– Oras – respondeu o professor –, este ou outro, o que importa?

Achei esse comentário bastante ingrato.

Naquele momento, porém, minha atenção foi atraída para um espetáculo inesperado. A uma distância de quinhentos pés, em um meandro de um pontal elevado, uma floresta alta, cerrada e densa apareceu diante de nossos olhos. Ela era formada por árvores moderadamente altas semelhantes a guarda-chuvas, com contornos geométricos precisos. As correntes de vento pareciam não ter impacto sobre suas folhas; em meio à brisa, elas permaneciam inabaláveis como um amontoado de cedros petrificados.

Apressei o passo. Não conseguia identificar aqueles espécimes peculiares. Eles não faziam parte das duzentas mil espécies de plantas conhecidas até então; seria necessário dar-lhes um lugar próprio entre as plantas aquáticas? Não. Quando chegamos à sombra deles, minha surpresa se transformou em admiração.

Estava, de fato, diante de produtos da terra, mas de estatura gigantesca. Meu tio chamou-os imediatamente pelo nome.

– É apenas uma floresta de cogumelos – disse.

E ele estava certo. Imagine o desenvolvimento dessas plantas, que preferem um clima quente e úmido. Eu sabia que, de acordo com

Bulliard,[49] o *Lycoperdon giganteum* atinge uma circunferência de oito a nove pés; mas estes eram cogumelos brancos de trinta a quarenta pés de altura, com uma cúpula do mesmo diâmetro. Lá estavam eles, aos milhares. Nenhuma luz podia penetrar em sua sombra, e a escuridão completa reinava sobre aquelas cúpulas justapostas que se assemelhavam aos telhados redondos de uma cidade africana.

Eu queria ir mais longe. Um frio mortal descia daquelas abóbadas carnudas. Durante meia hora, vagamos na escuridão úmida, e foi com uma genuína sensação de bem-estar que retornei à beira do mar.

A vegetação desta região subterrânea não se limitava a cogumelos. Mais adiante, havia grupos de árvores altas de folhagem desbotada. Elas eram fáceis de identificar; tratava-se de humildes arbustos da terra em tamanhos prodigiosos, licópodes de cem pés de altura, sigillarias gigantes, samambaias altas como os pinheiros das grandes latitudes e lepidodendrais com hastes cilíndricas e bifurcadas, arrematadas por folhas longas e eriçadas de cerdas grossas como monstruosas suculentas.

– Incrível, magnífico, esplêndido! – exclamou meu tio. – Aqui está toda a flora do período secundário do mundo, o período de transição. Olhe para essas humildes plantas de jardim que eram árvores nas primeiras eras do mundo! Veja, Axel, e admire-as! Nunca um botânico esteve diante de tamanha festa!

– O senhor está certo, tio. Nesta imensa estufa, a Providência parece querer preservar as plantas pré-históricas que a sabedoria dos estudiosos reconstruiu com tanto sucesso.

– Você está certo, meu rapaz, é uma estufa; mas estaria ainda mais certo se acrescentasse que talvez seja um zoológico.

– Um zoológico!

– Sim, sem dúvida. Olhe para esta poeira sob nossos pés, os ossos espalhados pelo chão.

---

49   Referência ao botânico francês Jean-Baptiste-François Bulliard (1752-1793).

– Ossos! – exclamei. – Sim, ossos de animais pré-históricos!

Corri até os restos seculares feitos de uma substância mineral indestrutível.[50] Sem hesitar, denominei aqueles ossos gigantes que pareciam troncos secos de árvores.

– Aqui está a mandíbula inferior de um mastodonte – eu disse. – Estes são os dentes molares do deinotério; esse fêmur, por sua vez, deve ter pertencido à maior dessas bestas, o megatério. Certamente, trata-se de um zoológico, pois esses restos não foram transportados até aqui por um cataclismo. Os animais a quem pertenciam viviam às margens deste mar subterrâneo, à sombra destas plantas arborescentes. Veja, há esqueletos inteiros. Porém...

– Porém? – disse meu tio.

– Não entendo a presença de quadrúpedes nesta caverna de granito.

– Por quê?

– Porque a vida animal só começou a existir na Terra no período secundário, quando o solo sedimentar foi gerado pelas aluviões, substituindo as rochas incandescentes da era primitiva.

– Bem, Axel, há uma resposta muito simples para sua objeção: este solo é sedimentar.

– Como assim? A tal profundidade da superfície da Terra?

– Sem dúvida; e há uma explicação geológica para esse fato. Em um determinado período, a Terra era dotada apenas de uma crosta flexível, sujeita a movimentos alternados de cima ou de baixo em virtude das leis da gravidade. Provavelmente ocorreram deslizamentos de terra e um pouco de solo aluvial foi arrastado para o fundo dos abismos repentinamente abertos.

– Faz sentido. Mas, se animais pré-históricos viveram nessas regiões subterrâneas, quem pode dizer que um desses monstros ainda não está vagando por essas florestas sombrias ou por trás desses penhascos íngremes?

---

50 Fosfato de cálcio. (N.A.)

Observei, não sem temor, os vários pontos do horizonte; mas nenhuma criatura viva apareceu nas margens desertas.

Estava um pouco cansado. Sentei-me na ponta de um promontório, sob o qual as ondas quebravam com um estrondo. Deste ponto, minha visão incluía toda a baía formada por um recuo da costa. Ao fundo, um pequeno porto abrigava-se entre penhascos piramidais. Suas águas calmas dormiam protegidas do vento. Um brigue e duas ou três escunas poderiam ancorar ali. Eu quase esperava ver algum navio com as velas içadas deixá-lo a fim de partir para o mar aberto sob a brisa do sul.

Mas essa ilusão se dissipou rapidamente. Nós éramos as únicas criaturas vivas naquele mundo subterrâneo. Quando o vento dava uma trégua, um silêncio mais profundo que o do deserto caía sobre as rochas áridas e pesava sobre a superfície do oceano. Eu tentava penetrar as brumas distantes e rasgar a cortina que pairava no horizonte misterioso. Que perguntas estavam na ponta da minha língua? Onde aquele mar terminava? Para onde levava? Era possível explorar suas margens opostas?

Meu tio não tinha dúvidas a respeito. Eu queria e temia ao mesmo tempo.

Depois de uma hora contemplando esse maravilhoso espetáculo, retomamos o caminho das margens até a gruta, onde caí num sono profundo sob os mais estranhos pensamentos.

XXXI

Na manhã seguinte, acordei me sentindo perfeitamente revigorado. Imaginei que um banho me faria bem, e fui mergulhar nas águas daquele Mar Mediterrâneo por alguns minutos. Sem dúvida, ele era o maior merecedor daquele nome, mais do que qualquer outro mar.[51]

Voltei para o café da manhã com um grande apetite. Hans cozinhava nossa pequena refeição; como dispunha de água e fogo, podia mudar um pouco o nosso menu habitual. Para a sobremesa, ele nos serviu algumas xícaras de café, e essa bebida deliciosa nunca pareceu tão agradável ao meu paladar.

– Agora – disse meu tio – é o momento da maré alta, e não devemos perder a oportunidade de estudar esse fenômeno.

– O quê? A maré? – exclamei.

– Sem dúvida.

– A influência do sol e da lua pode ser sentida aqui?

– Por que não? Os corpos não estão sujeitos à gravidade universal em sua totalidade? Logo, essa massa de água não pode escapar da lei geral. Apesar da forte pressão atmosférica na superfície, você verá que ela se ergue como o próprio Atlântico.

---

51 Mediterrâneo significa, afinal, "no meio da Terra".

Naquele momento, caminhávamos sobre a areia das margens, onde as ondas avançavam gradualmente.

– A maré começou a subir – exclamei.

– Sim, Axel, e a julgar pelas marcas da espuma, você verá que o mar se erguerá cerca de dez pés.

– Isso é maravilhoso!

– Não, é natural.

– É fácil para o senhor dizer, tio, mas tudo isso me parece extraordinário, e mal posso acreditar nos meus olhos. Quem imaginaria um verdadeiro oceano sob essa crosta terrestre, com seu avanço e recuo das ondas, seus ventos e tempestades!

– Por que não? Existe alguma razão física contra isso?

– Não vejo nenhuma, desde que abandonemos a teoria do calor central.

– Então, até agora, a teoria de Davy está confirmada?

– Obviamente, e, portanto, nada contradiz a existência de oceanos e continentes no interior da Terra.

– Sem dúvida, mas desabitados.

– Bem, por que essas águas não seriam o santuário de peixes de espécies desconhecidas?

– Até agora, não vimos nenhum.

– Bem, podemos fazer algumas linhas e ver se o anzol teria tanto sucesso aqui quanto nos oceanos da superfície.

– Vamos tentar, Axel, pois devemos penetrar em todos os segredos dessas novas regiões.

– Mas onde estamos, tio? Ainda não lhe fiz essa pergunta, que seus instrumentos devem ter respondido.

– Horizontalmente, a trezentas e cinquenta léguas da Islândia.

– Tanto assim?

– Estou certo de que não me enganei em mais de quinhentas toesas.

– E a bússola ainda indica o sudeste?

– Sim, com um desvio a oeste de dezenove graus e quarenta e dois minutos, assim como na superfície. Quanto à inclinação, está ocorrendo algo curioso que tenho observado com o maior cuidado.

– O que é?

– A agulha, em vez de inclinar-se em direção ao polo, como no hemisfério boreal, se ergue.

– Devemos então concluir que o polo magnético está em algum lugar entre a superfície do globo e o ponto onde nos encontramos?

– Exatamente, e é provável que, se alcançarmos as regiões polares por volta do septuagésimo grau, onde Sir James Ross descobriu o polo magnético, veremos a agulha erguer-se na vertical. Portanto, esse misterioso centro de atração não se encontra a uma grande profundidade.

– De fato, este é um fato que a ciência não previu.

– A ciência, meu filho, é feita de erros, mas erros bons de se cometer porque levam gradualmente à verdade.

– A que profundidade estamos?

– Trinta e cinco léguas abaixo da superfície.

– Então – eu disse, examinando o mapa –, as Terras Altas da Escócia estão sobre nossas cabeças, com os picos cobertos de neve das montanhas Grampians erguendo-se a alturas prodigiosas.

– Sim – respondeu o professor rindo. – É uma carga pesada, mas a abóbada é sólida. O grande arquiteto do universo a construiu com os melhores materiais, e o homem nunca poderia fazer algo semelhante! O que são os arcos das pontes e as abóbadas das catedrais em comparação a esta nave de três léguas de raio, sob o qual um oceano e suas tempestades podem ocorrer à vontade?

– Ah, não temo que ela caia sobre minha cabeça. Mas agora, tio, quais são seus planos? Você não está pensando em retornar à superfície?

– Retornar? Absolutamente não! Continuaremos nossa jornada, já que tudo correu bem até agora.

– Mas não vejo como podemos descer penetrando essa superfície líquida.

– Ah! Não pretendo mergulhar de cabeça, em primeiro lugar. Mas se os oceanos são, estritamente falando, apenas lagos, uma vez que são cercados por terra, estou certo de que esse mar interior é circunscrito por uma crosta de granito.

– Não há dúvida quanto a isso.

– Estou certo de que encontraremos novas saídas nas margens opostas.

– Qual o comprimento que o senhor estima para esse oceano?

– Trinta ou quarenta léguas.

– Ah! – exclamei, imaginando quão imprecisa podia ser essa estimativa.

– Portanto, não temos tempo a perder. Zarparemos amanhã.

Involuntariamente, procurei pelo navio que nos transportaria.

– Ah! Zarparemos – eu disse. – Ótimo! E será a bordo de qual navio?

– Não será a bordo de um navio, meu rapaz, mas de uma boa e sólida jangada.

– Uma jangada? – exclamei. – Uma jangada é tão impossível de construir quanto um navio, e eu não vejo...

– Você não vê, Axel, mas, se você escutasse, seria capaz de ouvir.

– Ouvir?

– Sim, ouvir as marteladas que lhe diriam que Hans já está trabalhando nela.

– Ele está construindo uma jangada?

– Sim.

– O quê? Ele já derrubou as árvores com seu machado?

– Ah, as árvores já estavam caídas. Venha, e você o verá trabalhando.

Depois de uma caminhada de quinze minutos, do outro lado do promontório que formava o pequeno porto natural, vi Hans trabalhando.

Alguns passos adiante e eu estava ao seu lado. Para minha grande surpresa, uma jangada parcialmente finalizada já repousava na areia; era feita de vigas de uma madeira peculiar, e inúmeras tábuas, amarras e espirais de todos os tipos estavam espalhadas pelo chão. Era material suficiente para uma frota inteira.

– Tio – exclamei –, que madeira é essa?

– São pinheiros, abetos, bétulas, todos os tipos de coníferas do norte, mineralizadas pela ação das águas do mar.

– Isso é possível?

– É o que chamamos de *surtarbrandur*, ou madeira fóssil.

– Mas então, como o linhito, deve ser dura como pedra. Ela pode flutuar?

– Às vezes, não; algumas dessas madeiras tornaram-se verdadeiros antracitos; mas outras, como essa, passaram apenas pelo início da transformação fóssil. Observe – acrescentou meu tio, lançando um daqueles restos preciosos no mar.

O pedaço de madeira, depois de desaparecer, retornou à superfície e oscilou à mercê das ondas.

– Você está convencido? – disse meu tio.

– Sim, e mais convencido ainda de que isto é inacreditável!

Na noite seguinte, graças à habilidade do nosso guia, a jangada foi concluída; ela tinha dez pés de comprimento por cinco de largura. As vigas da *surtarbrandur*, unidas por cordas fortes, ofereciam uma superfície sólida, e, assim que lançada às águas, a embarcação improvisada flutuou calmamente nas ondas do Mar Lidenbrock.

XXXII

No dia 13 de agosto, acordamos cedo. A ideia era inaugurar um novo meio de transporte de deslocamento rápido e fácil.

A enxárcia da jangada consistia em um mastro feito de dois bastões amarrados, uma verga formada por um terceiro e uma vela tomada de empréstimo dos nossos cobertores. Não faltavam cordas. Tudo estava sólido.

Às seis horas, o professor deu o sinal para embarcarmos. Os suprimentos de comida, as bagagens, os instrumentos, as armas e uma boa quantidade de água doce coletada nos rochedos já estavam na jangada.

Hans instalara um leme para guiar sua embarcação. Ele assumiu o comando. Soltei a corda que nos atracava à costa. A vela foi lançada e logo partimos.

No momento em que deixávamos o pequeno porto, meu tio, que insistia em sua nomenclatura geográfica, queria dar-lhe um nome. Propôs, entre outros, o meu.

– Na verdade – eu disse –, tenho outro para o senhor.
– Qual?
– Graüben. Porto Graüben. Ficará muito bem no mapa.
– Que seja Porto Graüben, então.

Assim, a lembrança da minha amada garota virlandesa ficou ligada à nossa bem-aventurada expedição.

O vento soprava do nordeste. Navegávamos de vento em popa com extrema velocidade. As camadas muito densas da atmosfera tinham um impulso considerável e agiam sobre a vela como um poderoso ventilador.

Depois de uma hora, meu tio foi capaz de estimar nossa velocidade com bastante precisão.

– Nesse ritmo – ele disse –, viajaremos pelo menos trinta léguas em vinte e quatro horas, e em breve alcançaremos as margens opostas.

Não respondi e fui tomar meu lugar na frente da jangada. A costa norte já estava afundando no horizonte. Os dois braços do litoral se abriam como se quisessem facilitar nossa partida. Um mar imenso se estendia diante dos meus olhos. Grandes nuvens corriam por sua superfície com sua sombra acinzentada, que parecia pesar sobre as águas escuras. Os raios prateados da luz elétrica, aqui e ali refletidos por algumas gotículas, lançavam pequenos pontos de luz nas laterais de nossa jangada. Logo, toda a terra foi perdida de vista, todos os pontos de orientação desapareceram e, não fosse o rastro espumoso da embarcação, eu teria pensado que ela estava perfeitamente imóvel.

Perto do meio-dia, algas imensas podiam ser vistas flutuando na superfície da água. Eu estava ciente do poder vegetativo daquelas plantas, que se alastram a uma profundidade de mais de doze mil pés no fundo dos mares, reproduzem-se sob uma pressão de quase quatrocentas atmosferas e formam barreiras fortes o suficiente para impedir o curso dos navios; mas acho que nunca houve algas mais gigantes do que as do Mar Lidenbrock.

Nossa jangada passou por sargaços com três ou quatro mil pés de comprimento, serpentes imensas que cresciam além do alcance da vista. Divertia-me em acompanhar suas faixas intermináveis, sempre achando que havia alcançado a extremidade, e por horas a fio minha paciência competia com minha surpresa.

Que força natural podia produzir essas plantas e como devia ser a aparência da Terra nos primeiros séculos de sua formação, quando, sob o impacto do calor e da umidade, apenas o reino vegetal se desenvolvia em sua superfície!

A noite chegou e, como eu havia notado no dia anterior, a luminosidade do ar não diminuíra. Era um fenômeno constante em que se podia confiar na permanência.

Depois do jantar, deitei-me ao pé do mastro e adormeci imediatamente em meio a devaneios despreocupados.

Hans, imóvel no leme, deixou a jangada navegar; uma vez que era empurrada pelo vento em popa, sequer precisava de direção.

Desde a nossa partida do Porto Graüben, o Professor Lidenbrock me encarregara de manter o "diário de bordo"; devia anotar as menores observações e registrar fenômenos interessantes, a direção do vento, a velocidade, o caminho que seguíamos – em suma, todos os detalhes de nossa estranha viagem marítima.

Portanto, vou me limitar aqui a reproduzir essas anotações diárias, ditadas, por assim dizer, pelos acontecimentos, a fim de fornecer um relato mais exato de nossa travessia.

Sexta-feira, 14 de agosto. – Brisa constante do noroeste. A jangada faz rápido progresso em linha reta. A costa está a trinta léguas atrás de nós na direção contrária ao vento. Nada no horizonte. A intensidade da luz permanece a mesma. Bom tempo, isto é, as nuvens estão altas, não muito densas e banhadas em uma atmosfera branca semelhante à prata derretida. Termômetro: +32 °C.

Ao meio-dia, Hans amarra um anzol na ponta de uma corda. Prende nele um pequeno pedaço de carne e o atira no mar. Por duas horas, ele não apanha nada. Seriam águas desabitadas, então? Não. Um puxão na corda. Hans a recolhe e levanta um peixe que luta vigorosamente.

– Um peixe! – exclama meu tio.

– Isso é um esturjão! – grito, por minha vez. – Um pequeno esturjão!

O professor olha atentamente para o animal e não compartilha da minha opinião. O peixe tem uma cabeça chata e redonda, e a parte anterior do corpo é coberta de placas ósseas. Sua boca não tem dentes, e as barbatanas peitorais, grandes e bem desenvolvidas, são ajustadas ao seu corpo sem cauda. Este animal pertence à mesma ordem em que os naturalistas classificam o esturjão, mas difere dele em muitos aspectos essenciais.

Meu tio não se engana quanto a isso e, após um breve exame, diz:

– Este peixe pertence a uma família extinta há séculos, da qual apenas vestígios fósseis são encontrados nas formações devonianas.

– Como nos foi possível capturar vivo um dos habitantes dos mares primitivos?

– Pois bem – responde o professor, enquanto continua seu exame –, e você pode ver que esses peixes fósseis não são de todo idênticos às espécies contemporâneas. Portanto, capturar uma criatura viva como essa é uma verdadeira alegria para um naturalista.

– Mas a que família pertence?

– À ordem dos ganoides, família dos cefalópodes, gênero...

– Sim?

– Poderia jurar que ao gênero dos pterichthyodes! Mas este tem uma peculiaridade que, diz-se, é encontrada nos peixes que habitam águas subterrâneas.

– Qual?

– Ele é cego!

– Cego?

– Não apenas cego, mas desprovido do órgão da visão.

Eu observo. É verdade. Mas esse poderia ser um caso especial. Portanto, a linha é preparada novamente e lançada de volta ao mar. Este oceano está certamente cheio de peixes, pois em duas horas fisgamos uma grande quantidade de pterígios, além de peixes pertencentes a outra família extinta, os dipterígios, cujo gênero meu tio não consegue identificar. Nenhum deles tem o órgão da visão. As capturas inesperadas reabastecem bem nossos suprimentos de comida.

Assim, parece certo que aquele mar contém apenas espécies fósseis, entre os quais os peixes e os répteis são os mais perfeitos por serem sua criação mais antiga.

É possível que encontremos alguns desses sáurios que a ciência reconstruíra com um pouco de osso ou cartilagem?

Pego o telescópio e examino o oceano. Está deserto. Sem dúvida, ainda estamos muito próximos das costas.

Eu olho para cima. Por que alguns dos pássaros restaurados pelo imortal Cuvier[52] não batem suas asas novamente nessas pesadas camadas atmosféricas? Os peixes constituiriam uma alimentação suficiente. Examino todo o espaço, mas o ar é tão desabitado quanto as margens.

Minha imaginação, porém, me leva às maravilhosas hipóteses da paleontologia. Sonho acordado. Acredito que vejo quelônios enormes na superfície da água, tartarugas pré-históricas que se assemelham a ilhotas flutuantes. Parece-me que nas praias escuras passam os grandes mamíferos das primeiras eras do mundo; os leptotérios, encontrados nas cavernas do Brasil, e os mericotérios, das regiões geladas da Sibéria. Mais adiante, o paquiderme lofiodon, uma anta gigante, esconde-se atrás das rochas, pronto para lutar por sua presa com o anoplotério, um animal estranho que se assemelha ao rinoceronte, ao cavalo, ao hipopótamo e ao camelo, como se o Criador, apressado demais durante as primeiras horas do mundo, tivesse combinado vários animais em um só. O gigante mastodonte gira sua tromba e esmaga as pedras das margens com suas presas, enquanto o megatério, apoiado em suas enormes patas, escava o

---

52 Georges Cuvier (1769-1832) foi um zoólogo francês, considerado o "Pai da Paleontologia".

solo, despertando ecos dos granitos com seus rugidos. Mais acima, o protopiteco – o primeiro macaco a surgir no globo – escala os cumes íngremes. Mais alto ainda, o pterodátilo, com seu dedo alado, desliza pelo ar denso feito um morcego gigante. Nas camadas superiores, por fim, pássaros imensos, mais fortes que a ema e maiores que o avestruz, abrem suas vastas asas e alcançam com suas cabeças a abóbada de granito.

Todo esse mundo fóssil nasce de novo em minha imaginação. Viajo de volta à era bíblica da Terra, muito antes do advento do homem, quando o mundo inacabado ainda era insuficiente para ele. Meu sonho então remonta às eras anteriores à criação dos seres vivos. Os mamíferos desaparecem, depois os pássaros, depois os répteis do período secundário e, finalmente, os peixes, os crustáceos, os moluscos e os seres articulados. Os zoófitos do período de transição também retornam ao nada. Toda a vida do mundo está concentrada em mim, e meu coração é o único que bate neste mundo despovoado. Não há mais estações; os climas não existem mais; o calor do globo aumenta e neutraliza continuamente o da estrela radiante. A vegetação cresce excessivamente. Deslizo como uma sombra entre as samambaias arborescentes, pisando com passadas instáveis nas margas iridescentes e arenitos variegados do solo; apoio-me nos troncos de imensas coníferas; deito-me à sombra de esfenófilos, asterófilos e licopódios de cem pés de altura.

Os séculos passam como dias! Remonto à série de transformações terrestres. As plantas desaparecem; rochas de granito perdem sua pureza; o estado sólido dá lugar ao líquido sob o impacto do aumento do calor; as águas cobrem a superfície do globo; fervem, evaporam; os vapores envolvem a Terra, que gradualmente se dissolve em uma massa gasosa, branca e vermelha, tão grande e radiante quanto o sol!

Em meio à esta nebulosa, mil e quatrocentas mil vezes mais volumosa do que este globo um dia se tornará, sou levado para os espaços planetários! Meu corpo sutiliza-se, sublima-se e, como um átomo imponderável, mistura-se aos imensos vapores que seguem suas órbitas flamejantes pelo espaço infinito.

Que sonho! Para onde ele está me levando? Minha mão febril lança no papel seus estranhos detalhes! Havia me esquecido de tudo – do professor, do guia e da jangada! Uma alucinação possuía meu espírito...

– O que há com você? – pergunta meu tio.

Meus olhos bem abertos contemplam-no sem vê-lo.

– Tome cuidado, Axel, ou você cairá no mar!

No mesmo momento, sinto o aperto vigoroso da mão de Hans. Sem ele, eu teria me jogado nas ondas sob a influência do meu sonho.

– Ele está ficando louco? – pergunta o professor.

– O que está acontecendo? – digo, finalmente voltando a mim.

– Você está doente?

– Não, tive uma alucinação momentânea, mas ela já passou. Está tudo bem?

– Sim! Bom vento e belo mar! Estamos fazendo um ótimo progresso e, se não estiver errado em meus cálculos, em breve chegaremos.

Com essas palavras, levanto-me e olho para o horizonte; mas a linha da água ainda se confunde com a linha das nuvens.

XXXIII

Sábado, 15 de agosto. – O mar permanece monotonamente uniforme. Nenhuma terra se encontra à vista. O horizonte parece excessivamente distante.

Minha cabeça ainda está sobrecarregada pela violência do meu sonho.

Meu tio não sonhou, mas está de mau humor. Ele examina todas as direções com seu telescópio e cruza os braços com um olhar irritado.

Percebo que o Professor Lidenbrock está se tornando novamente o homem impaciente do passado e anoto esse fato no meu diário. Foram necessários meus perigos e meus sofrimentos para provocar uma centelha de sentimento humano nele; mas agora que estava curada, sua natureza voltara a ganhar força. E, no entanto, por que perdia a paciência? A jornada não estava progredindo nas circunstâncias mais favoráveis? A jangada não estava navegando a uma velocidade maravilhosa?

– O senhor parece ansioso, tio – eu digo, vendo-o levar o telescópio com frequência aos olhos.

– Ansioso? Não.

– Impaciente, então?

– Há razões para estar!

– No entanto, estamos indo muito rápido...

– O que importa? O problema não é a pouca velocidade, mas o enorme tamanho do mar!

Lembro-me então de que, antes de nossa partida, o professor havia estimado o comprimento daquele oceano subterrâneo em trinta léguas. Já havíamos percorrido três vezes essa distância, e as margens do sul ainda não haviam se apresentado.

– Não estamos descendo! – continua o professor. – Tudo isso é uma perda de tempo e, afinal, não cheguei tão longe para fazer um passeio de barco em um lago!

Ele chama a travessia de passeio de barco, e o mar de lago!

– Mas – digo – estamos seguindo o caminho indicado por Saknussemm...

– Essa é exatamente a questão. Nós estamos seguindo esse caminho? Saknussemm encontrou essa extensão de água? Ele a atravessou? Será que o riacho que nos serviu como guia não nos desviou completamente?

– Em todo caso, não devemos lamentar ter chegado tão longe. Este espetáculo é magnífico, e...

– Não se trata de espetáculos. Eu estabeleci um objetivo e quero alcançá-lo! Então, não me venha com essa história de admirar espetáculos!

Fico em silêncio e deixo o professor morder os lábios com impaciência. Às seis da tarde, Hans pede seu salário, e seus três risdales são entregues.

Domingo, 16 de agosto. – Nada de novo. Tempo inalterado. O vento está ficando um pouco mais frio. Quando acordo, minha primeira preocupação é determinar a intensidade da luz. Eu sempre temo que o fenômeno elétrico possa enfraquecer e desaparecer completamente. Nada do tipo ocorre. A sombra da jangada está claramente delineada na superfície das ondas.

De fato, este mar é interminável! Deve ser tão grande quanto o Mediterrâneo, ou mesmo o oceano Atlântico. Por que não seria?

Meu tio examina a profundidade várias vezes. Ele amarra a mais pesada das nossas picaretas a uma longa corda, que deixa submergir até duzentas toesas. Não há fundo. Temos muita dificuldade em içar nossa sonda.

Mas, quando a picareta está de volta a bordo, Hans me aponta duas impressões profundas em sua superfície. Parece que este pedaço de ferro esteve vigorosamente preso entre dois corpos duros.

Olho para o caçador.

– *Tänder* – diz ele.

Eu não entendo. Dirijo-me ao meu tio, que está completamente absorvido em suas reflexões. Opto por não incomodá-lo. Volto-me para o islandês. Abrindo e fechando a boca várias vezes, ele me faz entender seu pensamento.

– Dentes! – eu digo com espanto, examinando a barra de ferro com mais atenção.

Sim! Essas são, de fato, marcas de dentes gravadas no metal! As mandíbulas a que pertencem devem ter uma força extraordinária! Seria um monstro de alguma espécie perdida há muito tempo que se movimenta nas profundezas da água, mais voraz que o tubarão e mais formidável que a baleia? Não consigo tirar os olhos dessa barra meio roída! Meu sonho da noite passada se tornara realidade?

Esses pensamentos me incomodam o dia todo, e minha imaginação mal se acalma durante as poucas horas de sono.

Segunda-feira, 17 de agosto. – Tento recordar os instintos peculiares a esses animais pré-históricos do período secundário que sucederam os moluscos, crustáceos e peixes, precedendo o aparecimento dos mamíferos na Terra. O mundo então pertencia aos répteis.

Esses monstros reinaram supremos nos mares jurássicos.[53] A natureza havia lhes concedido uma composição perfeita. Que estrutura gigantesca! Que força prodigiosa! Os sáurios de nossos dias, jacarés e crocodilos, são apenas reproduções menores e mais fracas de seus antepassados das eras primitivas!

Estremeço ao imaginar aqueles monstros. Nenhum olho humano jamais os viu vivos. Eles apareceram na Terra mil séculos antes do homem, mas seus restos fósseis, encontrados no calcário argiloso conhecido como lias pelos ingleses, permitiram que se reconstruísse sua anatomia e se descobrissem suas estruturas colossais.

No Museu de Hamburgo, vi o esqueleto de um desses sáurios com trinta pés de comprimento. Estaria eu, um habitante da superfície, destinado a me encontrar cara a cara com esses representantes de uma família pré-histórica? Não! É impossível. No entanto, a marca de dentes poderosos estava gravada na barra de ferro e, por ela, reconhecia que eles eram cônicos como os do crocodilo.

Olho para o mar com pavor. Receio ver um desses habitantes das cavernas submarinas surgindo do nada.

Acredito que o Professor Lidenbrock compartilhe meus pensamentos, se não meus medos, pois, depois de examinar a picareta, seus olhos vagam pelo oceano.

– Aos diabos com essa ideia de sondar! – digo para mim mesmo. – Ele provavelmente perturbou algum animal em seu abrigo, e se não formos atacados em nossa rota...!

Olho para nossas armas e certifico-me de que estão em bom estado. Meu tio percebe e aprova com um gesto.

Grandes agitações na superfície da água apontam para algum distúrbio nas camadas mais profundas. O perigo está próximo. Precisamos ficar atentos.

---

53 Mares do período secundário formadores dos terrenos que compõem as montanhas do Jura. (N.A.)

Terça-feira, 18 de agosto. – A noite chega, ou melhor, a hora em que o sono pesa sobre nossas pálpebras; afinal, esse oceano não conhece a noite, e sua luz implacável cansa nossos olhos continuamente como se estivéssemos navegando sob o sol dos mares árticos. Hans está no comando. Durante sua vigia, adormeço.

Duas horas depois, um choque terrível me acorda. A jangada fora levantada pelas ondas com força indescritível e jogada a vinte toesas.

– O que houve? – grita meu tio. – Já atingimos a terra?

Hans aponta para uma massa escura a uma distância de cem toesas, que sobe e desce repetidamente. Olho e exclamo:

– É uma toninha colossal!

– Sim – responde meu tio. – E agora há um lagarto marinho de tamanho extraordinário.

– E um crocodilo monstruoso mais adiante! Veja sua enorme mandíbula e as fileiras de dentes das quais é dotado! Ah! Está desaparecendo!

– Uma baleia! Uma baleia! – exclama o professor. – Posso ver suas enormes nadadeiras! Olhe para o ar e veja a água que sai de seus orifícios!

De fato, duas colunas de água se elevavam a uma altura considerável acima do mar. Ficamos surpresos, emocionados e assustados com a presença desse rebanho de monstros marinhos. Eram de tamanho sobrenatural, e o menor dentre eles poderia quebrar nossa jangada com uma dentada. Hans quer mudar de rota para fugir desta área perigosa, mas descobre inimigos não menos assustadores do outro lado: uma tartaruga de quarenta pés de largura e uma serpente de trinta que estica sua enorme cabeça acima das ondas.

Impossível fugir. Os répteis se aproximam. Eles dão voltas em torno de nossa pequena jangada a uma velocidade que os trens expressos não podem igualar e nadam em círculos concêntricos ao nosso redor. Pego meu rifle. Mas que efeito uma bala teria nas escamas que revestem os corpos desses animais?

O medo nos deixa sem palavras. Eles se aproximam! De um lado, o crocodilo; do outro, a serpente. O restante do rebanho marinho havia desaparecido. Eu me preparo para atirar. Hans me detém com um gesto. Os dois monstros passam a cinquenta toesas da jangada e se lançam um contra o outro numa fúria que os impede de nos ver.

A batalha é travada a cem toesas da jangada. Podemos ver claramente os dois monstros em combate mortal.

Mas agora parece-me que os outros animais vêm participar da luta – a toninha, a baleia, o lagarto, a tartaruga. A todo instante avisto um deles. Eu os aponto para o islandês. Ele balança a cabeça em negação.

– *Tva* – diz ele.

– O quê? Dois? Ele está dizendo que há apenas dois animais...

– Ele está certo – exclama meu tio, cuja luneta não saíra do olho.

– Não pode ser!

– Pode! Um desses monstros tem o focinho de uma toninha, a cabeça de um lagarto e os dentes de um crocodilo; foi isso que nos enganou. Esse é o mais formidável dos répteis pré-históricos, o ictiossauro!

– E o outro?

– O outro é uma serpente escondida na casca de uma tartaruga e o terrível inimigo do primeiro: o plesiossauro!

Hans estava certo. Apenas dois monstros perturbam a superfície do mar, e tenho diante de mim dois répteis dos oceanos primitivos. Posso distinguir o olho sangrento do ictiossauro, grande como a cabeça de um homem. A natureza o dotou de um dispositivo óptico extremamente poderoso que pode suportar a pressão da água nas profundezas em que habita. Foi apropriadamente chamado de baleia dos sáurios, pois tem a velocidade e o tamanho desta. Ele não mede menos de cem pés, e posso avaliar seu tamanho quando eleva acima das ondas as nadadeiras verticais de sua cauda. Sua mandíbula é enorme e, de acordo com os naturalistas, conta com nada menos que cento e oitenta e dois dentes.

O plesiossauro, uma serpente de corpo cilíndrico e cauda curta, tem quatro patas em forma de remo. Seu corpo é inteiramente coberto por uma carapaça, e seu pescoço, tão flexível quanto o de um cisne, ergue-se trinta pés acima das ondas.

Esses animais se atacam com violência indescritível. Erguem montanhas líquidas que refluem até nossa jangada. Por vinte vezes, nos vimos prestes a naufragar. Ouvimos sibilos prodigiosamente altos. Os dois animais se entrelaçam. Não é possível distinguir um do outro. Devemos temer a fúria do vencedor.

Passam-se uma, duas horas. A luta continua com a mesma ferocidade. Os combatentes alternadamente se aproximam e se afastam de nossa jangada. Permanecemos imóveis, prontos para atirar.

Repentinamente, o ictiossauro e o plesiossauro desaparecem, criando um verdadeiro turbilhão nas águas. Vários minutos se passam. A batalha terminará nas profundezas do oceano?

De repente, uma cabeça enorme se levanta: a cabeça do plesiossauro. O monstro está fatalmente ferido. Não vejo mais sua enorme casca. Somente o pescoço comprido, que se levanta, cai, sobe novamente, desaba, golpeia as águas como um chicote gigantesco e se contorce como um verme cortado ao meio. A água espirra a uma distância considerável, o que nos cega. Mas logo a agonia do réptil chega ao fim; seus movimentos diminuem, suas contorções se acalmam e a longa serpente se estende como uma massa sem vida nas ondas agora tranquilas.

Quanto ao ictiossauro, ele terá retornado à sua caverna submarina ou ressurgirá na superfície do mar?

XXXIV

Quarta-feira, 19 de agosto. – Felizmente, o vento sopra com força e nos permite fugir rapidamente do local da batalha. Hans mantém seu posto no leme. Meu tio, arrancado de suas reflexões absorventes pelos incidentes da luta, retorna à sua contemplação impaciente do mar.

A viagem retoma sua uniformidade monótona, que eu não gostaria que fosse interrompida por uma repetição dos perigos de ontem.

Quinta-feira, 20 de agosto. – Vento norte-nordeste instável. Temperatura alta. Navegamos a uma velocidade de três léguas e meia por hora.

Por volta do meio-dia, um ruído muito distante pôde ser ouvido. Registro o fato, embora não possa explicá-lo. É um rugido contínuo.

– À distância – diz o professor –, há uma rocha ou ilhota contra a qual o mar quebra.

Hans sobe no mastro, mas não avista nenhum escolho. O oceano está uniforme até a linha do horizonte.

Três horas se passam. O rugido parece vir de uma cachoeira distante.

Aponto isso para o meu tio, que balança a cabeça. Mas estou convencido de que não me enganei. Estaríamos acelerando em direção a uma cachoeira que nos lançará em um abismo? Esse método de descida poderia agradar ao professor, uma vez que é quase vertical, mas quanto a mim...

De qualquer modo, deve haver algum fenômeno barulhento a algumas léguas na direção do vento, pois agora os rugidos são ouvidos com grande intensidade. Eles vêm do céu ou do oceano?

Olho para os vapores suspensos na atmosfera e tento sondar sua profundidade. O céu está calmo. As nuvens, tendo flutuado para o topo da abóbada, parecem imóveis e desaparecem sob a irradiação intensa da luz. A causa desse fenômeno deve, portanto, estar em outro lugar.

Então, examino o horizonte claro, sem nenhum traço de névoa. Sua aparência não mudou. Porém, se esse barulho provém de uma cachoeira, se todo esse oceano se precipita numa bacia inferior e se esses rugidos são produzidos por uma massa de água que cai, a corrente deverá acelerar e sua velocidade crescente me dará a medida do perigo que nos ameaça. Consulto a corrente. Nada. O cantil vazio que jogo no mar flutua na direção do vento.

Por volta das quatro horas, Hans se levanta, agarra o mastro e sobe até o topo. De lá, seu olhar varre o círculo descrito pelo oceano em frente à jangada e se detém em um ponto. Seu rosto não expressa surpresa, mas seu olhar permanece fixo.

– Ele viu alguma coisa – diz meu tio.

– Eu acredito que sim.

Hans desce e, estendendo o braço em direção ao sul, diz:

– *Dere nere*!

– Ali? – pergunta meu tio.

Então, agarrando sua luneta, ele olha atentamente por um minuto, o que me parece um século.

– Sim, sim! – ele exclama.

– O que o senhor está vendo?

– Um imenso jorro que se eleva acima das ondas.

– Outro animal marinho?

– Talvez.

– Então, vamos seguir para o oeste, pois conhecemos o perigo de encontrar monstros pré-históricos!

– Vamos prosseguir – responde meu tio. Eu me viro para Hans. Ele mantém o leme com rigor inflexível.

No entanto, se da nossa distância atual do animal, que é de pelo menos doze léguas, podemos ver a coluna de água provocada por suas nadadeiras, ele deve ser de um tamanho sobrenatural. Fugir nada mais seria do que cumprir as leis da mais elementar prudência. Mas não viemos até aqui para ser prudentes.

Então, seguimos em frente. Quanto mais nos aproximamos, mais alta fica a coluna de água. Que monstro podia se encher com tamanha quantidade de água e jorrar tão continuamente?

Às oito da noite, estamos a menos de duas léguas de distância. Seu corpo preto, enorme e montanhoso repousa sobre o mar como uma ilha. Seria imaginação, seria pavor? Seu comprimento parece exceder mil toesas! O que poderia ser esse cetáceo que nem Cuvier nem Blumenbach[54] anteciparam? Ele está imóvel, como se estivesse dormindo; o mar parece incapaz de erguê-lo e as ondas quebram em seus flancos. O jorro de água impulsionado a uma altura de quinhentos pés cai novamente tal como chuva com um barulho ensurdecedor. E aqui estamos nós, acelerando feito loucos em direção a essa massa poderosa que cem baleias não alimentariam nem por um dia!

O terror me oprime. Eu não quero ir mais longe! Vou cortar a adriça da vela, se necessário! Estou em motim aberto contra o professor, que não responde.

De repente, Hans se levanta e aponta para a figura ameaçadora:

– *Holme*! – ele diz.

– Uma ilha! – exclama meu tio.

---

54 Referência à Johann Friedrich Blumenbach (1752-1840), fisiologista, antropólogo e zoólogo alemão.

– Uma ilha! – digo, por minha vez, dando de ombros.
– É óbvio! – responde o professor, rindo alto.
– Mas e quanto à coluna de água?
– *Geyser* – explica Hans.
– Ah! Sem dúvida, um gêiser! – responde meu tio. – Um gêiser como aquele da Islândia![55]

Recuso-me, a princípio, a admitir que estava grosseiramente enganado. Confundir uma ilha com um monstro marinho! Mas as evidências me contrariam e, finalmente, tenho que reconhecer meu erro. Não passa de um fenômeno natural.

À medida que nos aproximamos, as dimensões da coluna de água se tornam magníficas. A ilhota se parece enganosamente com um enorme cetáceo cuja cabeça repousa sobre as ondas a uma altura de dez toesas. O gêiser, termo que os islandeses pronunciam *geysir* e que significa "fúria", ergue-se majestosamente a toda sua altura. Explosões abafadas ocorrem de tempos em tempos, e o enorme jato, tomado pela cólera, sacode sua nuvem de vapores, lançando-se até a primeira camada de nuvens. Só há ele. Nem fumarolas nem fontes termais o cercam, e todo o poder vulcânico acumula-se nele. Os raios de luz elétrica se mesclam a esse jorro deslumbrante, e cada gota refrata todas as cores do prisma.

– Vamos atracar – diz o professor.

Mas devemos evitar cuidadosamente essa tromba-d'água, que afundaria nossa jangada em um instante. Hans, manobrando com habilidade, nos conduz para o outro extremo da ilhota.

Eu pulo na pedra; meu tio me segue com agilidade, enquanto o caçador permanece em seu posto, como um homem acima desses arrebatamentos.

Caminhamos sobre um granito misturado a tufos siliciosos. O chão treme sob nossos pés, como as laterais de uma caldeira a

---

[55] Nascente termal muito famosa, localizada no sopé do monte Hekla. (N.A.) Essa nascente, chamada Geysir, deu origem ao nome do fenômeno. (N.E.)

vapor superaquecida; está queimando. Vemos uma pequena bacia no centro, da qual o gêiser brota. Mergulho um termômetro na água fervente, e ele indica um calor de cento e sessenta e três graus.

A água, portanto, sai de um centro ardente. Isso contradiz singularmente as teorias do Professor Lidenbrock. Não posso evitar um comentário.

– Bem – ele responde –, o que isso prova contra a minha doutrina?

– Nada – digo secamente, percebendo que estou diante de uma obstinação inflexível.

Não obstante, sou forçado a admitir que até agora desfrutamos circunstâncias extraordinariamente favoráveis e que, por algum motivo que me escapa, nossa jornada se realiza sob condições especiais de temperatura. Mas me parece óbvio que um dia chegaremos às áreas em que o calor central atinge seus limites mais altos e excede todas as gradações de nossos termômetros.

Veremos. É o que diz o professor que, depois de batizar esta ilhota vulcânica em homenagem ao sobrinho, dá o sinal para embarcarmos.

Continuo contemplando o gêiser por alguns minutos. Percebo que seu jato é irregular: às vezes, sua intensidade diminui, e depois retorna com vigor renovado, o que atribuo às variações de pressão dos vapores acumulados em seu reservatório.

Por fim, partimos, contornando as rochas pontudas do sul. Hans aproveitara a parada para consertar a jangada.

Porém, antes de prosseguir, faço algumas observações para calcular a distância que percorremos e as anoto no meu diário. Atravessamos duzentas e setenta léguas de oceano desde que saímos do Porto Graüben e estamos a seiscentas e vinte léguas da Islândia, sob a Inglaterra.

XXXV

Sexta-feira, 21 de agosto. – No dia seguinte, o magnífico gêiser desapareceu. O vento ficou mais frio e rapidamente nos levou para longe da Ilha Axel. O rugido diminuiu gradualmente.

O clima, se for apropriado chamá-lo assim, mudará em breve. A atmosfera se enche de nuvens de vapor que carregam a eletricidade gerada pela evaporação da água salgada. As nuvens baixam significativamente e assumem uma tonalidade uniforme de verde-oliva. Os raios elétricos mal conseguem penetrar essa cortina opaca abaixada no teatro onde o drama da tempestade está prestes a ser encenado.

Sinto-me particularmente impressionado, como todas as criaturas da Terra diante da aproximação de um cataclismo. Os cúmulos reunidos ao sul parecem sinistros; eles têm aquela aparência "inclemente" que sempre notei no início das tempestades. O ar está pesado; o mar, calmo.

À distância, as nuvens se assemelham a grandes bolas de algodão empilhadas em desordem pitoresca; aos poucos, elas se dilatam e perdem em número o que ganham em tamanho. São nuvens tão pesadas que não conseguem se destacar do horizonte; porém, sob a brisa das correntes elevadas, elas se dissolvem pouco a pouco, ficam mais escuras e logo se transformam em uma única camada de aparência formidável. De vez em quando, uma bola de vapores, ainda acesa, salta sobre esse tapete acinzentado e logo se perde na massa opaca.

A atmosfera está obviamente saturada de fluido, do qual me sinto impregnado. Meu cabelo arrepia na minha cabeça como se estivesse próximo de um aparelho elétrico. Parece-me que, se meus companheiros me tocassem nesse momento, receberiam um choque poderoso.

Às dez da manhã, os indícios da tempestade se tornam mais pronunciados; parece que o vento diminui apenas para recuperar o fôlego, enquanto o banco de nuvens se assemelha a um enorme odre no qual os furacões se acumulam.

Estou relutante em acreditar nos sinais ameaçadores do céu e, no entanto, não posso deixar de dizer:

– O mau tempo está se formando.

O professor não responde. Ele está com um humor massacrante, pois vê o oceano se estender indefinidamente diante de seus olhos. Ele encolhe os ombros às minhas palavras.

– Teremos uma tempestade – exclamo, apontando para o horizonte. – Essas nuvens estão baixando sobre o mar como se fossem esmagá-lo!

Silêncio geral. O vento para. A natureza parece morta, sem respiração. No mastro, onde já vejo surgir um breve fogo de Santelmo,[56] a vela frouxa cai em dobras pesadas. A jangada fica imóvel no meio de um mar lento e sem ondas. Se não nos movemos mais, por que deixar aquela vela no mastro, que poderia nos destruir ao primeiro choque da tempestade?

– Vamos recolher a vela e derrubar o mastro! – digo. – É mais prudente.

– Não, pelos diabos! – grita meu tio. – Absolutamente não! Deixe o vento nos pegar! Deixe a tempestade nos levar embora!

---

56 Fenômeno meteorológico típico de trovoadas no qual pequenas descargas elétricas em pontas metálicas geram uma espécie de gás ionizado de cor azul-violeta.

Mas me deixe finalmente ver os rochedos de uma costa, mesmo que nossa jangada seja feita em pedaços!

As palavras mal terminam de sair de sua boca quando uma mudança repentina ocorre no horizonte sul. Os vapores acumulados se transformam em água, e o ar, violentamente atraído pelos vazios produzidos pela condensação, se transforma em um furacão. Ele vem dos recantos mais distantes da caverna. A escuridão se aprofunda. Eu mal consigo escrever algumas anotações incompletas.

A jangada levanta, dá um salto. Meu tio cai. Eu rastejo até ele. Ele segura firmemente a ponta de uma corda grossa e parece assistir com prazer a esse espetáculo de elementos desenfreados.

Hans não se move. Seus cabelos longos, soprados pelo furacão e caindo sobre seu rosto impassível, lhe conferem uma fisionomia estranha, pois cada uma de suas pontas está coberta de pequenas cristas luminosas. Seu semblante assustador é o de um homem pré-histórico, contemporâneo dos ictiossauros e megatérios.

O mastro ainda está firme. A vela se estica como uma bolha pronta para estourar. A jangada corre a uma velocidade que não consigo estimar, mas não tão rápido quanto as gotas de água deslocadas sob ela, cuja ligeireza traça linhas retas e nítidas.

– A vela! A vela! – eu digo, fazendo sinal para que a removam.

– Não! – responde meu tio.

– *Nej*! – repete Hans, balançando a cabeça suavemente.

Nesse meio-tempo, a chuva se torna uma cachoeira estridente diante do horizonte para o qual avançamos feito loucos. Mas, antes que ela chegue até nós, o véu de nuvens se rasga, o mar começa a ferver, e a eletricidade produzida por uma poderosa reação química nas camadas superiores entra em jogo. As rajadas de trovão misturam-se aos jatos brilhantes dos raios; inúmeros relâmpagos entrecruzam-se no meio das detonações; a massa de vapores torna-se incandescente; o granizo que atinge o metal de nossas ferramentas e armas parece luminoso; as ondas agitadas assemelham-se a colinas ignívomas, sob as quais se nutre um fogo interior e cada crista é encimada por uma chama. Meus olhos estão deslumbrados com a intensidade da luz; meus ouvidos, atordoados pelos rugidos do trovão. Tenho que me segurar ao mastro, que se dobra como junco sob a violência do furacão!

> [Aqui minhas anotações ficaram bastante incompletas. Só consegui encontrar algumas observações rápidas, registradas mecanicamente, por assim dizer. Mas, em sua brevidade e obscuridade, elas expressam a emoção que me dominou e, de maneira melhor que a minha memória, transmitem a essência da situação.]

Domingo, 23 de agosto. – Onde estamos? Somos levados a uma velocidade incalculável.

A noite tem sido horrível. A tempestade não diminui. Estamos em um ambiente barulhento, de detonações incessantes. Nossos ouvidos estão sangrando. Não podemos trocar uma palavra.

Os relâmpagos nunca cessam. Vejo os zigue-zagues reversos que, após uma rápida descarga, voltam de baixo para cima e acertam a abóbada de granito. E se ela desmoronasse? Outros relâmpagos bifurcam ou tomam a forma de esferas de fogo que explodem como bombas. O barulho geral, porém, não parece aumentar quando o fazem; ele já havia excedido o volume que o ouvido humano podia aguentar e, mesmo que todos os barris de pólvora do mundo explodissem ao mesmo tempo, não o ouviríamos mais.

Há emissão contínua de luz na superfície das nuvens; a substância elétrica é constantemente descarregada de suas moléculas. Evidentemente, os princípios gasosos do ar mudaram; inúmeras colunas de água erguem-se na atmosfera e caem, espumantes.

Aonde estamos indo? Meu tio está deitado na ponta da jangada.

O calor aumenta. Olho para o termômetro; ele indica... [o número está apagado].

Segunda-feira, 24 de agosto. – Isso nunca vai acabar! Por que o estado dessa atmosfera densa, uma vez modificado, não se torna definitivo?

Estamos exaustos. Hans permanece o mesmo. A jangada acelera invariavelmente para o sudeste. Percorremos duzentas léguas desde que deixamos a Ilha Axel.

Ao meio-dia, a violência da tempestade dobra. Temos de amarrar todos os objetos que carregamos para protegê-los. Cada um de nós também se amarra. As ondas avançam sobre nossas cabeças.

Há três dias, não trocamos uma única palavra. Abrimos nossas bocas, movemos nossos lábios, mas nenhum som perceptível é produzido. Mesmo falando nos ouvidos um do outro, somos incapazes de escutar.

Meu tio aproximou-se de mim. Pronunciou algumas palavras. Acredito que me disse: "Estamos perdidos". Mas não tenho certeza.

Decido escrever estas palavras: "Vamos recolher a vela".

Ele assente, concordando.

Ele mal teve tempo de levantar a cabeça quando um disco de fogo aparece à beira da jangada. O mastro e a vela foram varridos de uma só vez; vi que voaram até uma altura prodigiosa, tal qual um pterodátilo, o pássaro fantástico das primeiras eras.

Estamos congelados de medo. O disco, metade branco, metade azul, tem o tamanho de uma bomba de dez polegadas e se move lentamente, mas gira com uma velocidade surpreendente sob o chicote do furacão. Vai aqui e ali, sobe em uma das vigas da jangada, pula no saco de provisões, desce, salta novamente e encosta no estoque de pólvora. Horror! Nós vamos explodir! Não. O disco ofuscante se afasta; aproxima-se de Hans, que o observa com firmeza; aproxima-se do meu tio, que cai de joelhos para evitá-lo; aproxima-se de mim, pálido e trêmulo sob o brilho da luz e do calor; e gira perto do meu pé, que tento puxar para trás. Eu não consigo.

Um cheiro de gás nitroso preenche o ar; invade a garganta, os pulmões. Nós sufocamos.

Por que não consigo puxar o pé para trás? Estaria preso na jangada? Ah! A descida desta esfera elétrica magnetizara todo o ferro a bordo; os instrumentos, as ferramentas e as armas se movem e se chocam com um ruído agudo; os pregos dos meus sapatos, por sua vez, aderem intensamente a uma placa de ferro embutida na madeira. Não consigo tirar meu pé!

Por fim, arranco-o com um esforço violento, no momento em que o disco estava prestes a agarrá-lo em sua rotação e me arrastar junto com ele...

Ah! Que luz ofuscante! A esfera está explodindo! Estamos cobertos por jatos de chamas!

Então, toda a luz se apaga. Tive tempo de ver meu tio estendido na jangada. Hans ainda está no leme "cuspindo fogo" sob a influência da eletricidade que o impregna.

Para onde estamos indo? Onde?

Terça-feira, 25 de agosto. – Acordo de um longo período de inconsciência. A tempestade continua; os relâmpagos se desencadeiam como uma ninhada de cobras soltas na atmosfera.

Ainda estamos no mar? Sim, a uma velocidade incomensurável. Passamos sob a Inglaterra, sob a Mancha, sob a França, sob toda a Europa, talvez!

Um novo ruído pode ser ouvido! Obviamente, ondas quebrando nas rochas! Mas então...

XXXVI

Aqui termina o que chamei de "diário de bordo", felizmente salvo do naufrágio. Retomo minha narrativa como antes.

O que aconteceu quando a jangada foi arremessada nos recifes da costa, não sei dizer. Senti-me sendo arremessado contra as ondas e, se escapei da morte e não tive meu corpo despedaçado pelas rochas pontiagudas, foi porque os braços fortes de Hans me puxaram para fora do abismo.

O corajoso islandês levou-me para fora do alcance das ondas até uma areia ardente, onde me vi lado a lado com meu tio.

Em seguida, ele voltou até as rochas, contra as quais as ondas furiosas batiam, para salvar algumas peças do naufrágio. Eu não conseguia falar; sentia-me arrasado pela emoção e fadiga, e levei uma hora inteira para me recuperar.

Enquanto isso, o dilúvio continuava, mas com aquela intensidade que precede o fim das tempestades. Algumas rochas salientes nos abrigaram das torrentes do céu. Hans preparou uma comida que eu não pude tocar, e todos nós, exaustos pelas três noites não dormidas, caímos em um sono doloroso.

No dia seguinte, o tempo estava esplêndido. O céu e o oceano se acalmaram em perfeita sincronia. Qualquer vestígio de tempestade havia desaparecido. As palavras alegres do professor saudaram meu despertar. Ele estava terrivelmente animado.

– Bem, meu rapaz – ele exclamou –, você dormiu bem?

Parecia que ainda estávamos em casa na Königstrasse, que eu estava descendo tranquilamente para tomar o café da manhã e que me casaria com a pobre Graüben naquele mesmo dia.

Ai de mim! Se a tempestade tivesse levado a jangada para o leste, teríamos passado sob a Alemanha, sob minha amada cidade de Hamburgo e sob a mesma rua onde ficava tudo o que eu amava no mundo. Assim, pouco menos de quarenta léguas nos separariam! Mas eram quarenta léguas verticais de uma parede de granito e, na realidade, mais de mil léguas de distância!

Todas essas reflexões dolorosas passaram rapidamente pela minha cabeça antes de responder à pergunta do meu tio.

– Oras! Você não vai me dizer se dormiu bem? – repetiu meu tio.

– Muito bem – eu disse. – Ainda me sinto quebrado, mas em breve ficarei melhor.

– Absolutamente. É um pouco de fadiga, só isso.

– Mas o senhor parece muito alegre esta manhã, tio.

– Encantado, meu rapaz, encantado! Chegamos!

– Ao final de nossa expedição?

– Não, ao final daquele mar sem fim. Agora viajaremos novamente por terra e realmente desceremos às entranhas do globo.

– Tio, permita-me fazer uma pergunta.

– Claro, Axel.

– E quanto ao nosso retorno?

– Retorno? Ah! Você já pensa em voltar quando nem chegamos?

– Eu só gostaria de saber como voltaremos.

– Da maneira mais simples do mundo. Quando chegarmos ao centro do globo, encontraremos uma nova rota para voltar à superfície ou apenas retornaremos por onde viemos como pessoas comuns. Gosto de pensar que ele não se fechará atrás de nós.

– Então, teremos que consertar a jangada.

– Claro.

– Quanto ao suprimento de comida, ainda temos o suficiente para realizar todas essas grandes coisas?

– Sim, certamente. Hans é um sujeito habilidoso e tenho certeza de que salvou grande parte de nossa carga. De todo modo, vamos checar.

Saímos daquela gruta açoitada pelos ventos. Eu acalentava uma esperança que era também um medo; parecia-me impossível que os terríveis destroços da jangada não tivessem destruído tudo a bordo. Eu estava errado. Quando cheguei à praia, encontrei Hans em meio a uma infinidade de itens, todos organizados em ordem. Meu tio apertou-lhe a mão com uma expressão de profunda gratidão. Este homem, com sua devoção sobre-humana que talvez não haja igual, havia trabalhado enquanto estávamos dormindo e salvara os itens mais preciosos colocando sua vida em risco.

Não que não tivéssemos sofrido perdas consideráveis, ao exemplo de nossas armas de fogo, mas podíamos seguir em frente sem elas. Nosso estoque de pólvora, porém, permanecera intacto depois de quase nos explodir durante a tempestade.

– Bem – exclamou o professor –, como não temos armas, não precisamos nos preocupar em caçar.

– E quanto aos instrumentos?

– Aqui está o manômetro, o mais útil de todos, pelo qual eu trocaria os demais! Com ele, posso calcular a profundidade para saber quando chegaremos ao centro. Sem ele, corremos o risco de ultrapassá-lo e reemergir em terras antípodas!

Sua alegria era feroz.

– E a bússola? – perguntei.

– Ela está nesta rocha, em perfeitas condições, bem como os termômetros e o cronômetro. Ah! O caçador é um homem inestimável!

Não havia como negar. Os instrumentos estavam todos ali. Quanto às ferramentas e demais equipamentos, vi as escadas, cordas, pás e picaretas espalhadas pela areia.

No entanto, ainda havia a questão da comida a ser esclarecida.

– E as provisões? – perguntei.

As caixas que as continham estavam alinhadas na praia, perfeitamente preservadas. O mar poupara a maior parte e, com biscoitos, carne seca, gim e peixe seco, ainda tínhamos um suprimento de comida para quatro meses.

– Quatro meses! – exclamou o professor. – Temos tempo para ir, voltar e, com o que resta, oferecer um grande jantar a todos os meus colegas da Johanneum!

Eu deveria estar acostumado com o temperamento do meu tio há muito tempo, mas ele nunca deixava de me surpreender.

– Agora – ele disse –, reabasteceremos nosso suprimento de água fresca com a chuva que a tempestade derramou em todas essas bacias de granito; assim, não teremos motivos para temer a sede. Quanto à jangada, recomendo que Hans faça o possível para consertá-la, embora não ache que ela ainda nos será útil!

– Como assim? – eu exclamei.

– Intuição, meu rapaz. Acho que não vamos sair por onde entramos.

Olhei para o professor com certa desconfiança. Perguntei-me se ele não tinha enlouquecido. No entanto, ele estava certo.

– Vamos tomar o café da manhã – ele disse.

Eu o segui até um promontório elevado depois que ele deu suas instruções ao caçador. Lá, a carne seca, os biscoitos e o chá resultaram numa excelente refeição – uma das melhores, admito, que já tive na minha vida. A fome, o ar fresco e o clima tranquilo após a comoção contribuíram para aguçar meu apetite.

Durante o café da manhã, perguntei ao meu tio onde estávamos.

– Parece-me algo difícil de calcular – eu disse.

– Difícil de calcular em números exatos – respondeu ele. – Impossível, na verdade, pois, durante esses três dias de tempestade, não consegui acompanhar a velocidade ou a direção da jangada. No entanto, ainda podemos fazer uma estimativa.

– De fato, nossa última observação foi feita na ilhota do gêiser...

– Na ilha Axel, meu rapaz. Não rejeite a honra de ter batizado com seu nome a primeira ilha descoberta no interior da Terra.

– Tudo bem. Na ilha Axel, havíamos percorrido cerca de duzentas e setenta léguas de mar, e estávamos a mais de seiscentas léguas da Islândia.

– Ótimo! Vamos partir desse ponto e contar quatro dias de tempestade, durante os quais nossa velocidade não deve ter sido inferior a oitenta léguas a cada vinte e quatro horas.

– Está certo. Portanto, seriam trezentas léguas adicionais.

– Sim, de modo que o Mar Lidenbrock teria cerca de seiscentas léguas de uma costa à outra! Você percebe, Axel, que ele compete em tamanho com o Mediterrâneo?

– Sim, especialmente se cruzamos apenas sua largura!

– O que é bem possível!

– Curiosamente – acrescentei –, se nossos cálculos estiverem corretos, o Mediterrâneo está justamente sobre nossas cabeças.

– É verdade!

– Sim, já que estamos a novecentas léguas de Reykjavik!

– Percorremos um longo caminho, meu rapaz; mas só podemos ter certeza de que estamos sob o Mediterrâneo, e não sob a Turquia ou o Atlântico, se não nos desviamos de nosso percurso.

– Não, o vento parecia constante; portanto, acredito que essa costa fica a sudeste do Porto Graüben.

– Bem, é fácil ter certeza disso consultando a bússola. Vamos ver o que ela diz!

O professor caminhou em direção à rocha onde Hans havia colocado os instrumentos. Ele estava alegre, animado; esfregava as mãos e fazia pose! Um verdadeiro jovem! Eu o segui, bastante curioso para saber se não estava enganado quanto à minha estimativa.

Quando chegamos à rocha, meu tio pegou a bússola, colocou-a na horizontal e observou a agulha, que, após algumas oscilações, parou em uma posição fixa devido à atração magnética.

Meu tio olhou, esfregou os olhos e olhou novamente. Por fim, virou-se para mim, assombrado.

– O que houve? – perguntei.

Ele fez um gesto para eu olhar o instrumento. Não pude conter uma exclamação de surpresa. A ponta da agulha indicava o norte no local onde supúnhamos ser o sul! Voltava-se para a costa quando devia apontar para o mar aberto!

Eu balancei a bússola, examinei-a; estava em perfeitas condições. Colocávamos a agulha em posições diferentes, mas ela obstinadamente retornava à direção inesperada.

Portanto, não havia dúvida: durante a tempestade, o vento mudara sem que percebêssemos e levara nossa jangada de volta à costa que meu tio acreditava ter deixado para trás.

XXXVII

É impossível descrever a sucessão de emoções que abalaram o Professor Lidenbrock; houve espanto, incredulidade e, por fim, raiva. Nunca vira um homem a princípio tão desorientado e depois tão furioso. Teríamos que enfrentar novamente o cansaço da travessia e seus perigos! Recuáramos em vez de avançar!

Meu tio, no entanto, rapidamente recuperou o controle de si mesmo.

– Ah! O destino está cheio de truques comigo! – ele exclamou. – Os elementos conspiram contra mim! Ar, fogo e água uniram esforços para se opor à minha jornada! Muito bem! Eles descobrirão do que é feita minha força de vontade. Não cederei, não darei um passo para trás e veremos quem vencerá: o homem ou a natureza!

De pé sobre o rochedo, enfurecido e ameaçador como o feroz Ájax,[57] Otto Lidenbrock parecia desafiar os deuses. Achei apropriado intervir e restringir esse arrebatamento insensato.

– Ouça-me – eu disse a ele com uma voz firme. – Há um limite para a ambição aqui embaixo; não podemos lutar contra o impossível. Estamos mal equipados para outra viagem marítima; não se pode viajar quinhentas léguas em um conjunto insignificante de vigas de

---

57　Ájax, o Grande, é um herói da mitologia grega conhecido por sua participação na Guerra de Troia.

madeira, tampouco com um cobertor que faça as vezes de vela e um graveto que sirva de mastro enquanto os ventos estão contra nós. Não podemos navegar; somos um brinquedo para as tempestades, e é loucura tentar essa travessia impossível pela segunda vez!

Consegui expor essa série de razões irrefutáveis por dez minutos ininterruptos, mas apenas por conta da desatenção do professor, que não ouvira uma única palavra dos meus argumentos.

– À jangada! – ele gritou.

Essa foi sua resposta. Não adiantava implorar ou ficar furioso; eu estava enfrentando uma força de vontade mais dura que o granito.

Hans estava terminando os reparos da jangada naquele momento. Alguém poderia pensar que esse ser estranho havia adivinhado os planos do meu tio. Ele reforçara a embarcação com alguns pedaços de *surtarbrandur* e içara uma vela em cujas dobras flutuantes o vento brincava.

O professor disse algumas palavras ao guia, que imediatamente embarcou nossas bagagens e preparou tudo para a nossa partida. O ar estava bastante limpo e o vento noroeste soprava constantemente.

O que eu poderia fazer? Ficar sozinho contra os dois? Impossível. Se ao menos Hans estivesse do meu lado. Mas não! O islandês parecia ter desistido de qualquer vontade própria e feito um voto de abnegação. Eu não conseguia tirar nada deste criado tão subserviente ao seu patrão. Era preciso seguir com eles.

Eu estava, portanto, prestes a tomar meu lugar habitual na jangada quando meu tio me deteve com a mão.

– Não partiremos até amanhã – disse ele.

Fiz o gesto de um homem que se resigna a qualquer coisa.

– Não negligenciarei nada – ele continuou. – Como o destino me trouxe a essa parte da costa, não a deixarei até que a explore.

Para entender essa observação, é preciso saber que havíamos voltado para a costa norte, mas não no ponto exato de nossa partida inicial. O Porto Graüben devia estar mais a oeste. Portanto, nada mais razoável do que explorar cuidadosamente os arredores daquela nova região.

– Vamos explorar! – eu disse.

Deixando Hans ocupado em seus afazeres, partimos juntos. O espaço entre o mar e o pé dos contrafortes era considerável. Levamos meia hora para chegar ao muro de pedra. Nossos pés esmagaram inúmeras conchas de todos os formatos e tamanhos em que os animais das primeiras eras haviam vivido. Vi também enormes carapaças de tartarugas com mais de quinze pés de diâmetro. Elas pertenciam àqueles gigantescos gliptodontes do período Plioceno, dos quais a tartaruga moderna é apenas uma pequena redução. Além disso, a terra estava coberta por inúmeros detritos pedregosos, espécies de calhaus arredondados pelas ondas e arranjados em linhas sucessivas. Isso me levou a pensar que o mar já devia ter coberto esse solo em tempos passados.

Nas rochas espalhadas, agora fora do alcance das águas, as ondas deixaram traços manifestos de sua passagem.

Até certo ponto, isso podia explicar a existência daquele mar quarenta léguas abaixo da superfície do globo. Mas, na minha opinião, aquela massa líquida desapareceria gradualmente nas entranhas da Terra, já que provinha, obviamente, das águas do oceano que abriram caminho por alguma fenda. No entanto, era preciso admitir que tal fissura fora obstruída, pois toda aquela caverna, ou melhor, todo aquele imenso reservatório teria se enchido em um espaço de tempo relativamente curto. Talvez a água, lutando contra o fogo subterrâneo, tenha evaporado parcialmente. Isso explicaria as nuvens suspensas sobre nossas cabeças e a descarga da eletricidade que provocara tempestades no interior da Terra.

Essa teoria dos fenômenos que testemunhamos parecia satisfatória para mim; por maiores que fossem as maravilhas da natureza, elas sempre podiam ser explicadas por causas físicas.

Estávamos, portanto, caminhando em um tipo de terreno sedimentar formado pelas águas, como todos os solos daquele período, tão amplamente espalhados pela superfície do globo. O professor examinava cuidadosamente cada fenda na rocha. Onde quer que uma abertura aparecesse, era importante que ele investigasse sua profundidade.

Havíamos percorrido as margens do Mar Lidenbrock por uma milha quando o solo mudou repentinamente de aparência. Parecia virado de cabeça para baixo, convulsionado por uma agitação violenta dos estratos inferiores. Em muitos pontos, depressões e elevações atestavam um poderoso deslocamento do maciço terrestre.

Caminhávamos com dificuldade por aquelas fendas de granito misturadas com sílex, quartzo e depósitos de aluviais quando um campo, ou melhor, uma planície de ossos surgiu diante de nossos olhos. Alguém poderia pensar que se tratava de um imenso cemitério, onde gerações de vinte séculos uniam sua poeira eterna. Altos montes de detritos jaziam longe. Eles ondulavam até os limites do horizonte e desapareciam em uma névoa nebulosa. Ali, talvez em três milhas quadradas, a história completa da vida animal fora empilhada – uma história ainda não escrita nos estratos recentes do mundo habitado.

Uma curiosidade impaciente nos levava adiante. Com um ruído seco, nossos pés esmagavam os restos daqueles animais pré-históricos, fósseis cujos raros e interessantes resíduos são disputados pelos museus das grandes cidades. Mil Cuviers não seriam suficientes para reconstruir os esqueletos dos seres orgânicos que se encontravam naquele magnífico cemitério.

Eu estava impressionado. Meu tio erguia os braços compridos para a enorme abóbada que nos servia de céu. A boca escancarada, os olhos brilhando por trás do vidro dos óculos, a cabeça balançando para cima e para baixo, da esquerda para a direita – toda a sua postura indicava um espanto infinito. Ele estava diante de uma coleção inestimável de leptotérios, mericotérios, lofópodes, anoplotérios, megatérios, mastodontes, protopitecos, pterodátilos – todos monstros pré-históricos empilhados para sua satisfação pessoal. Imagine um bibliomaníaco apaixonado transportado de repente para a famosa biblioteca de Alexandria, queimada por Omar e, por um milagre, renascida de suas cinzas! Tal era o meu tio, o Professor Lidenbrock.

Mas ele fora tomado por um espanto diferente quando, atravessando aquela poeira orgânica, deparou com um crânio desnudo. Ele gritou com uma voz trêmula:

– Axel! Axel! Uma cabeça humana!

– Uma cabeça humana! – exclamei, não menos atônito.

– Sim, sobrinho. Ah! Sr. Milne-Edwards! Ah! Sr. Quatrefages,[58] gostaria que estivessem aqui, onde eu, Otto Lidenbrock, estou!

---

58 Referência ao naturalista francês Jean-Louis-Armand de Quatrefages de Bréau (1810-1892).

XXXVIII

Para compreender essa invocação do meu tio aos ilustres estudiosos franceses, é preciso saber que um evento de grande importância para a paleontologia ocorreu algum tempo antes de nossa partida.

Em 28 de março de 1863, algumas escavadeiras que trabalhavam sob a direção de Boucher de Perthes nas pedreiras de Moulin Quignon, perto de Abbeville, no Departamento de Somme, na França, encontraram um maxilar humano quatro metros abaixo da superfície. Foi o primeiro fóssil desse tipo já desenterrado. Nas proximidades, foram encontrados machados de pedra e pederneiras talhadas, coloridos e revestidos pelo tempo com uma pátina uniforme.

As repercussões dessa descoberta foram grandes, não apenas na França, mas também na Inglaterra e na Alemanha. Vários cientistas do Instituto Francês, entre eles os senhores Milne-Edwards e de Quatrefages, levaram o caso muito a sério, provaram a autenticidade irrefutável das ossadas em questão e se tornaram os advogados mais fervorosos do "processo do maxilar", como fora chamado em inglês.

Geólogos do Reino Unido que deram o fato como certo – os senhores Falconer, Busk, Carpenter[59] e outros – logo se juntaram

---

59   Referência ao naturalista escocês Hugh Falconer (1808-1865); ao zoologista britânico George Busk (1807-1886); e ao naturalista britânico William Benjamin Carpenter (1813-1885).

a cientistas da Alemanha. Entre eles, nas primeiras fileiras, o mais enérgico e entusiasmado era meu tio Lidenbrock.

A autenticidade de um fóssil humano da era do Quaternário parecia, portanto, irrefutavelmente comprovada e admitida.

Essa teoria decerto encontrou um oponente obstinado no Sr. Élie de Beaumont.[60] Esse estudioso de grande autoridade sustentou que o solo de Moulin Quignon não pertencia ao "dilúvio", mas a uma camada mais recente e, concordando com Cuvier, recusou-se a admitir que a espécie humana era contemporânea dos animais da era do Quaternário. Meu tio Lidenbrock, em acordo com a maioria dos geólogos, manteve-se firme, argumentou e brigou, fazendo Sr. Élie de Beaumont ficar quase sozinho na disputa.

Conhecíamos todos os detalhes desse caso, mas não tínhamos consciência de que, desde nossa partida, a questão havia progredido mais. Outros maxilares idênticos, embora pertencessem a indivíduos de vários tipos e nações diferentes, foram encontrados no solo cinzento e movediço de certas cavernas da França, Suíça e Bélgica, junto com armas, utensílios, ferramentas e ossadas de crianças, adolescentes, adultos e velhos. A existência do homem quaternário, portanto, era cada vez mais confirmada ao passar dos dias.

E isso não era tudo. Novos restos exumados do solo do plioceno terciário permitiram aos geólogos mais ousados atribuir uma idade ainda maior à raça humana. Esses restos, a bem da verdade, não eram ossos humanos, mas produtos de sua manufatura que carregavam as marcas do trabalho do homem, como as tíbias e fêmures de animais fósseis com sulcos regulares, isto é, esculpidos.

Assim, com um salto, o homem voltou à escala do tempo por muitos séculos. Ele precedia o mastodonte; era contemporâneo do

---

60 Referência ao geólogo francês Jean-Baptiste Armand Louis Léonce Élie de Beaumon (1798-1874).

elephas meridionalis;[61] e viveu há cerca de cem mil anos, data que os geólogos mais famosos dão para a formação do solo do Plioceno.

Tal era o estado da ciência paleontológica, e o que sabíamos era suficiente para explicar nossa atitude em relação a esse cemitério no Mar Lidenbrock. Logo, é fácil entender o espanto e a alegria do meu tio quando, vinte metros adiante, viu-se na presença, pode-se dizer cara a cara, de um espécime do homem quaternário.

Era um corpo humano perfeitamente reconhecível. Algum tipo especial de solo, como o do cemitério de São Miguel, em Bordéus, preservara-o assim ao longo dos séculos? Não sei dizer. Mas esse cadáver, com sua pele firme e semelhante a um pergaminho, membros ainda macios – pelo menos à vista –, dentes intactos, cabelos abundantes e unhas assustadoramente compridas nos dedos das mãos e dos pés, apresentou-se aos nossos olhos tal como vivera.

Fiquei sem palavras quando deparei-me com essa aparição de outra era. Meu tio, geralmente um orador loquaz e impetuoso, também ficou em silêncio. Nós levantamos o corpo e o endireitamos. Ele olhou para nós com as órbitas vazias. Tocamos em seu torso ressonante.

Após alguns momentos de silêncio, meu tio foi dominado novamente pelo professor Otto Lidenbrock, que, levado por seu temperamento, esquecera as circunstâncias de nossa jornada, o local onde estávamos e a enorme caverna que nos cercava. Certamente, achou que estava no Johanneum lecionando para seus alunos, pois assumiu uma voz instruída e dirigiu-se a um público imaginário:

– Senhores – disse ele –, tenho a honra de apresentar-lhes um homem do período quaternário. Eminentes estudiosos negaram sua existência, outros não menos eminentes a afirmaram. Os São Tomés da paleontologia, se aqui estivessem, o tocariam com os dedos e seriam forçados a reconhecer seu erro. Estou perfeitamente

---

61 Mamute-ancestral.

ciente de que a ciência deve tomar cuidado com descobertas desse tipo. Sei que Barnum e outros charlatães da mesma espécie exploraram os homens fósseis.[62] Conheço a história da rótula de Ajax, do suposto cadáver de Orestes[63] encontrado pelos espartanos e do corpo de Astérios,[64] de dez côvados de comprimento,[65] mencionado por Pausânias.[66] Li os relatórios sobre o esqueleto de Trapani, descoberto no século XIV e identificado na época como o de Polifemo,[67] e a história do gigante desenterrado no século XVI, perto de Palermo. Vocês conhecem tão bem quanto eu, senhores, a análise de ossos enormes realizada em Lucerna em 1577, os quais o famoso Dr. Felix Plater[68] declarou pertencerem a um gigante de dezenove pés de altura! Devorei os tratados de Chassanion[69] e todas as dissertações, panfletos, discursos e réplicas publicadas a respeito do esqueleto de Teutobochus, rei dos cimbrianos e invasor da Gália, escavado em um areal do Delfinado em 1613! No século XVIII, eu teria combatido, ao lado de Pierre Campet,[70] a existência dos pré-adamitas de Scheuchzer.[71] Nas minhas mãos, tive um texto chamado *Gigans*...

---

62 Referência ao *showman* americano Phineas Taylor Barnum (1810-1891), célebre pela farsa do homem fóssil chamado Gigante de Cardiff.

63 Personagem da mitologia grega, filho de Clitemnestra e Agamenon, reis de Micenas.

64 Personagem meio homem, meio touro da mitologia grega, também conhecido como Minotauro.

65 Medida arcaica que equivale a 66 centímetros.

66 Pausânias (c. 115-180) foi um geógrafo grego, autor da obra *Descrição da Grécia*.

67 Gigante imortal da mitologia grega dotado de um só olho.

68 Referência ao médico suíço Felix Platter (1536-1614).

69 Referência ao clérigo francês Jean de Chassanion (1531-1598), autor de uma obra sobre gigantes.

70 Referência ao anatomista holandês Petrus Camper (1722-1789).

71 Referência ao naturalista suíço Johann Jakob Scheuchzer (1672-1733).

Aqui reapareceu a enfermidade natural do meu tio, que em público não conseguia pronunciar palavras difíceis.
– Um texto chamado *Gigans*...
Ele não conseguia prosseguir.
– *Giganteo*...
Impossível! A infeliz palavra não queria sair!
Todos estariam rindo na Johannaeum!
– *Gigantosteologia* – o professor finalmente conseguiu dizer, entre dois palavrões.
Em seguida, ele continuou com energia e ânimos renovados:
– Sim, senhores, conheço todas essas coisas! Sei também que Cuvier e Blumenbach reconheceram nessas ossadas os ossos simples de mamutes e outros animais do período quaternário. Mas, neste caso, a dúvida seria um insulto à ciência! O cadáver está aqui! Você pode ver, tocar. Não é um esqueleto; é um corpo intacto, mantido unicamente para um propósito antropológico!
Tomei o cuidado de não contradizer essa afirmação.
– Se eu pudesse lavá-lo em uma solução de ácido sulfúrico – prosseguiu meu tio –, seria capaz de remover todos os pedaços de terra e as esplêndidas conchas que estão incrustadas nele. Mas não tenho esse precioso solvente em mãos. No entanto, do jeito que está, este corpo nos contará sua própria história.
Aqui, o professor pegou o cadáver fóssil e o manipulou com a habilidade de um *showman*.
– Como vocês podem ver – ele retomou –, ele não tem nem seis pés de comprimento, e estamos longe dos supostos gigantes. Quanto à raça a que pertence, é incontestavelmente caucasiana. É a raça branca, a nossa! O crânio deste fóssil é regularmente ovoide, sem maçãs do rosto proeminentes ou mandíbulas salientes. Ele não mostra sinal do prognatismo que diminui o ângulo facial.[72]

---

72 O ângulo facial é formado por dois planos: um mais ou menos vertical, que toca a testa e os dentes da frente; outro horizontal, que passa pela abertura do canal auditivo

Meçam esse ângulo, é de quase noventa graus. Mas vou ainda mais longe nas minhas deduções e ouso dizer que esse espécime humano pertence à família jafética, que se estende das Índias até os limites da Europa Ocidental. Não sorriam, senhores!

Ninguém estava sorrindo, mas o professor estava acostumado a ver sorrisinhos se espalharem durante suas sábias dissertações!

– Sim – ele prosseguiu com nova energia –, este é um homem fóssil, um contemporâneo dos mastodontes, cujas ossadas se amontoam neste anfiteatro. Mas, se você me perguntar como ele veio parar aqui, como as camadas onde ele estava enterrado deslizaram até essa cavidade enorme do globo, não me permitirei responder. Sem dúvida, ainda no período quaternário, ocorreram revoltas consideráveis na crosta terrestre; o resfriamento gradual do globo criou rachaduras, fissuras e falhas, pelas quais é provável que parte do solo superior tenha cedido. Não quero fazer afirmações, mas, afinal de contas, o homem está aqui, cercado pelo trabalho de suas mãos, as machadinhas e pederneiras que tornaram possível a Idade da Pedra, e, a menos que ele tenha vindo aqui como turista, como pioneiro da ciência, não posso duvidar da autenticidade de sua origem antiga.

O professor ficou em silêncio e eu lhe dediquei aplausos unânimes. De qualquer modo, meu tio estava certo, e homens mais instruídos que seu sobrinho teriam problemas para combater seus argumentos.

Outro indício. Esse corpo fossilizado não era o único no imenso cemitério. Encontrávamos outros cadáveres a cada passo sobre aquela poeira, e meu tio podia escolher o mais maravilhoso entre eles para convencer os incrédulos.

De fato, as gerações de homens e animais misturados naquele cemitério eram um espetáculo incrível. Mas havia surgido uma séria questão que não ousávamos responder. Esses seres deslizaram para

---

até a cavidade nasal inferior. Na linguagem antropológica, o prognatismo é definido como a projeção do osso da mandíbula que modifica o ângulo facial. (N.A.)

a costa do Mar Lidenbrock através de uma agitação no solo quando já reduzidos a pó? Ou eles preferiram morar neste mundo subterrâneo, sob esse céu artificial, vivendo e morrendo como os habitantes da superfície? Até agora, apenas monstros marinhos e peixes apareceram vivos para nós! Será que algum homem do abismo ainda perambulava por estas praias desertas?

XXXIX

Por mais meia hora, nossos pés pisaram nessas camadas de ossos. Seguimos em frente, movidos por uma curiosidade ardente. Que outras maravilhas, que novos tesouros para a ciência esta caverna encerrava? Meus olhos aguardavam qualquer surpresa; minha imaginação, qualquer espanto.

A costa havia desaparecido há muito tempo por trás das colinas do ossário. O professor imprudente, pouco preocupado em se perder, levava-me para longe. Avançamos em silêncio, banhados por ondas elétricas. Por um fenômeno que não saberia explicar, e graças à sua completa difusão, a luz iluminava uniformemente as várias faces dos objetos. Seu centro não mais se situava em um ponto específico do espaço e não projetava quaisquer resquícios de sombras. Podia-se acreditar que era meio-dia e que estávamos em pleno verão das regiões equatoriais, sob os raios verticais do sol. Todo o vapor havia desaparecido.

As rochas, as montanhas distantes e alguns grupos indistintos de florestas longínquas pareciam estranhos nessa distribuição uniforme das ondas de luz. Parecíamos o personagem fantástico de Hoffmann,[73] que perdera sua sombra.

---

[73] Referência à obra *As Aventuras da Noite de São Silvestre*, do escritor alemão E. T. A. Hoffmann.

Depois de uma milha a pé, deparamos-nos com as margens de uma imensa floresta, diferente daqueles bosques de cogumelos próximos ao Porto Graüben.

Era a vegetação do período terciário em toda a sua magnificência. Palmeiras altas de espécies já extintas, soberbas palmacitas, pinheiros, teixos, ciprestes e tuias representavam a família das coníferas e ligavam-se entre si por cipós inextricáveis. Um tapete exuberante de musgos e hepáticas cobria o solo. Alguns riachos murmuravam sob as sombras, pouco dignas do nome, uma vez que as árvores não as projetavam. Às suas margens, cresciam samambaias semelhantes às cultivadas em estufas no solo habitado. Faltava apenas cor em todas as árvores, plantas e arbustos, privados do revigorante calor do sol. Tudo se mesclava em um tom uniforme de marrom desbotado. As folhas eram desprovidas de seu verde, e até as flores, tão numerosas no período terciário que as viu nascer, não apresentavam cor ou perfume. Elas pareciam feitas de um papel descolorido pela ação da atmosfera.

Meu tio Lidenbrock se aventurou naqueles bosques gigantescos. Eu o segui, não sem uma certa apreensão. Uma vez que a natureza fornecia alimentos vegetais, por que não haveria também mamíferos temíveis? Nas grandes clareiras deixadas por árvores caídas e deterioradas, vi leguminosas, aceríneas, rubiáceas e muitos outros arbustos comestíveis, caros aos ruminantes de todos os períodos. Em seguida, apareceram árvores de regiões muito diferentes da superfície do globo, confundidas e entrelaçadas: o carvalho crescia ao lado da palmeira, o eucalipto australiano se apoiava no abeto da Noruega, e a bétula do norte emaranhava seus galhos com os ramos de kauris da Nova Zelândia. Era o suficiente para enlouquecer os classificadores mais engenhosos da botânica terrestre.

De repente, eu parei. Com a mão, segurei meu tio.

A luz difusa nos permitia perceber os menores objetos nas profundezas da mata. Acreditei ter visto... Não! Realmente via com meus próprios olhos formas enormes se movendo sob as árvores! De fato, eram animais gigantes, um rebanho inteiro de mastodontes, não fósseis, mas vivos, semelhantes àqueles cujos restos foram encontrados nos pântanos de Ohio em 1801! Via elefantes enormes cujas trombas se contorciam sob as árvores como uma legião de cobras. Ouvia o barulho de suas longas presas, cujo marfim perfurava os velhos troncos das árvores. Os galhos quebravam e as folhas, arrancadas em quantidades consideráveis, submergiam nas vastas goelas dos monstros.

O sonho em que eu vira ressurgir todo esse mundo pré-histórico, do período terciário ao quaternário, enfim se tornava realidade! E nós estávamos lá, sozinhos, nas entranhas da Terra, à mercê de seus habitantes ferozes!

Meu tio os encarava.

– Vamos lá! – ele disse de repente, segurando meu braço. – Em frente! Adiante!

– Não! – exclamei. – Não! Nós não temos armas! O que faríamos no meio desse rebanho de quadrúpedes gigantes? Venha, tio, venha! Nenhum ser humano pode enfrentar impunemente a fúria desses monstros.

– Nenhum ser humano? – respondeu meu tio, abaixando a voz. – Você está errado, Axel. Olhe, bem ali! Parece que estou vendo um ser vivo! Um ser semelhante a nós! Um homem!

Olhei, dando de ombros e decidido a levar o ceticismo aos seus limites mais distantes. Mas, apesar da relutância, tive que ceder à evidência.

De fato, a menos de um quarto de milha de distância, encostado no tronco de um enorme kauri, havia um ser humano, um Proteu daquelas regiões subterrâneas, um novo filho de Netuno[74] que vigiava aquele incontável rebanho de mastodontes!

---

74 Proteu é uma deidade marinha da mitologia grega, enquanto Netuno é o deus dos mares e oceanos da mitologia romana.

Immanis pecoris custos, immanior ipse.[75]

Sim! *Immanior ipse*! Não era mais o ser fóssil cujo corpo havíamos erguido no cemitério; era um gigante capaz de controlar esses monstros. Ele tinha mais de doze pés de altura. Sua cabeça, enorme como a de um búfalo, desaparecia na vegetação rasteira de seus cabelos desgrenhados. Parecia uma verdadeira crina, semelhante à do elefante das primeiras eras. Ele segurava com facilidade um galho enorme – um cajado digno de um pastor pré-histórico.

Ficamos imóveis, atordoados. Mas podíamos ser vistos. Tínhamos que fugir.

– Venha, venha! – exclamei, arrastando meu tio que, pela primeira vez, permitia-se ser conduzido.

Quinze minutos depois, estávamos fora do alcance daquele inimigo formidável.

E agora que penso sobre isso com calma, que meu espírito encontrou a paz novamente e que se passaram meses desde esse encontro estranho e sobrenatural, o que pensar, em que acreditar? Não! É impossível! Nossos sentidos foram enganados, nossos olhos não viram o que viram! Nenhum ser humano vive naquele mundo subterrâneo! Nenhuma geração de homens habita aquelas cavernas inferiores do globo sem preocupar-se com os habitantes de sua superfície, sem comunicar-se com eles! É insano, profundamente insano!

Prefiro admitir a existência de algum animal cuja estrutura se assemelha à estrutura humana, como um macaco das eras geológicas primitivas, um protopiteco ou mesopiteco, como o descoberto pelo Sr. Lartet[76] na jazida de ossos de Sansan! Mas, em seu tamanho, este excedia todas as medidas conhecidas na paleontologia moderna.

---

75   *O pastor de um grande rebanho é ainda maior*, em tradução livre do latim.
76   Referência ao paleontologista francês Edouard Lartet (1801-1871).

Não importa! Um macaco, sim, um macaco, por mais improvável que seja! Mas um homem, um homem vivo e, com ele, uma geração inteira escondida nas entranhas da Terra, nunca!

Saímos da floresta clara e luminosa, mudos de espanto e dominados por uma estupefação que beirava a inconsciência. Involuntariamente, corríamos. Era uma verdadeira fuga, semelhante àquelas correrias terríveis aos quais estamos sujeitos em certos pesadelos. Instintivamente, voltamos ao Mar Lidenbrock, e não sei em que divagações minha mente teria se perdido se não fosse pela preocupação que me trouxe de volta às questões práticas.

Embora eu tivesse certeza de que estávamos caminhando em um solo onde nunca havíamos pisado, muitas vezes notei formações rochosas cuja forma me lembrava as do Porto Graüben. Isso confirmou, de qualquer modo, as indicações da bússola e nosso retorno involuntário ao norte do Mar Lidenbrock. Às vezes, era possível confundir-se. Riachos e cachoeiras caíam às centenas pelas saliências nas rochas. Pensei reconhecer a camada de *surtarbrandur*, nosso fiel Hansbach e a caverna em que eu havia voltado à vida. Então, alguns passos adiante, a disposição dos contrafortes, a aparência de um riacho e o contorno surpreendente de um rochedo me levaram de volta à incerteza.

Eu contei ao meu tio sobre minha indecisão. Ele também hesitou; não conseguia se localizar naquele cenário uniforme.

– Obviamente – eu disse –, não voltamos ao nosso ponto de partida, mas a tempestade nos trouxe um pouco abaixo, e, se seguirmos a costa, encontraremos o Porto Graüben.

– Nesse caso – respondeu meu tio –, é inútil continuar essa exploração, e o melhor que podemos fazer é retornar à nossa jangada. Mas você tem certeza de que não está enganado, Axel?

– É difícil dizer com certeza, tio, porque todos esses rochedos são parecidos. Ainda acho que reconheço o promontório ao pé do qual Hans construiu nossa embarcação. Devemos estar perto do pequeno porto, se é que ele já não está bem aqui – acrescentei, examinando um riacho que pensei ter reconhecido.

– Não, Axel, do contrário encontraríamos nossos próprios rastros, e não vejo nada...

– Mas eu vejo – exclamei, correndo em direção a um objeto que brilhava na areia.

– O que é?

– Isso – respondi.

E mostrei ao meu tio a adaga coberta de ferrugem que acabara de pegar.

– Bem – ele disse –, você trouxe esta arma com você?

– Eu? De modo nenhum! Mas o senhor...

– Não, não que eu saiba – disse o professor. – Eu nunca tive esse objeto em minha posse.

– Ora, isso é estranho!

– Não, Axel, é muito simples. Os islandeses costumam ter armas desse tipo, e Hans, seu dono, a perdeu...

Eu balancei minha cabeça. Hans nunca tivera esta adaga em seu poder.

– Seria então a arma de algum guerreiro pré-histórico? – exclamei.
– De um homem vivo, de um contemporâneo daquele pastor gigantesco? – Não! Esta não é uma ferramenta da Idade da Pedra! Nem mesmo da Idade do Bronze! Esta lâmina é feita de aço.

Meu tio interrompeu-me abruptamente no rumo por onde as divagações me levavam, e me disse num tom frio:

– Acalme-se, Axel, e seja razoável. Esta adaga é uma arma do século XVI, uma adaga real, daquelas que os cavalheiros carregavam na cintura para dar o golpe de misericórdia. Ela é de origem espanhola. Não pertence a você, a mim, ao caçador e tampouco aos seres humanos que talvez vivam nas entranhas do globo!

– O senhor ousa afirmar...?

– Veja, ela não se estragou cortando a garganta dos homens; sua lâmina é revestida com uma camada de ferrugem que não data de um dia, um ano ou cem anos!

O professor estava ficando extasiado como de costume, deixando-se levar por sua imaginação.

– Axel – ele prosseguiu –, estamos a caminho de uma grande descoberta! Esta lâmina está caída na areia há cem, duzentos, trezentos anos, e foi lascada nas rochas deste mar subterrâneo!

– Mas ela não veio sozinha – exclamei. – Tampouco torceu-se por conta própria! Alguém esteve aqui antes de nós!

– Sim! Um homem.

– E quem é esse homem?

– Esse homem gravou seu nome com esta adaga em algum lugar. Este homem queria, mais uma vez, indicar o caminho para o centro da Terra com suas próprias mãos. Vamos procurar! Vamos procurar!

E, com atenção meticulosa, caminhamos ao longo da muralha, espiando as menores fissuras que poderiam se transformar em um túnel.

Chegamos então a um lugar onde a costa ficava mais estreita. O mar quase banhava o pé dos penhascos, deixando uma passagem de, no máximo, uma toesa de largura. Entre duas rochas salientes, podia-se notar a entrada de um túnel escuro.

Ali, em uma placa de granito, havia duas letras misteriosas um tanto corroídas; as iniciais do ousado e fantástico viajante:

– A. S.! – exclamou meu tio. – Arne Saknussemm! Sempre Arne Saknussemm!

XL

Desde o início da jornada, tive muitas surpresas; acreditava, portanto, que estava imune a elas e indiferente quanto a qualquer espanto. No entanto, ao ver aquelas duas letras gravadas ali trezentos anos atrás, fui dominado por um assombro próximo da estupidez. Não apenas via a assinatura do alquimista erudito legível na rocha, como também tinha em minhas mãos a ferramenta que a gravara. A menos que eu quisesse demonstrar uma flagrante má-fé, não podia mais duvidar da existência do viajante e da realidade de sua jornada.

Enquanto essas reflexões giravam na minha cabeça, o Professor Lidenbrock se entregava a um acesso um tanto ditirâmbico em relação a Arne Saknussemm.

– Gênio maravilhoso! – ele exclamou. – Você não esqueceu de abrir o caminho pela crosta terrestre para outros mortais, e seus companheiros humanos poderão encontrar os vestígios que seus pés deixaram três séculos atrás nas profundezas destes subterrâneos escuros! Você reservou a contemplação dessas maravilhas para outros olhos além dos seus! Seu nome, gravado em todas as etapas, conduz diretamente ao destino o viajante ousado o suficiente para segui-lo, e, no centro do nosso planeta, mais uma vez, o encontraremos inscrito com suas próprias mãos. Muito bem, eu também deixarei meu nome nessa última página de granito! Mas que, a partir de agora, este promontório visto por ti, próximo ao oceano que descobriu, seja conhecido para sempre como o Cabo Saknussemm!

Foi o que ouvi, ou quase isso, e não pude resistir ao entusiasmo que essas palavras transpiravam. Um fogo interior ardeu novamente no meu peito! Esqueci tudo; dos perigos da jornada aos riscos do retorno. O que o outro havia feito eu também queria fazer, e nada do que era humano parecia impossível para mim!

– Em frente! Avante! – gritei.

Eu já estava correndo em direção ao túnel escuro quando o professor me deteve; ele, o homem impulsivo, aconselhou-me a manter a paciência e a calma.

– Antes de qualquer coisa, voltemos até Hans – sugeriu ele. – Precisamos trazer a jangada para este local.

Obedeci a essa ordem, não sem desagrado, e deslizei rapidamente entre os rochedos das margens.

– O senhor notou, tio – eu disse durante a caminhada –, que as circunstâncias nos serviram extraordinariamente bem até agora?

– Ah! É o que você acha, Axel?

– Sem dúvida; até a tempestade nos colocou de volta no caminho certo. Bendita seja! Ela nos trouxe novamente a esta costa, da qual o bom tempo teria nos privado. Suponhamos por um momento que estivéssemos com nossa proa (a proa de uma jangada!) na costa sul do Mar Lidenbrock. O que seria de nós? Não teríamos visto o nome Saknussemm e agora estaríamos abandonados numa praia sem saída.

– Sim, Axel, há algo providencial no fato de que, enquanto navegávamos para o sul, estávamos precisamente voltando para o norte e em direção ao Cabo Saknussemm. Devo dizer que isso é mais do que surpreendente; é um fato cuja explicação me escapa.

– Ah, não importa! A questão não é explicar os fatos, mas se beneficiar deles!

– Sem dúvida, meu rapaz, mas...

– Mas vamos voltar para a rota do norte e passar pelas regiões setentrionais da Europa, da Suécia e da Sibéria, eu sei lá, em vez de nos embrenharmos sob os desertos da África ou as ondas do oceano, e não quero saber de mais nada!

– Sim, Axel, você está certo e tudo está indo bem, pois estamos deixando para trás aquele oceano horizontal que não levaria a lugar nenhum. Agora vamos descer, descer novamente e continuar descendo! Você sabia que restam apenas mil e quinhentas léguas para o centro do globo?

– Bah! – exclamei. – Nem vale a pena falar sobre isso! Vamos! Vamos!

Essa conversa maluca ainda estava acontecendo quando nos juntamos ao caçador. Tudo fora preparado para uma partida instantânea. Todos os pacotes foram colocados a bordo. Tomamos nossos lugares na jangada, e, com a vela içada, Hans nos conduziu ao longo da costa até o Cabo Saknussemm.

O vento não era adequado para um tipo de embarcação incapaz de manobrar contra ele. Então, em muitos momentos, fomos forçados a remar com os bastões com ponta de ferro. Frequentemente, as rochas, logo abaixo da superfície, nos obrigavam a fazer longos desvios. Por fim, depois de três horas navegando, isto é, por volta das seis da tarde, chegamos a um local adequado para o desembarque.

Saltei na praia, seguido por meu tio e pelo islandês. A travessia não me acalmara. Pelo contrário. Até propus queimar "nossos barcos" para impedir qualquer retirada, mas meu tio se opôs à ideia. Eu o achei estranhamente fleumático.

– Pelo menos – eu disse –, avancemos sem perder um único minuto.

– Sim, meu rapaz – ele respondeu. – Mas primeiro examinemos esse novo túnel para saber se devemos preparar nossas escadas.

Meu tio ligou sua bobina de Ruhmkorff; e a jangada ancorada à costa foi deixada para trás. A entrada do túnel estava a menos de vinte passos de distância, e nosso pequeno grupo, comigo na frente, caminhou em direção a ela sem demora.

A abertura, mais ou menos redonda, tinha cerca de cinco pés de diâmetro; o túnel escuro fora esculpido na rocha viva e cuidadosamente alisado pela matéria eruptiva que antes passava por ele; o interior, por sua vez, estava nivelado com o chão do lado de fora, de modo que pudemos entrar sem nenhuma dificuldade.

Seguíamos por um plano quase horizontal quando, após seis passos, nosso progresso foi interrompido por um enorme bloco no caminho.

– Rocha maldita! – gritei de raiva quando de repente me vi parado diante de um obstáculo intransponível.

Procuramos de cima a baixo, da esquerda à direita, mas não havia passagem ou bifurcação. Fiquei profundamente decepcionado e não queria admitir a realidade do obstáculo. Abaixei-me. Olhei embaixo do bloco. Nenhuma abertura. Olhei para cima. A mesma barreira de granito. Hans levou sua lâmpada a todas as partes da rocha, mas esta não oferecia qualquer possibilidade de avanço. Era preciso desistir de toda esperança de passar.

Sentei-me no chão; meu tio subia e descia pelo túnel.

– Mas e quanto ao Saknussemm? – perguntei.

– Sim – disse meu tio –, teria sido detido por esta porta de pedra?

– Não! Não! – respondi ansiosamente. – Este pedaço de rocha bloqueou repentinamente a passagem após algum tremor ou um desses fenômenos magnéticos que movem a crosta terrestre. Muitos anos se passaram entre o retorno de Saknussemm e a queda deste bloco. Não é evidente que esse túnel já foi uma passagem para a lava e que o material eruptivo fluía nele livremente? Veja, há fissuras recentes que sulcam esse teto de granito; trata-se de pedaços que foram trazidos até aqui, de pedras enormes, como se a mão de algum gigante tivesse trabalhado nessa substrução. Um dia, houve um empurrão mais poderoso, e esse bloco, semelhante a uma pedra angular, deslizou até o chão, bloqueando completamente a passagem. É apenas uma obstrução acidental que Saknussemm não encontrou, e, se não a transpusermos, não seremos dignos de alcançar o centro da Terra!

Foi assim que falei! A alma do professor fora transferida para mim. O espírito de descoberta me inspirava. Esqueci o passado e desdenhei o futuro. Nada mais existia para mim na superfície do globo em cujo interior eu estava mergulhado, nem as cidades, nem os campos, nem Hamburgo, nem a Königstrasse, nem minha pobre Graüben, que devia imaginar que eu estava perdido para sempre nas entranhas da Terra!

– Muito bem! – recomeçou meu tio. – Com nossas picaretas e enxadas, abriremos caminho! Vamos derrubar o muro!

– Ele é duro demais para nossas picaretas – exclamei.

– Bem, então, usaremos as enxadas!

– Ele é comprido demais para nossas enxadas!

– Mas...!

– Muito bem! Pólvora! Uma mina! Vamos fazer uma mina e explodir o obstáculo!

– Pólvora!

– Sim, trata-se apenas de um pedaço de rocha!

– Hans, ao trabalho! – gritou meu tio.

O islandês foi à jangada e logo retornou com uma picareta que usou para cavar um buraco para a mina. Não foi uma tarefa fácil. Precisávamos fazer um buraco grande o suficiente para abrigar cinquenta libras[77] de algodão-pólvora, cuja força explosiva é quatro vezes maior que a da pólvora de canhão.

Minha mente estava em um estado de tremenda excitação. Enquanto Hans trabalhava, eu ajudava meu tio ansiosamente a preparar um longo pavio com pólvora molhada dentro de um tubo de tecido.

---

77   Unidade de peso em que uma libra equivale a 0,454 quilogramas.

– Vamos conseguir! – eu disse.

– Vamos conseguir – repetiu meu tio.

À meia-noite, nosso trabalho de mineração estava terminado; a carga de algodão-pólvora fora empurrada para dentro do buraco, e o longo pavio, que se estendia pelo túnel, alcançava o lado de fora.

Uma faísca seria o suficiente para ativar aquele formidável dispositivo.

– Amanhã – disse o professor.

Tive que me resignar e esperar mais seis longas horas!

XLI

O dia seguinte, 27 de agosto, foi uma data célebre em nossa jornada subterrânea. Ela nunca retorna à minha mente sem causar terror, fazendo meu coração bater mais rápido. A partir daquele momento, nossa razão, nosso julgamento e nossa inventividade não desempenharam mais nenhum papel; estávamos prestes a nos tornar brinquedos dos fenômenos da Terra.

Às seis horas, estávamos acordados. Havia chegado o momento em que abriríamos passagem através da crosta de granito com a pólvora.

Eu pedi a honra de atear fogo à mina. Concluída essa tarefa, eu deveria me juntar aos meus companheiros na jangada, que ainda não havia sido descarregada; nós nos afastaríamos para evitar os perigos da explosão, cujos efeitos poderiam não se concentrar no interior do maciço.

O pavio queimaria por dez minutos, de acordo com nossos cálculos, antes de atear fogo ao buraco com a pólvora. Eu tinha, portanto, tempo suficiente para voltar à jangada.

Eu me preparei para cumprir minha tarefa, não sem alguma ansiedade.

Depois de uma refeição apressada, meu tio e o caçador embarcaram enquanto eu permaneci na praia. Eu estava equipado com uma lanterna acesa que usaria para atear fogo ao pavio.

– Vá, meu rapaz – disse meu tio –, e volte imediatamente para se juntar a nós.

– Não se preocupe – respondi. – Não me distrairei no caminho.

Imediatamente, caminhei em direção à boca do túnel. Com a lanterna em mãos, segurei a ponta do pavio.

O professor estava com o cronômetro.

– Você está pronto? – ele perguntou.

– Estou pronto.

– Então, fogo, meu rapaz!

Mergulhei rapidamente o pavio na chama, que faiscou com o contato, e voltei correndo para a praia.

– Venha a bordo rapidamente – disse meu tio –, e vamos embora.

Hans nos empurrou de volta ao mar com um impulso poderoso. A jangada afastou-se cerca de vinte toesas.

Foi um momento emocionante. O professor observava o ponteiro do cronômetro.

– Mais cinco minutos! – ele disse. – Quatro! Três!

Meu pulso batia a cada meio segundo.

– Dois! Um... Desmoronem, montanhas de granito!

O que aconteceu então? Acho que não ouvi o barulho da explosão. Mas a forma dos rochedos mudou de repente diante dos meus olhos; eles se abriram como uma cortina. Vi um abismo insondável se abrir na praia. O mar, dominado pela vertigem, transformou-se em uma enorme onda em cujas costas a jangada fora erguida perpendicularmente.

Nós três caímos. Em menos de um segundo, a luz deu lugar à mais profunda escuridão. Então, senti um sólido apoio ceder, não sob os meus pés, mas sob a jangada. Pensei que estávamos naufragando.

Mas não era nada disso. Eu queria falar com meu tio, mas o rugido das ondas o impediria de me ouvir.

Apesar da escuridão, do barulho, da surpresa e da ansiedade, entendi o que havia acontecido.

Atrás da rocha que havia explodido, havia um abismo. A explosão provocara uma espécie de terremoto naquele solo sulcado de fissuras; um abismo, então, se abrira, e o mar, transformado em torrente, nos arrastava com ele.

Imaginei ser este o fim.

Uma hora ou duas se passaram, não saberia dizer! Agarrávamos as mãos uns dos outros para não sermos atirados da jangada. Choques extremamente violentos aconteciam sempre que colidíamos contra as muralhas. No entanto, esses choques eram raros, o que me permitia concluir que o túnel se alargava consideravelmente. Sem dúvida, era o caminho que Saknussemm havia tomado; porém, em vez de tomá-lo sozinhos, com nosso descuido trouxemos um mar inteiro conosco.

Naturalmente, essas ideias se apresentavam à minha mente de maneira vaga e obscura. Tive dificuldade em associá-las durante aquela corrida vertiginosa que mais parecia uma queda. A julgar pelo ar que chicoteava meu rosto, a velocidade devia ultrapassar a de um trem expresso. Acender uma tocha nessas condições era, portanto, impossível, e nosso último dispositivo elétrico se quebrara no momento da explosão.

Fiquei, portanto, muito surpreso quando vi uma luz brilhar de repente perto de mim. Ela iluminava o rosto calmo de Hans. O caçador habilidoso conseguira acender a lanterna e, ainda que ela tremeluzisse e parecesse estar prestes a apagar, lançava alguma luz naquela escuridão terrível.

O túnel era amplo. Eu estava certo quanto a isso. A luz fraca não nos permitia ver suas duas paredes ao mesmo tempo. A inclinação das águas que nos carregavam excedia a das correntezas mais intransponíveis da América. Sua superfície parecia composta de um feixe de flechas líquidas disparadas com extrema força. Não poderia transmitir minha impressão com uma comparação mais justa. A jangada, às vezes apreendida por um redemoinho, girava à medida que avançava. Quando ela se aproximou das paredes do túnel, joguei a luz da lanterna sobre elas e pude avaliar a velocidade da jangada vendo as saliências das rochas se transformarem em traços contínuos, de modo que parecíamos presos a uma rede de linhas em movimento. Estimei nossa velocidade em trinta léguas por hora.

Meu tio e eu trocávamos olhares frenéticos, agarrados ao toco do mastro que se quebrara no momento da catástrofe. Viramos as costas para a corrente de ar para não sermos sufocados pela velocidade de um movimento que nenhuma força humana poderia deter.

Enquanto isso, as horas se passavam. Nossa situação não havia mudado, mas um incidente veio complicá-la.

Enquanto tentava colocar nossas cargas em ordem, descobri que a maior parte dos itens a bordo havia desaparecido no momento da explosão, quando o mar nos atingiu tão violentamente! Eu queria saber exatamente com que recursos contar, e, com a lanterna em mãos, iniciei minha investigação. Dos nossos instrumentos, restavam apenas a bússola e o cronômetro. Nosso estoque de cordas e escadas fora reduzido a um resto de corda enrolada ao redor do tronco do mastro. Já não havia mais enxadas, picaretas, martelos e, para nosso irreversível infortúnio, tínhamos apenas um dia de suprimentos alimentares!

Eu procurei em todos os cantos da jangada, nos menores espaços formados pelas vigas e junção das tábuas. Nada! Nossos suprimentos de comida haviam sido reduzidos a um pouco de carne seca e alguns biscoitos.

Olhava com uma expressão de estupidez. Eu não queria entender! E, no entanto, com que perigo estava me preocupando? Mesmo que tivéssemos suprimentos de comida para meses ou anos, como poderíamos sair das profundezas para onde a torrente irresistível estava nos arrastando? Por que temer as torturas da fome quando a morte nos ameaçava de tantas outras formas? Haveria tempo suficiente para morrer de fome?

No entanto, devido a um capricho inexplicável da imaginação, esquecia-me do perigo imediato, e as ameaças do futuro apareciam diante de mim em todo seu horror. De qualquer modo, talvez pudéssemos escapar da fúria da torrente e retornar à superfície do globo. Como? Eu não sei. Onde? Não importa. Uma chance em mil ainda era uma chance, enquanto a morte pela fome não nos deixava nenhuma esperança, por mais remota que fosse.

Ocorreu-me que eu deveria contar tudo ao meu tio, mostrar-lhe a que penúria estávamos reduzidos e calcular exatamente quanto tempo nos restava para viver. Mas tive a coragem de permanecer calado. Queria que ele mantivesse a compostura.

Naquele momento, a luz de nossa lanterna diminuiu pouco a pouco até apagar-se por completo. O pavio queimara até o fim. A escuridão tornara-se absoluta outra vez. Não podíamos mais pensar em afugentar aquele breu impenetrável. Restava ainda uma tocha, mas não conseguiríamos mantê-la acesa. Então, como uma criança, fechei meus olhos para não ver toda aquela escuridão.

Após um longo intervalo de tempo, nossa velocidade aumentou. Percebi pela sensação do ar em meu rosto. A inclinação das águas tornara-se excessivamente acentuada. Acho que não mais escorregávamos; estávamos caindo. Tinha a impressão de uma queda quase vertical. As mãos do meu tio e de Hans, agarradas aos meus braços, seguravam-me com força.

De repente, depois de um intervalo de tempo que não pude estimar, senti uma espécie de choque; a jangada não havia atingido nenhum objeto duro, mas fora repentinamente detida em sua queda. Uma tromba-d'água, uma imensa coluna líquida nos envolveu com violência. Senti-me sufocado. Estava me afogando...

Mas essa inundação repentina não durou. Em alguns segundos, vi-me novamente ao ar livre, que inalei com toda a força dos meus pulmões. Meu tio e Hans apertavam meu braço a ponto de quase quebrá-lo, e a jangada ainda carregava nós três.

XLII

Suponho que deviam ser dez horas da noite. O primeiro dos meus sentidos que voltara a funcionar após o último ataque foi o da audição. Ouvi quase imediatamente, e foi um ato genuíno de audição; ouvi o silêncio cair no túnel e suceder os rugidos que encheram meus ouvidos por longas horas. Por fim, as palavras do meu tio chegaram-me como um murmúrio:

– Estamos subindo!

– O que o senhor está dizendo? – perguntei.

– Que estamos subindo! Subindo!

Estiquei meu braço, toquei a parede e recuei com a mão sangrando. Estávamos subindo com extrema rapidez.

– A tocha! A tocha! – gritou o professor.

Hans conseguiu acendê-la com dificuldade, e a chama, mantendo-se em pé apesar do movimento ascendente, lançou luz suficiente para iluminar o ambiente.

– Tal como eu imaginava – disse meu tio. – Estamos em um túnel estreito, com menos de quatro toesas de diâmetro. A água atingiu o fundo do abismo e está subindo de volta ao seu nível, levando-nos junto com ela.

– Para onde?

– Eu não sei, mas devemos estar preparados para qualquer coisa. Estamos subindo a uma velocidade que estimaria em duas toesas por segundo, ou seja, cento e vinte toesas por minuto ou mais de três léguas e meia por hora. Nesse ritmo, iremos longe.

– Sim, se nada nos detiver e se este poço tiver uma saída! Mas e se ele estiver bloqueado, se o ar for comprimido pela pressão dessa coluna de água, se formos esmagados?

– Axel – respondeu o professor com muita calma –, nossa situação é quase desesperadora, mas há algumas chances de fuga, e é isso que estou considerando. Se podemos perecer a qualquer momento, também podemos ser salvos a qualquer momento. Então, esteja pronto para tirar proveito das menores circunstâncias.

– Mas o que podemos fazer?

– Comer para recuperar nossas forças.

Com essas palavras, olhei desolado para o meu tio. O que eu não estava disposto a revelar precisava, enfim, ser dito:

– Comer? – eu repeti.

– Sim, sem demora.

O professor acrescentou algumas palavras em dinamarquês. Hans balançou a cabeça.

– O quê? – exclamou meu tio. – Perdemos nossos suprimentos de comida?

– Sim, esta é toda a comida que nos resta! Um pedaço de carne seca para nós três!

Meu tio olhou para mim sem querer entender minhas palavras.

– Bem – eu disse –, o senhor ainda acha que podemos ser salvos?

Minha pergunta não recebeu resposta.

Uma hora se passou. Comecei a sentir as dores de uma fome violenta. Meus companheiros também estavam sofrendo e nenhum de nós ousou tocar naquele resto miserável de comida.

Enquanto isso, ainda subíamos a uma velocidade extrema. Às vezes, o ar interrompia a respiração, como ocorre aos aeronautas cuja ascensão é rápida demais. Mas, enquanto eles sentem o frio na proporção de sua subida aos estratos atmosféricos, estávamos sujeitos a um efeito diametralmente oposto. O calor estava aumentando a uma taxa perturbadora e certamente chegava aos quarenta graus naquele momento.

O que significava aquela mudança? Até agora, os fatos confirmavam as teorias de Davy e Lidenbrock; as condições particulares das rochas refratárias, da eletricidade e do magnetismo haviam modificado as leis gerais da natureza, oferecendo-nos uma temperatura moderada, pois a teoria do fogo central continuava a ser, em minha opinião, a única verdadeira e explicável. Estávamos voltando a um ambiente em que esses fenômenos se aplicavam com todo o seu rigor e no qual o calor reduzia as rochas a um estado de fusão total? Era o que eu temia, e disse ao professor:

– Se não nos afogarmos nem nos despedaçarmos e tampouco morrermos de fome, ainda há uma chance de sermos queimados vivos.

Ele se limitou a encolher os ombros e voltou a refletir.

Mais uma hora se passou e, exceto por um ligeiro aumento de temperatura, nenhum incidente mudou a situação.

– Bem – disse ele –, precisamos tomar uma atitude.

– Tomar uma atitude? – perguntei.

– Sim. Devemos recuperar nossas forças. Se tentarmos prolongar nossa existência por algumas horas racionando esse resto de comida, ficaremos fracos até o fim.

– Sim, o fim, que não está longe.

– Muito bem! Se surgir uma chance de fuga, se for necessário um momento de ação, onde encontraremos forças se nos deixarmos enfraquecer pela fome?

– Ah, tio, quando este pedaço de carne for comido, o que nos restará?

– Nada, Axel, nada. Mas será mais útil devorá-lo com os olhos? Você tem o raciocínio de um homem sem força de vontade, de um ser sem energia!

– Então o senhor não se desespera? – exclamei, irritado.

– Não! – respondeu o professor com firmeza.

– O quê? O senhor ainda acha que há uma chance de escaparmos?

– Sim, certamente! Enquanto o coração bate e a carne pulsa, não posso admitir que qualquer criatura dotada de força de vontade seja dominada pelo desespero.

Que palavras! O homem que as pronunciava sob tais circunstâncias certamente não tinha uma mente comum.

– Bem – eu disse –, o que o senhor planeja fazer?

– Comer o que resta até a última migalha e recuperar as forças perdidas. Se esta refeição é a nossa última, que assim seja! Mas, ao menos, em vez de criaturas esgotadas, seremos homens novamente.

– Muito bem! Vamos comer! – exclamei.

Meu tio pegou o pedaço de carne e os poucos biscoitos que haviam escapado do naufrágio; ele os dividiu em três partes iguais e os distribuiu. Havia cerca de uma libra de alimento para cada um. O professor comeu avidamente, com uma espécie de ansiedade febril; eu, sem prazer, apesar de minha fome e quase com nojo; Hans, tranquilamente e com moderação, mastigando pequenos bocados sem fazer barulho e saboreando-os com a calma de um homem que não se inquietava quanto ao futuro. Ao vasculhar ao redor, encontrou um frasco de gim; ele nos ofereceu, e aquele licor benéfico conseguiu me reanimar um pouco.

– *Förtrafflg*! – disse Hans, bebendo.

– Excelente! – respondeu meu tio.

Voltei a ter alguma esperança. Mas nossa última refeição acabara. Eram cinco horas da manhã.

O homem é constituído de tal forma que sua saúde é um efeito puramente negativo; uma vez satisfeita a necessidade de comer, torna-se difícil imaginar os horrores da fome; ele precisa senti-los para entendê-los. Assim, alguns bocados de carne e biscoito depois de nosso longo jejum nos ajudaram a superar nossos sofrimentos passados.

Após a refeição, cada um de nós voltou a suas reflexões. Em que Hans estava pensando, aquele homem do extremo oeste dominado pela resignação fatalista dos orientais? Quanto a mim, meus pensamentos consistiam apenas em lembranças, e estas me levavam de volta à superfície do globo que eu nunca deveria ter deixado. A casa da Königstrasse, minha pobre Graüben e a boa Marthe esvoaçavam como visões diante dos meus olhos, e, nos estrondos sombrios que percorriam o maciço, pensava ser capaz de distinguir o barulho das cidades da Terra.

Meu tio, sempre "por conta própria", examinava cuidadosamente a natureza de nossos entornos com a tocha em mãos; ele tentava determinar nossa situação pela observação das camadas sobrepostas. Seu cálculo, ou melhor, sua estimativa, não poderia ser mais do que aproximada; mas um estudioso é sempre um estudioso se consegue manter a calma, e certamente o Professor Lidenbrock tinha essa qualidade em um grau incomum.

Eu o ouvia murmurar termos geológicos; era capaz de compreendê-los, e involuntariamente interessei-me por aquele derradeiro estudo.

– Granito eruptivo – ele dizia. – Ainda estamos no período primitivo; mas estamos subindo! Quem sabe?

Quem sabe? Ele continuava a ter esperanças. Com a mão, explorava a parede vertical e, instantes depois, continuava:

– Aqui estão os gnaisses! Os micaxistos! Bom! Logo virá o período de transição, e então...

O que o professor queria dizer? Ele podia medir a espessura da crosta terrestre acima de nossas cabeças? Tinha algum meio de fazer esse cálculo? Não. Ele não dispunha do manômetro, e nenhuma estimativa poderia substituí-lo.

Enquanto isso, a temperatura continuava a subir rapidamente, e eu me sentia imerso em uma atmosfera ardente. Só pude compará--lo ao calor que emana dos fornos de uma fundição no momento em que o metal derretido é derramado. Gradualmente, Hans, meu tio e eu fomos forçados a tirar nossas jaquetas e coletes; a mais leve peça de roupa provocava desconforto, para não dizer sofrimento.

– Estamos subindo em direção a uma fornalha ardente? – perguntei ao sentir o calor aumentar.

– Não – respondeu meu tio –, isso é impossível! É impossível!

– No entanto – eu disse, tocando a parede –, esta muralha está queimando.

No momento em que disse essas palavras, minha mão estava na água, e tive de puxá-la o mais rápido possível.

– A água está fervendo! – gritei.

Desta vez, o professor respondeu apenas com um gesto de raiva.

Então, um terror invencível tomou conta do meu cérebro e não o deixou mais. Tive o pressentimento de uma catástrofe iminente que nem a imaginação mais ousada poderia conceber. Uma ideia, vaga, incerta, transformou-se em certeza em minha mente. Tentava afastá-la, mas ela voltava teimosamente. Não me atrevi a expressá-la. No entanto, algumas observações involuntárias confirmavam minha convicção. À luz fraca da tocha, notava movimentos irregulares nas camadas de granito. Evidentemente, um fenômeno estava prestes a ocorrer, no qual a eletricidade desempenharia um papel. Ademais, havia aquele calor excessivo, aquela água fervente...! Quis verificar a bússola.

Ela estava louca!

XLIII

Sim, louca! A agulha saltava de um polo para o outro com solavancos repentinos, percorria todo o mostrador e girava como se estivesse com vertigem.

Eu sabia muito bem que, de acordo com as teorias mais aceitas, a crosta mineral do globo nunca está em estado de repouso absoluto; as mudanças provocadas pela decomposição das substâncias interiores, o movimento derivado das grandes correntes líquidas e o impacto do magnetismo tendem a sacudi-la continuamente, ainda que os seres espalhados por sua superfície não suspeitem de sua agitação. Portanto, esse fenômeno não poderia me assustar em demasia, tampouco provocar a terrível ideia em minha mente.

Mas outros fatos, outros detalhes *sui generis*, não poderiam me enganar por muito mais tempo. As detonações multiplicavam-se com uma intensidade assustadora. Só podia compará-las ao barulho de várias carruagens conduzidas rapidamente sobre paralelepípedos. Era um trovão contínuo.

Ademais, a bússola enlouquecida, abalada pelos fenômenos elétricos, confirmava minha opinião. A crosta mineral ameaçava romper-se, a maça granítica fundir-se, a fissura entupir-se e o vazio encher-se. E nós, pobres átomos, seríamos esmagados por esse abraço formidável.

– Tio, tio! – gritei. – Estamos perdidos!

– O que você teme agora? – perguntou com uma calma surpreendente. – Qual é o problema?

– O problema? Veja essas paredes se agitando, o maciço se desintegrando, o calor ardente, a água fervente, os vapores espessos, a agulha maluca, todos indicadores de um terremoto!

Meu tio balançou a cabeça suavemente.

– Um terremoto? – ele disse.

– Sim!

– Meu rapaz, acho que você está enganado.

– O quê? O senhor não reconhece os sinais...?

– De um terremoto? Não! Espero algo melhor que isso!

– O que o senhor quer dizer?

– Uma erupção, Axel.

– Uma erupção! – eu disse. – Estamos na cratera de um vulcão ativo?

– Acho que sim – disse o professor, sorrindo. – E essa é a melhor coisa que poderia acontecer conosco!

"A melhor coisa"? Meu tio estava louco? O que essas palavras significavam? Por que essa calma e esse sorriso?

– O quê? – exclamei. – Estamos numa erupção! O destino nos jogou no caminho da lava incandescente, das pedras ardentes, da água fervente e de todos os tipos de substâncias vulcânicas! Seremos expulsos, repelidos, ejetados, vomitados e lançados no ar junto a pedaços de rocha, chuvas de cinzas e escórias, num turbilhão de chamas, e essa é a melhor coisa que poderia acontecer conosco?

– Sim – respondeu o professor, olhando para mim por cima dos óculos –, pois essa é a única chance que temos de retornar à superfície da Terra!

Repassei rapidamente as mil ideias que cruzaram meu cérebro. Meu tio estava certo, absolutamente certo, e ele nunca pareceu mais ousado e convicto para mim do que naquele momento em que esperava e calculava calmamente as chances de uma erupção!

Enquanto isso, continuávamos subindo. A noite passou naquele movimento de ascensão; os barulhos ao redor aumentavam. Eu estava quase engasgando, e pensava que minha última hora havia chegado. Ainda assim, a imaginação é tão bizarra que me dedicava a uma verdadeira investigação infantil. Eu era, porém, vítima dos meus pensamentos e não podia dominá-los!

Era óbvio que estávamos sendo levados para cima por uma onda eruptiva; sob a jangada, havia água fervente e, sob a água, uma pasta de lava, um agregado de rochas que seriam lançadas em todas as direções no cume da cratera. Estávamos, portanto, na abertura de um vulcão. Não havia dúvidas a esse respeito.

Mas, desta vez, em vez do Sneffels, um vulcão extinto, estávamos dentro de um totalmente ativo. Eu me perguntava, consequentemente, que montanha seria essa e em que parte do mundo seríamos ejetados.

Nas regiões setentrionais, sem dúvida. Antes de enlouquecer, nossa bússola nunca apontara outra direção. Do Cabo Saknussemm, fomos levados para o norte por centenas de léguas. Teríamos voltado para a Islândia? Seríamos expulsos pela cratera do Monte Hekla ou por um dos sete outros vulcões da ilha? Naquele paralelo, num raio de quinhentas léguas a oeste, só me lembrava dos vulcões pouco conhecidos da costa noroeste da América. A leste só existia um no grau oitenta de latitude, o Esk, na ilha de Jan Mayen, não muito longe de Spitsbergen![78] Certamente não faltavam crateras, e elas eram espaçosas o suficiente para expelir um exército inteiro! Mas eu ainda tentava adivinhar qual delas nos serviria como saída.

Pela manhã, o movimento de subida acelerou. O calor aumentava em vez de diminuir à medida que nos aproximávamos da superfície do globo simplesmente porque era bem local e provocado pela influência vulcânica. Nosso tipo de movimento não podia mais deixar nenhuma dúvida em minha mente. Uma força enorme, uma

---

78 A ilha de Jan Mayen, cujo vulcão se chama Beerenberg, e não Esk, localiza-se entre a Groenlândia e a Noruega, distante de Spitsbergen, arquipélago do Círculo Polar Ártico.

pressão de várias centenas de atmosferas geradas pelos vapores acumulados nos impulsionava irresistivelmente. Mas a quantos perigos incontáveis ela nos expunha!

Logo, reflexos fulvos penetraram no túnel vertical cada vez maior; à direita e à esquerda, notava corredores profundos que se assemelhavam a imensos túneis, dos quais escapavam vapores espessos; línguas de fogo lambiam as paredes e estalavam.

– Veja, tio, veja! – eu gritei.

– Bem, essas são chamas sulfurosas. Nada mais natural durante uma erupção.

– Mas e se elas nos engolirem?

– Elas não vão nos engolir.

– E se formos sufocados?

– Nós não vamos sufocar. O túnel está se alargando, e, se necessário, abandonaremos a jangada e nos abrigaremos em uma fenda.

– Mas e quanto à água?

– Não há mais água, Axel, apenas uma espécie de pasta de lava que está nos levando até a saída da cratera.

A coluna líquida havia realmente desaparecido, dando lugar a matérias eruptivas bastante densas, embora borbulhantes. A temperatura estava se tornando insuportável, e um termômetro exposto a essa atmosfera teria marcado mais de setenta graus! O suor me inundava. Sem a velocidade da subida, certamente teríamos sufocado.

O professor não cumpriu sua proposta de abandonar a jangada, e ele fez bem. Aquelas poucas vigas de madeira mal unidas nos ofereciam uma superfície sólida, um suporte que não encontraríamos em nenhuma outra parte.

Por volta das oito da manhã, um novo incidente ocorreu pela primeira vez. O movimento ascensional parou de repente. A jangada estava absolutamente imóvel.

– O que houve? – perguntei, abalado por essa parada repentina como se tivesse levado um choque.

– Uma parada – respondeu meu tio.
– A erupção parou?
– Espero que não.

Eu me levantei. Tentei olhar ao redor. Talvez a própria jangada, detida por uma saliência na rocha, estivesse oferecendo uma resistência temporária à massa vulcânica. Nesse caso, deveríamos nos apressar para libertá-la o mais rápido possível.

Mas não era nada disso. A própria coluna de cinzas, escórias e fragmentos de rochas havia parado de subir.

– A erupção está parando? – perguntei.
– Ah! – disse meu tio entre dentes cerrados. – É isso que você teme, meu rapaz. Mas não se preocupe, esse momento de calma não se prolongará muito; ele já dura cinco minutos, e em breve retomaremos nossa jornada até a boca da cratera.

Enquanto falava, o professor continuava a checar seu cronômetro; mais uma vez, estaria certo em seus prognósticos. Logo, a jangada foi abalada por um movimento rápido, mas irregular, que durou cerca de dois minutos e tornou a parar.

– Bom – disse meu tio, verificando as horas. – Em dez minutos, ela retomará sua jornada.

– Dez minutos?

– Sim. Estamos lidando com uma erupção intermitente. O vulcão está nos permitindo respirar com ele.

Era a mais pura verdade. No tempo previsto, fomos novamente lançados a uma velocidade extrema. Precisávamos segurar as vigas de madeira com força para não sermos jogados para fora da jangada. Então, o impulso cessou.

Desde então, reflito sobre esse fenômeno estranho sem encontrar uma explicação satisfatória. De qualquer maneira, era óbvio que não estávamos na abertura principal do vulcão, mas em um túnel secundário que estava sujeito a um efeito de refluxo.

Quantas vezes essa manobra se repetiu, não sei responder. Tudo o que posso dizer é que, a cada recomeço, éramos lançados adiante por uma força crescente, como se estivéssemos num projétil. Durante os curtos intervalos, sufocávamos; durante os momentos de ascensão, o ar quente cortava minha respiração. Pensei por um momento como seria delicioso me encontrar repentinamente transportado para as regiões árticas a um frio de trinta graus abaixo de zero. Minha imaginação superestimulada passeava nas planícies nevadas das terras árticas, e eu ansiava pelo momento em que rolaria pelos tapetes gelados do polo! Pouco a pouco, alquebrado pelos choques repetidos, perdi a cabeça. Não fossem os braços fortes de Hans, eu teria arrebentado meu crânio mais de uma vez nas paredes de granito.

Portanto, não tenho uma lembrança exata do que aconteceu durante as horas seguintes. Tenho a sensação confusa de detonações contínuas, da agitação do maciço e de um movimento giratório que apreendia a jangada. Ela flutuava sobre a inundação de lava, em meio a uma saraivada de cinzas. Era envolvida por chamas que rugiam. Um furacão que parecia vir de um enorme ventilador agitava os fogos subterrâneos. Uma última vez, o rosto de Hans apareceu para mim num reflexo do fogo, e então não tive mais nenhuma sensação além do terror sombrio dos condenados amarrados à boca de um canhão no momento em que o tiro é disparado e espalha seus membros pelos ares.

XLIV

Quando abri meus olhos novamente, senti a mão vigorosa do guia segurando-me pela cintura. Com a outra mão, ele sustentava meu tio. Eu não estava gravemente ferido, mas alquebrado por dores em geral. Encontrei-me deitado na encosta de uma montanha, a dois passos de um abismo no qual eu teria caído ao menor movimento. Hans salvara-me da morte enquanto eu rolava pelos flancos da cratera.

– Onde estamos? – perguntou meu tio, que parecia muito zangado por termos voltado à Terra.

O caçador encolheu os ombros como sinal de ignorância.

– Na Islândia – eu disse.

– *Nej* – respondeu Hans.

– O quê? Não é a Islândia? – perguntou o professor.

– Hans está enganado – eu disse, levantando-me.

Após as inúmeras surpresas dessa jornada, mais uma reviravolta incrível estava reservada para nós. Eu esperava ver um cone de montanha coberto de neve eterna, no meio dos desertos áridos das regiões setentrionais sob os pálidos raios de um céu ártico, além das mais altas latitudes; porém, contrariamente a todas essas expectativas, meu tio, o islandês e eu estávamos no flanco de uma montanha calcinada pelo calor do sol, que nos devorava com seu ardor.

Eu não podia acreditar no que meus olhos viam; mas o verdadeiro cozimento ao qual meu corpo era submetido não deixava margem para dúvidas. Tínhamos saído seminus da cratera, e a estrela radiante, a qual não víamos há dois meses, nos pareceu pródiga de luz e calor, banhando-nos numa radiação esplêndida.

Quando meus olhos se ajustaram a esse brilho do qual haviam se desacostumado, usei-os para corrigir os erros da minha imaginação. Eu queria estar ao menos em Spitsbergen, e não dispunha de humor para ceder tão facilmente.

O professor foi o primeiro a falar, e disse:

– De fato, isso não parece muito com a Islândia.

– Seria a ilha de Jan Mayen? – sugeri.

– Também não. Este não é um vulcão do norte, com seus picos de granito e sua camada de neve.

– No entanto...

– Veja, Axel, veja!

Acima de nossas cabeças, a uma altura de mais de quinhentos pés, vimos a cratera de um vulcão, da qual uma alta coluna de fogo misturada com pedras-pomes, cinzas e lava se lançava a cada quinze minutos com uma forte explosão. Pude sentir a elevação da montanha, que respirava como uma baleia e, de tempos em tempos, ejetava fogo e vento de seus enormes respiradouros. Abaixo de nós, em uma ladeira bastante íngreme, lençóis de matéria eruptiva se estendiam por oitocentos ou novecentos pés, o que significava que a altura total do vulcão era inferior a trezentas toesas. Sua base desaparecia em uma verdadeira corbelha de árvores verdes, entre as quais notei oliveiras, figueiras e videiras cobertas de uvas roxas.

De fato, aquele lugar não se parecia em nada com as regiões árticas.

Quando os olhos se moviam para além daqueles limites verdejantes, rapidamente se perdiam nas águas de um admirável lago ou mar, o que significava que aquele lugar encantado era uma ilha com poucas léguas de largura. A leste, via-se um pequeno porto com algumas casas espalhadas ao redor, onde barcos de formato singular flutuavam nas ondas da água azul-celeste. Mais além, grupos de ilhotas emergiam da planície aquática, tão numerosos que mais pareciam um grande formigueiro. Em direção ao pôr do sol, costas distantes ladeavam o horizonte; em algumas, perfilavam-se montanhas azuis em um arranjo harmonioso; em outras, mais distantes, aparecia uma montanha extremamente alta com uma nuvem de fumaça no cume. Ao norte, uma imensa extensão de água brilhava à luz do sol, revelando aqui e ali o topo dos mastros ou a forma convexa das velas sopradas pelo vento.

A natureza imprevista daquele espetáculo centuplicava suas maravilhosas belezas.

– Onde estamos? Onde estamos? – repetia em voz baixa.

Hans fechou os olhos com indiferença, e meu tio observava sem entender.

– Qualquer que seja esta montanha – disse ele finalmente –, está muito quente aqui. As explosões ainda estão acontecendo, e realmente não valeria a pena escapar de uma erupção apenas para ser atingido na cabeça por um pedaço de rocha. Vamos descer e descobrir o que está acontecendo. Ademais, estou morrendo de fome e sede.

O professor definitivamente não tinha uma disposição contemplativa. Se fosse por mim, ficaria neste lugar por muitas horas, esquecendo a necessidade e a exaustão. No entanto, tive que seguir meus companheiros.

As encostas do vulcão eram muito íngremes; deslizamos para dentro de verdadeiros buracos cheios de cinzas e evitamos as correntes de lava que corriam como serpentes de fogo. Enquanto descíamos, eu tagarelava com volubilidade, pois minha imaginação estava cheia demais para não transbordar em palavras.

– Estamos na Ásia – exclamei –, nas costas da Índia, nas Ilhas Malaias ou em plena Oceania! Atravessamos metade do globo para alcançar os antípodas da Europa.

– Mas e quanto à bússola? – perguntou meu tio.

– Sim! A bússola! – respondi com um olhar confuso. – De acordo com ela, caminhávamos sempre para o norte!

– Então ela mentia?

– Mentia!

– A menos que este seja o Polo Norte!

– O Polo! Não, mas...

Aquele era um fato que eu não conseguia explicar. Não sabia o que pensar.

Mas agora estávamos nos aproximando da vegetação, o que era um prazer de se ver. A fome e a sede nos atormentavam. Felizmente, após duas horas de caminhada, uma bela paisagem apareceu diante de nossos olhos, repleta de oliveiras, romãzeiras e vinhedos que pareciam pertencer a todos. De qualquer modo, em nossa penúria, não podíamos ser exigentes. Que prazer espremer essas frutas saborosas em nossos lábios e morder cachos inteiros das videiras. Não muito longe, descobri uma fonte de água fresca na grama, sob a deliciosa sombra das árvores, na qual mergulhamos voluptuosamente nossos rostos e mãos.

Enquanto cada um de nós se rendia a toda a doçura do descanso, uma criança apareceu entre dois grupos de oliveiras.

– Ah! – exclamei. – Um habitante desta terra feliz!

Era um pobre coitado, miseravelmente vestido, bastante doentio e aparentemente muito assustado com a nossa aparência; de fato, seminus e com as barbas desgrenhadas, devíamos parecer horríveis, e, a menos que aquela fosse uma terra de ladrões, tínhamos tudo para assustar seus habitantes.

Quando o garoto estava prestes a fugir, Hans foi atrás dele e o trouxe de volta, apesar de seus gritos e chutes.

Meu tio começou por tranquilizá-lo o melhor que pôde e perguntou em bom alemão:

– Como se chama essa montanha, meu amiguinho?

A criança não respondeu.

– Bem – disse meu tio. – Nós não estamos na Alemanha.

E repetiu a mesma pergunta em inglês.

Mais uma vez, a criança não respondeu. Eu estava muito curioso.

– Ele é mudo? – perguntou o professor, que, orgulhoso de seu poliglotismo, agora repetia a pergunta em francês.

O mesmo silêncio.

– Agora vamos tentar italiano – disse meu tio. E falou naquela língua: – *Dove noi siamo?*[79]

– Sim, onde estamos? – repeti com impaciência.

A criança ainda não respondia.

– Ora, você não vai falar? – gritou meu tio, que começava a perder a paciência e sacudia a criança pelos ouvidos. – *Come si noma questa isola?*[80]

– *Stromboli*[81] – respondeu o pastorzinho, que escapuliu das mãos de Hans e correu até a planície por entre as oliveiras.

Nós não tínhamos pensado nele! O Stromboli! Que efeito esse nome inesperado teve na minha imaginação! Estávamos no Mediterrâneo, no meio do arquipélago mitológico das Eólias, na antiga cidade de Strongyle, onde Éolo[82] mantinha os ventos e as tempestades acorrentados. Aquelas montanhas azuis que se curvavam no leste eram as montanhas da Calábria! E aquele vulcão que se erguia no horizonte sul era o Etna, o feroz Etna!

– Stromboli! Stromboli! – eu repetia.

Meu tio me acompanhava com seus gestos e palavras. Parecíamos estar cantando em coro!

Ah! Que jornada! Que maravilhosa jornada! Tendo entrado em um vulcão, havíamos saído por outro, e este ficava a mais de mil e duzentas léguas do Sneffels e daquela paisagem árida da Islândia nos

---

79 "Onde estamos?"

80 "Como se chama esta ilha?"

81 Ilha vulcanicamente ativa na costa nordeste da Sicília.

82 Deus dos ventos na mitologia grega.

confins do mundo! As coincidências da expedição nos levaram ao coração das áreas mais harmoniosas da Terra. Trocamos as regiões de neve eterna por aquelas de verde infinito e deixamos o nevoeiro acinzentado das regiões geladas para voltar sob o céu azul da Sicília!

Depois de uma deliciosa refeição de frutas e água fresca, partimos novamente para chegar ao porto de Stromboli. Revelar como chegamos à ilha não nos parecia aconselhável: os italianos, com sua tendência supersticiosa, inevitavelmente nos veriam como demônios expelidos do seio do inferno. Desse modo, tivemos que nos resignar a fingir que éramos apenas vítimas de um naufrágio. Era menos glorioso, mas mais seguro.

No caminho, ouvi meu tio murmurando:

– Mas a bússola! A bússola que apontava para o norte! Como explicar isso?

– Bem! – eu disse com um ar de grande desdém. – Não explique, é mais fácil!

– De modo algum! Um professor da Johanneum incapaz de encontrar a resposta para um fenômeno cósmico seria uma desgraça!

Enquanto pronunciava essas palavras, meu tio, seminu, com a bolsa de couro na cintura e os óculos no nariz, tornava-se mais uma vez o temido professor de Mineralogia.

Uma hora depois de deixarmos o olival, chegamos ao porto de San Vicenzo, onde Hans reivindicou o salário de sua décima terceira semana de serviço, que lhe foi pago com apertos de mão calorosos.

Naquele momento, mesmo que ele não compartilhasse nossa emoção natural, ao menos se permitiu uma expressão incomum de sentimento.

Com as pontas dos dedos, ele pressionou levemente nossas duas mãos e começou a sorrir.

XLV

Este é o fim de uma história em que mesmo as pessoas que não costumam se surpreender com nada podem se recusar a acreditar. Mas estou antecipadamente armado contra a incredulidade humana.

Os pescadores de Stromboli nos receberam com o cuidado normalmente dispensado às vítimas de naufrágio. Eles nos deram roupas e comida. Após quarenta e oito horas de espera, um pequeno barco a remo nos levou a Messina[83] em 31 de agosto, onde alguns dias de descanso nos ajudaram a nos recuperar de toda a nossa exaustão.

Na sexta-feira, 4 de setembro, embarcamos no navio a vapor *Volturne*, uma das embarcações usadas pelos serviços postais imperiais da França, e três dias mais tarde desembarcamos em Marselha, com apenas uma preocupação em mente: a bússola amaldiçoada. Esse fato inexplicável continuava me incomodando muito a sério. Na noite do dia 9 de setembro, chegamos a Hamburgo.

Nem tentarei descrever o espanto de Marthe e a alegria de Graüben.

— Agora que é um herói, Axel — disse minha querida noiva, — você nunca mais precisará me deixar!

---

83   Cidade no nordeste da Sicília.

Eu olhei para ela. Ela chorava e sorria ao mesmo tempo.

Deixo para você imaginar se o retorno do Professor Lidenbrock a Hamburgo causou sensação. Graças à indiscrição de Marthe, as notícias de sua partida para o centro da Terra se espalharam por todo o mundo. As pessoas recusavam-se a acreditar e, quando o viram novamente, recusaram-se ainda mais.

Porém, a presença de Hans e as várias informações que vieram da Islândia mudaram gradualmente a opinião pública.

Então, meu tio se tornou um grande homem, e eu próprio o sobrinho de um grande homem, o que é ao menos alguma coisa. Hamburgo deu uma festa em nossa homenagem. Uma palestra pública ocorreu na Johanneum, onde o professor contou a história de sua expedição e omitiu apenas os fatos relacionados à bússola. No mesmo dia, ele depositou o documento de Saknussemm nos arquivos municipais e expressou seu profundo pesar pelo fato de que circunstâncias mais poderosas que sua vontade o impediram de seguir os traços do viajante islandês até o centro da Terra. Ele era humilde em sua glória, e sua reputação aumentou ainda mais.

Tanta honra inevitavelmente criava inveja. E como suas teorias, sustentadas por fatos sólidos, contradiziam as teorias científicas existentes sobre a questão do calor central, ele teve notáveis discussões com estudiosos de todos os países, por escrito e pessoalmente.

Da minha parte, não posso concordar com sua teoria do resfriamento: apesar do que vi, acredito e sempre acreditarei no calor do núcleo; mas admito que certas circunstâncias ainda não definidas podem modificar essa lei sob a ação de fenômenos naturais.

No momento em que essas questões estavam palpitantes, meu tio experimentou uma verdadeira tristeza. Hans, apesar de seus pedidos, havia deixado Hamburgo; o homem a quem devíamos tudo não queria nos deixar pagar nossa dívida. Ele sentia saudades da Islândia.

– *Farval* – ele disse um dia, e com essa simples palavra de despedida partiu para Reykjavik, onde chegou em segurança.

Éramos extremamente apegados ao nosso corajoso caçador de êideres; apesar de sua ausência, ele nunca será esquecido por aqueles cujas vidas salvou, e certamente eu não morrerei antes de vê-lo novamente uma última vez.

Para concluir, devo acrescentar que essa Viagem ao Centro da Terra causou uma enorme sensação no mundo. Foi impressa e traduzida para todas as línguas; e os principais jornais arrebataram os episódios principais uns dos outros, que foram comentados, debatidos, atacados e defendidos com igual convicção no campo dos crentes e dos céticos. Uma coisa rara! Durante sua vida, meu tio desfrutou toda glória que adquirira, e até o próprio Sr. Barnum propôs "exibi-lo" nos Estados da União por um preço muito alto.

Mas uma preocupação, pode-se até dizer um tormento, permanecia em meio a essa glória. Um fato ainda estava sem resposta: aquele que envolvia a bússola. Para um cientista, um fenômeno tão inexplicável se torna uma tortura para a inteligência. Pois bem! O Céu estava destinado a fazer meu tio completamente feliz.

Um dia, quando eu estava organizando uma coleção de minerais em seu escritório, notei a famosa bússola em um canto e comecei a examiná-la.

Ela estava lá há seis meses, sem saber do problema que estava causando.

De repente, o espanto! Eu dei um grito. O professor veio correndo.

– O que houve? – ele perguntou.

– Esta bússola!

– O que ela tem?

– Sua agulha indica o sul e não o norte!

– O que você está dizendo?

– Veja! Seus polos estão invertidos.

– Invertidos!

Meu tio olhou, comparou e fez a casa tremer com um salto gigantesco. Que luz invadiu seu espírito e o meu ao mesmo tempo!

– Então – ele exclamou, assim que conseguiu falar novamente –, depois que chegamos ao Cabo Saknussemm, a agulha dessa maldita bússola apontou para o sul em vez do norte?

– Obviamente.

– Essa é a explicação para o nosso erro. Mas que fenômeno poderia ter causado essa reversão dos polos?

– Essa é fácil.

– Diga-me, Axel.

– Durante a tempestade no Mar Lidenbrock, aquele disco de fogo que magnetizou o ferro na jangada simplesmente desorientou nossa bússola!

– Ah! – gritou o professor, rindo. – Então, foi um truque de eletricidade?

A partir daquele dia, o professor foi o mais feliz dos sábios, e eu o mais feliz dos homens, pois minha linda garota virlandesa, renunciando à posição de pupila, assumiu uma dupla posição na casa da Königstrasse: a de sobrinha e esposa. É inútil acrescentar que seu tio era o ilustre Otto Lidenbrock, membro correspondente de todas as sociedades científicas, geográficas e mineralógicas das cinco partes do mundo.

ILUSTRAÇÕES

Página 19

Imagem extraída da página 20:
https://beq.ebooksgratuits.com/vents/Verne-centre.pdf

Página 23

Imagem extraída da página 26:
https://beq.ebooksgratuits.com/vents/Verne-centre.pdf

Página 107

Imagem extraída da página 181:
https://beq.ebooksgratuits.com/vents/Verne-centre.pdf

Página 233

Imagem extraída da página 414:
https://beq.ebooksgratuits.com/vents/Verne-centre.pdf